LE GRAND HUIT

Du même auteur
dans la même collection

À la une, à la deux, à la mort
Quatre ou double
Cinq à sexe
Six appeal
Septième ciel

en collection de poche

La Prime (Pocket)
Deux fois n'est pas coutume (Pocket)
À la une, à la deux, à la mort (Pocket)
Quatre ou double (Pocket)
Cinq à sexe (Pocket)

JANET
EVANOVICH

LE GRAND HUIT

Traduit de l'américain par
Philippe Loubat-Delranc

PAYOT SUSPENSE

Retrouvez l'ensemble des parutions
des Éditions Payot & Rivages sur

www.payot-rivages.fr

Titre original : *Hard Eight*
St. Martin's Press, New York, 2002

106, boulevard Saint-Germain – 75006 Paris

ISBN : 2-228-89997-6
ISSN : 1281-6817

REMERCIEMENTS

Aux meilleures équipes du monde : Betty et Veronica, Stéphanie et Lula, Ralph et Alice, et Jennifer Enderlin, mon éditrice chez St. Martin's, et moi.

Merci à Jen… tu es la meilleure de toutes.

Merci à Ree Mancini pour m'avoir suggéré le titre original de ce livre.

LE GRAND HUIT

1

Récemment, j'ai passé pas mal de temps à faire des galipettes avec des hommes qui s'imaginent qu'une érection est une forme d'affirmation de soi. Attention, ces galipettes n'ont rien à voir avec ma vie sexuelle. Elles surviennent lorsqu'une arrestation tourne mal et qu'il reste un ultime effort à fournir pour maîtriser un grand dadais malhonnête doté d'un lobe frontal souffrant d'une déficience congénitale.

Je m'appelle Stéphanie Plum, et mon travail consiste à arrêter des fugitifs – chasseuse de primes, en somme – pour le compte de mon cousin Vincent Plum. Ce serait pas mal comme boulot, si ce n'est que sa conséquence directe est l'incarcération des fugitifs, ce qui, en général, n'est pas du tout à leur goût. Afin de m'attirer la coopération des types que je capture et les conduire derrière les barreaux, j'essaie de les convaincre de porter des menottes aux poignets et des fers aux chevilles. D'habitude, ça marche. Et, si c'est réussi, ça coupe court à la séance de galipettes.

Malheureusement, aujourd'hui, ce n'est pas comme d'habitude. Martin Paulson, cent cinquante kilos pour un mètre soixante-treize, s'était fait arrêter pour fraude à la carte de crédit, sans parler de son caractère imbuvable. Il n'avait pas daigné se présenter au tribunal la semaine précédente, et ça, ça le mettait sur ma liste des fugitifs les plus recherchés. Comme Martin n'a pas inventé la poudre, il ne m'a pas été très difficile de le retrouver. En fait, il était chez lui, occupé à ce qu'il sait faire de mieux : détourner de la marchandise via Internet. J'avais réussi à lui passer les menottes et les fers, à le charger dans ma voiture, et même à le conduire jusqu'au poste de police de North Clinton Avenue. Malheureusement, quand j'ai voulu le *décharger* de ma voiture, il est tombé à la renverse et s'est mis à rouler sur le ventre, troussé comme une dinde de Noël, incapable de se relever.

Nous nous trouvions sur le parking contigu au bâtiment administratif. La porte de service du policier de garde n'était distante que de quatre ou cinq mètres. J'aurais pu crier pour appeler à l'aide, mais alors, je serais devenue la risée des flics pendant des jours et des jours. Je pouvais ôter à Paulson les menottes ou les fers, sauf qu'il ne m'inspirait pas confiance. Hyperfurax, le visage congestionné, il pestait, proférait des menaces obscènes et émettait des borborygmes bestiaux et terrifiants.

Moi, je restais clouée sur place et le regardais se démener comme un beau diable en me demandant ce que j'allais bien pouvoir faire car rien, à part un élévateur à fourche, n'aurait pu le remettre d'aplomb. Ce fut le moment que choisit Joe Juniak pour s'engager sur le parking. Juniak, ex-inspecteur de police, est devenu le maire de Trenton. Il a une flopée d'années de plus que moi et me dépasse d'une trentaine de centimètres. Son petit cousin, Ziggy, a épousé ma cousine par alliance, Gloria Jean. On est plus ou moins parents… éloignés.

La vitre côté passager se baissa, et Juniak m'adressa un grand sourire avant de couler un regard en direction de Paulson.

— Il est à toi ?

— Ouais.

— Il est en stationnement illégal. Son cul dépasse de la ligne blanche.

Je poussai Paulson du bout du pied, le faisant de nouveau vaciller.

— Il est coincé.

Juniak descendit de son véhicule et tira Paulson en l'attrapant sous les aisselles.

— Ça ne t'ennuie pas que j'embellisse cette histoire quand je la répandrai dans toute la ville, hein ?

— Si, ça m'ennuie ! J'ai voté pour toi, je te signale. Et nous sommes presque parents.

— Ça ne change rien, ma mignonne. Les flics ne vivent que pour ce genre de trucs.

— Un flic sera toujours un flic.

Paulson et moi-même regardâmes Juniak remonter en voiture et s'éloigner.

— Je ne peux pas marcher avec ces machins-là, geignit Paulson, les yeux baissés sur ses fers. Je vais de nouveau tomber. Je n'ai pas beaucoup d'équilibre.

— Vous avez déjà entendu parler de la devise des chasseurs de prime : « Ramène-les morts ou vifs » ?

— Sûr.

— Ne me tentez pas.

En réalité, ramener un mort, pour moi c'est Non avec un grand N, mais le moment me paraissait assez bien choisi pour proférer une menace en l'air. C'était la fin de l'après-midi. C'était le printemps. Et moi, j'avais envie de vivre ma vie. Consacrer une heure de plus à amadouer Paulson pour qu'il traverse un parking ne se trouvait pas placé très haut sur la liste de mes activités favorites.

J'avais envie d'être allongée sur une plage, quelque part, de laisser le soleil me cloquer la peau jusqu'à me donner un faux air de côte de porc. OK, c'est sûr qu'à cette période de l'année il vaudrait mieux aller à Cancún, mais Cancún n'entre pas dans mon budget. Il n'empêche que je n'avais pas envie d'être *là*, dans ce parking à la noix, avec Paulson.

— Vous ne devez même pas avoir de revolver, dit-il.

— Hé, lâchez-moi les baskets. Je ne vais pas y passer la journée. J'ai des choses à faire.

— Comme quoi ?

— Ça vous regarde ?

— Ha ! Vous n'avez rien de mieux à faire.

Je portais un jean, un T-shirt, des Doc Martens et l'envie me démangeait de lui flanquer un coup de Doc, taille 38, dans le tibia.

— Dites-moi, insista-t-il.

— J'ai promis à mes parents de dîner avec eux à six heures.

Paulson éclata de rire.

— C'est nul. C'est nul de chez nul.

Son rire se mua en quinte de toux. Paulson, plié en deux, tangua d'un côté, de l'autre, puis tomba par terre. Je tendis les bras pour le retenir, mais trop tard. Le revoilà sur le ventre à faire son imitation de baleine échouée sur le sable.

*

Mes parents habitent une petite maison jumelée, située dans une portion de Trenton qu'on surnomme le Bourg. Si le Bourg était un plat, ce serait des pâtes – penne rigate, ziti, fettuccine, spaghettis et coquillettes nageant dans de la *marinara*, de la sauce au fromage ou de la mayonnaise. Goûteux, pas compliqué, multi-occasion, qui vous colle un sourire sur le visage et de la graisse sur les fesses. Le Bourg est un quartier respectable où les gens achètent une maison et y vivent jusqu'à ce que la mort les en expulse. Les jardins servent à tendre une corde à linge, à ranger les poubelles et à offrir au chien un endroit où faire ses besoins. Pas de belle terrasse, pas de gloriette pour les habitants du Bourg. Ils s'assoient sur leur étroite véranda et leur perron en ciment. C'est encore le mieux pour regarder le monde en marche.

Je me garai devant chez eux juste au moment où ma mère sortait le poulet grillé du four. Mon père trônait déjà en bout de table. Il regardait droit devant lui, dans le vide, les pensées dans les limbes, couteau et fourchette en main. Valérie, ma sœur, récemment revenue vivre chez papa et maman après avoir quitté son mari, s'échinait à écraser les pommes de terre dans la cuisine. Quand nous étions petites, Valérie était une vraie petite fille modèle. Moi, j'étais celle qui marchais dans les crottes de chien, s'asseyais sur du chewing-gum et n'arrêtais pas de tomber du toit du garage d'où j'essayais de voler. Dans un effort désespéré pour sauver son couple, Valérie avait troqué ses gènes italo-hongrois contre un look à la Meg Ryan. Le ménage n'avait pas survécu, mais le méchage blond ryanesque, lui, perdurait.

Mes nièces étaient attablées avec mon père. Angie, l'aînée âgée de neuf ans, était sagement assise, les mains jointes, résignée à endurer le repas, clone presque parfait de Valérie à son âge. Mary

Alice, sept ans, la gamine infernale, avait enfoncé deux bouts de bois dans ses cheveux bruns.

— C'est quoi, ces bouts de bois ?

— C'est pas des bouts de bois. C'est ma ramure. Je suis un renne.

J'en fus étonnée car, d'habitude, elle se prend pour un cheval.

— Comment s'est passée ta journée ? me demanda ma grand-mère en posant un saladier de haricots verts sur la table. Tu as tiré sur quelqu'un ? Tu as capturé des bandits ?

Mamie Mazur a emménagé chez mes parents peu après que Papi Mazur s'en fut allé traîner ses artères saturées d'acides gras au « buffet à volonté » des cieux. Mamie a plus de soixante-dix ans, et on lui en donnerait quatre-vingt-dix. Son corps prend de l'âge, mais il semblerait que son esprit évolue en sens inverse. Ce jour-là, elle portait des tennis blanches et un survêtement en polyester bleu lavande. Ses cheveux gris acier étaient coupés court et permanentés à mort. Ses ongles étaient vernis d'un bleu assorti à sa tenue.

— Je n'ai tiré sur personne aujourd'hui, mais j'ai ramené un type qu'on recherchait pour fraude à la carte bancaire.

On frappa à la porte, et Mabel Markowitz passa la tête par l'entrebâillement.

— Coucou !

Mes parents possèdent le versant sud de la maison jumelée, et Mabel le versant nord, la maison étant séparée par un mur mitoyen et des années de désaccord sur la couleur de la façade. Par obligation, Mabel a fait de la parcimonie une véritable expérience mystique. Elle vit de l'aide sociale et de beurre de cacahuète de surplus. Izzy, son mari, était un type bien, que ses cuites ont tué prématurément. Sa fille unique est morte d'un cancer de l'utérus voilà un an. Son gendre, un mois plus tard dans un accident de la route.

Tout mouvement cessa à table et tous les regards se tournèrent vers la porte car, depuis tant d'années que Mabel vivait à côté, pas une fois elle ne nous avait joué le coucou pendant que nous mangions.

— Je suis désolée de vous déranger au moment du repas, dit-elle. Je voulais juste demander à Stéphanie si elle pourrait venir me voir une minute, tout à l'heure. J'ai une question à lui poser au sujet de ces histoires de caution. C'est pour une amie.

— Bien sûr, répondis-je. Je passerai après dîner.

J'imaginais que j'en serais quitte pour une petite conversation car tout ce que je sais sur les cautions tient en deux phrases.

Mabel partit et Mamie Mazur se pencha en avant, coudes plantés sur la table.

— Je vous parie que c'est du pipeau cette histoire de conseil pour une amie. Je vous parie que Mabel s'est fait plumer.

Roulements d'yeux à la ronde.

— Si je vous le dis, insista-t-elle. Elle cherche peut-être du travail. Elle veut peut-être devenir chasseuse de primes. Vous savez bien qu'elle a du mal à joindre les deux bouts.

Mon père enfourna une bouchée de nourriture sans relever la tête. Il se resservit des pommes de terre.

— Pfff, soupira-t-il.

— S'il y a quelqu'un dans sa famille qui devrait être en liberté sous caution, c'est l'ex-petit-fils par alliance de Mabel, fit remarquer ma mère. Il fréquente des gens peu recommandables. Evelyn a eu une bonne idée de divorcer.

— Oh oui, me dit ma grand-mère, et ce divorce, quel sac de nœuds ! Presque aussi affreux que le tien.

— J'avais placé la barre très haut, répondis-je.

— Tu as été top.

Ma mère leva les yeux au ciel.

— Tu nous as fait honte, souffla-t-elle.

Mabel Markowitz habite dans un musée. Elle s'est mariée en 1943 et possède toujours sa première lampe de chevet, sa première casserole, sa première table de cuisine en Formica et chrome. Son salon a été refait à neuf en 1957. Les fleurs du papier peint se sont décolorées, mais la colle a tenu bon. La moquette est brun oriental. Les assises capitonnées des sièges s'enfoncent légèrement en leur milieu sous l'empreinte de popotins qui ont depuis rejoint… Dieu ou une maison de retraite.

En tout cas, les sièges ne ploient pas sous celle du popotin de Mabel, car celle-ci est un vrai squelette ambulant qui ne s'assoit jamais. Elle fait des gâteaux, le ménage, les cent pas en parlant au téléphone. Ses yeux pétillent, et elle rit de bon cœur en se tapant la cuisse et en s'essuyant les mains sur son tablier. Ses cheveux sont gris et fins, coupés court et frisottés. Dès le réveil, elle se poudre les joues d'un blanc crayeux. Son rouge à lèvres rose, qu'elle retouche toutes les heures, déborde en petits plumetis dans les profondes crevasses qui bordent sa bouche.

— Stéphanie, comme ça me fait plaisir de te voir. Entre. J'ai fait un moka au café.

Mme Markowitz fait *toujours* des mokas au café. Il en va ainsi dans le Bourg. Les vitres sont propres, les voitures grosses, et les mokas au café.

— À vrai dire, commençai-je en m'asseyant dans la cuisine, je n'en sais pas très long sur le cautionnement. L'expert, c'est mon cousin Vinnie.

— Il ne s'agit pas tant de caution, dit Mabel, que de retrouver quelqu'un. J'ai raconté un bobard tout à l'heure en disant que c'était pour une amie. J'étais gênée. Je ne sais même pas par où commencer.

Ses yeux s'embuèrent. Elle découpa une part de moka et la mordit à pleines dents. Avec hargne. Mabel n'est pas le genre de femme qui se laisse volontiers submerger par ses émotions. Elle fit glisser le gâteau en buvant un café assez fort pour dissoudre la cuiller si on la laissait tremper dans la tasse trop longtemps. Ne *jamais* accepter un café de Mabel Markowitz.

— Je suppose que tu sais que le mariage d'Evelyn n'a pas marché, finit-elle par dire. Steven et elle ont divorcé, ça fait un moment, et la pilule a été amère.

Evelyn est la petite-fille de Mabel. Je la connais depuis que je suis toute petite, mais nous n'avons jamais été des amies proches. Elle habitait à plusieurs pâtés de maisons de chez moi, et fréquentait une école catholique. Nos routes se croisaient le dimanche quand elle venait dîner chez sa grand-mère. Valérie et moi l'avions surnommés la Glousse, parce qu'elle gloussait tout le temps. Quand elle venait jouer aux petits chevaux dans sa robe du dimanche, elle gloussait en lançant les dés, elle gloussait en faisant avancer son cheval, elle gloussait en perdant. Elle gloussait tant et tant qu'elle avait des fossettes. En grandissant, elle devint une fille comme les garçons les aiment. Tout en rondeurs, en fossettes et en vivacité.

Je ne croise plus Evelyn que très rarement maintenant, mais, quand ça m'arrive, je ne vois plus beaucoup de vivacité en elle.

Mabel plissa ses lèvres minces.

— Il y a eu tellement de disputes et de rancune pendant ce divorce que le juge a voulu obliger Evelyn à verser une caution de garde d'enfant. Je suppose qu'il craignait qu'elle n'autorise pas Steven à voir Annie. Bref, Evelyn n'avait pas l'ombre d'un dollar à déposer. Steven lui avait pris l'argent qu'elle avait hérité à la mort de ma fille, elle n'en a jamais vu la couleur. Elle vivait en recluse dans leur pavillon de Key Street. Je suis presque la seule parente qu'il reste à Evelyn et à sa fille, alors je me suis portée caution à hauteur de la valeur de ma maison. Evelyn n'aurait jamais pu obtenir la garde sinon.

Première nouvelle pour moi. Je n'avais jamais entendu parler de caution pour la garde d'un enfant. Les gens que je traquais avaient violé les termes d'une caution judiciaire.

Mabel essuya la table et jeta les miettes dans l'évier. Elle ne tenait pas en place.

— Tout allait très bien jusqu'à la semaine dernière quand j'ai reçu un mot d'Evelyn qui m'expliquait qu'elle partait avec Annie pendant quelque temps. Je ne m'en suis pas inquiétée mais, soudain, tout le monde cherche Annie. Steven est venu ici il y a deux jours, il a haussé le ton et dit des choses horribles sur Evelyn, qu'elle n'avait pas le droit d'emmener Annie comme ça, de l'éloigner de lui et de lui faire manquer l'école. Et aussi qu'il allait faire jouer la caution de droit de garde. Et ce matin, j'ai reçu un appel de la société de cautionnement qui m'a avertie qu'ils allaient me prendre la maison si je ne les aidais pas à retrouver Annie.

Mabel regarda autour d'elle dans sa cuisine.

— Je ne sais pas ce que je deviendrais sans ma maison, reprit-elle. C'est vrai qu'ils peuvent me la prendre ?

— Je ne sais pas. Je ne me suis jamais occupée de ce genre d'affaires.

— Et maintenant, à cause d'eux, je suis très inquiète. Comment saurais-je si Evelyn et Annie vont bien ? Je n'ai aucun moyen de les contacter. Elle m'a seulement laissé un mot. Si, au moins, j'avais parlé à Evelyn…

Les yeux de Mabel se remplirent de nouveau de larmes, et moi, j'espérais vraiment qu'elle n'allait pas craquer devant moi parce que l'étalage d'émotion, ce n'est pas du tout mon truc. Ma mère et moi exprimons notre affection par des compliments voilés sur le goût de la sauce.

— Je suis effondrée, soupira Mabel. Je ne sais pas quoi faire. Je pensais que tu pourrais peut-être retrouver Evelyn, lui parler… t'assurer qu'Annie et elle vont bien. Perdre la maison, je pourrais le supporter, mais je ne veux pas perdre Evelyn et Annie. J'ai un peu d'économies. Je ne sais pas quels sont tes tarifs pour ce genre de travail…

— Je n'ai pas de tarif. Je ne suis pas détective privée. Je ne prends pas des affaires familiales de ce genre.

Tu parles, je ne suis même pas une très bonne chasseuse de primes !

Mabel tiraillait son tablier, les larmes roulaient sur ses joues.

— Je n'ai personne d'autre à qui demander !

Hou là, je n'y crois pas. Mabel Markowitz en pleurs ! Je me sentais aussi à l'aise que si ma gynéco me faisait un frottis vaginal au beau milieu de la rue en plein midi.

— Bon d'accord, dis-je. Je vais voir ce que je peux faire… en voisine.

Mabel hocha la tête et s'essuya les yeux.

— C'est très gentil de ta part.

Elle prit une enveloppe sur le buffet.

— Tiens, c'est une photo d'Annie et de sa mère. Elle a été prise l'année dernière pour les sept ans d'Annie. J'ai écrit l'adresse d'Evelyn sur un bout de papier. Ainsi que le numéro d'immatriculation de sa voiture.

— Vous avez la clé de chez elle ?

— Non. Elle n'a jamais voulu me donner de double.

— Vous savez où elles pourraient être allées ? Une petite idée ?

Mabel fit non de la tête.

— Je n'arrive pas à imaginer où elle a bien pu partir. Elle a grandi ici, dans le Bourg. Elle n'a jamais vécu ailleurs, pas même pour aller à l'université. Toute la famille ou presque est ici.

— C'est Vinnie qui a établi cette caution ?

— Non. C'est une autre société. Je t'ai écrit le nom.

Elle plongea la main dans la poche de son tablier et en sortit une feuille de papier pliée.

— C'est Cautions Plus, et le nom du monsieur, c'est Lewis Sebring.

Mon cousin dirige l'agence de cautionnement judiciaire Vincent Plum, et il gère ses affaires depuis un local vitré dans Hamilton Avenue. Il y a un certain temps, alors que je recherchais désespérément du travail, je l'avais plus ou moins fait chanter pour l'obliger à m'embaucher. Depuis lors, l'activité économique de Trenton s'est améliorée, et je ne sais pas trop pourquoi je continue de travailler pour lui, à part, peut-être, le fait que le bureau se trouve juste en face d'une bonne pâtisserie.

Sebring a ses locaux en centre-ville et, à côté de sa société, celle de Vinnie, c'est de la gnognote. Je ne l'ai jamais rencontré, mais je le connais de réputation. On le dit très pro. Et le bruit court que côté jambes, il arrive en deuxième position juste après Tina Turner.

J'enlaçai gauchement Mabel en lui assurant que j'allais me renseigner, et la quittai.

Ma mère et ma grand-mère m'attendaient côte à côte derrière la porte entrebâillée, le nez collé à la vitre.

— *Psst*, fit Mamie Mazur. Vite, dépêche-toi, on meurt d'impatience.

— Je ne peux rien vous dire.

Mère et fille pincèrent la bouche. Ma réaction allait à l'encontre du code de conduite du Bourg. Au Bourg, la voix du sang est TOUJOURS la plus forte. La déontologie compte pour des prunes face à un potin bien juteux entre membres d'une même famille.

— OK, dis-je en fonçant à l'intérieur. Autant que je vous le dise. De toute façon, vous finiriez par le savoir.

On rationalise beaucoup au Bourg.

— Quand Evelyn a divorcé, elle a dû signer une caution de garde d'enfant. La maison de Mabel sert de garantie. Maintenant qu'elle est partie on ne sait où avec sa fille, la société de cautionnement met la pression sur Mabel.

— Oh, mon Dieu ! s'écria ma mère. Je ne le savais pas du tout.

— Mabel se fait du souci pour Evelyn et Annie. Evelyn lui a envoyé un mot pour la prévenir qu'elle s'en allait quelque temps avec sa fille, et depuis, Mabel n'a plus de nouvelles.

— Si j'étais Mabel, c'est pour *ma maison* que je me ferais du mouron, dit Mamie. Moi, j'ai comme l'impression qu'elle risque bientôt de vivre dans un carton sous un pont de chemin de fer.

— J'ai accepté de l'aider, mais ce n'est pas vraiment mon domaine. Je ne suis pas détective privée.

— Si tu demandais à ton ami Ranger ? demanda Mamie. Ce serait d'autant mieux qu'il est très sexy. Et moi, ça ne me dérangerait pas du tout de le voir traîner dans les parages…

Ranger est plus un associé qu'un ami, même si je suppose que l'amitié aussi entre en ligne de compte – sans parler d'une attirance sexuelle qui me glace les sangs. Il y a quelques mois, lui et moi avons passé un deal qui me hante toujours. Encore un avatar du cas de figure « saut du toit du garage », sauf que ce deal implique ma chambre à coucher. Ranger est américano-cubain, il a la peau couleur café au lait, avec beaucoup de café, et un corps… « miam-miam », je ne saurais dire mieux. Il a un mégaportefeuille d'actions, une réserve illimitée et inexplicable de voitures noires hors de prix et des talents qui font passer Rambo pour un sportif du dimanche. Je suis à peu près certaine qu'il ne tue que les malfaiteurs, et je le crois tout à fait capable de voler comme Superman, même si je ne l'ai jamais vérifié de visu. Ranger travaille dans l'arrestation de fugitifs, entre autres. Et ceux qu'il recherche ne lui échappent jamais.

J'avais garé ma Honda CR-V noire contre le trottoir. Ma grand-mère me raccompagna à la voiture.

— Si je peux t'aider, tu n'hésites pas, me dit-elle. J'ai toujours pensé que je ferais une excellente détective, je suis tellement curieuse.

— Tu pourrais peut-être poser des questions aux gens du quartier.

— Et comment ! Demain, je vais chez Stiva. Il expose Charlie Shleckner. On m'a dit qu'il avait fait du très beau travail, cette fois.

À New York, il y a le Lincoln Center. En Floride, il y a Disneyworld. Au Bourg, il y a le Salon Funéraire Stiva. C'est non seulement le parc d'attractions numéro un du Bourg, mais aussi le centre névralgique du réseau d'information. Si on ne peut pas arracher des ragots à quelqu'un chez Stiva, c'est qu'il n'y en a aucun à arracher nulle part.

Il était encore tôt quand je repartis, alors j'en profitai pour faire un crochet par chez Evelyn, dans Key Street. C'était une maison jumelée que se partageaient deux familles, assez semblable à celle de mes parents. Petit jardin devant, petite véranda, petit étage. Aucun signe de vie du côté d'Evelyn. Aucune voiture garée devant. Aucune lumière ne brillait derrière les doubles rideaux. Aux dires de Mamie Mazur, Evelyn avait emménagé là quand elle avait épousé Soder, et y était restée avec Annie quand elle s'était séparée de son mari. Eddie Abruzzi, propriétaire des lieux, possède plusieurs maisons dans le Bourg ainsi que deux ou trois immeubles de bureaux dans Trenton. Je ne le connais pas personnellement, mais j'ai entendu dire que ce n'était pas le type le plus sympathique du monde.

Je me garai, gravis les quelques marches du perron de chez Evelyn et frappai doucement. Pas de réponse. J'essayai de regarder par la fenêtre côté rue, mais les doubles rideaux étaient hermétiquement fermés. Je fis le tour de la maison, me dressai sur la pointe des pieds, et risquai un coup d'œil à l'intérieur. Pas de chance avec les fenêtres latérales du salon et de la salle à manger, mais mon espionnage paya avec celle de la cuisine. Les rideaux n'étaient pas tirés. Je vis deux bols à céréales ainsi que deux verres posés sur la paillasse de l'évier. Tout le reste paraissait en ordre.

Aucun signe d'Evelyn et d'Annie. Je retournai devant et frappai chez les voisins.

La porte s'ouvrit sur Carol Nadich.

— Stéphanie ! s'écria-t-elle. Comment vas-tu depuis le temps ?

Nous allions à l'école ensemble. Juste après son diplôme, elle trouvait un boulot à la fabrique de boutons et, deux mois plus tard, elle épousait Lenny Nadich. De temps en temps, je la croise chez Giovichinni, le boucher local, mais, sinon, nous nous sommes perdues de vue.

— Je ne savais pas que tu habitais ici, lui dis-je. Je cherche Evelyn.

Les yeux de Carol se levèrent vers le ciel.

— Tout le monde cherche Evelyn et, pour tout te dire, j'espère que personne ne la trouvera. À part toi, bien sûr. Les autres glandus, je ne les souhaite à personne.

— Quels autres glandus ?

— Son ex-mari et ses copains. Et le proprio et ses gorilles.

— Evelyn et toi étiez proches ?

— Aussi proche qu'on peut l'être d'elle. On a emménagé ici il y a deux ans, avant son divorce. Elle gobait des cachets toute la journée et, le soir, elle buvait jusqu'à sombrer dans l'hébétude.

— Quel genre de cachets ?

— Sur ordonnance. Des antidépresseurs, je suppose. Tu me diras, ça se comprend quand on est mariée à Soder. Tu le connais ?

— Pas très bien.

Je l'avais rencontré pour la première fois lors de son mariage avec Evelyn, voilà neuf ans, et l'avais tout de suite trouvé très antipathique. Mes brefs échanges avec lui au fil des années suivantes ne m'avaient pas donné de raison de réviser mon jugement.

— C'est un salaud, un manipulateur, reprit Carol. Et violent, en plus.

— Il la frappait ?

— Pas que je sache. Juste de la violence verbale. Je l'entendais tout le temps lui crier dessus. La traiter d'idiote. Elle est un peu bébête, alors il l'appelait « mon oie ». Puis, un jour, il est parti avec une autre. Joanne je ne sais qui. Le jour de chance d'Evelyn.

— Tu crois qu'Evelyn et Annie sont en sûreté ?

— Mon Dieu, je l'espère. Ces deux-là ont bien besoin de faire un break.

Je tournai la tête vers le perron de chez Evelyn.

— Je suppose que tu n'as pas la clé ?

Carol me le confirma d'un signe de tête.

— Evelyn ne fait confiance à personne. Elle est vraiment parano. Je crois que même sa grand-mère n'a pas sa clé. Et, non, elle ne m'a pas dit où elle allait si c'était ça ta prochaine question. Un jour, elle a chargé un tas de sacs dans sa voiture, et pfft, la voilà partie.

Je lui tendis ma carte et rentrai chez moi. J'habite dans un immeuble en brique de deux étages à une dizaine de minutes du Bourg… cinq, quand je suis en retard pour le dîner et que je passe les feux à l'orange. Mon immeuble a été construit à une époque où l'énergie ne coûtait pas cher et où l'architecture était inspirée par l'économie. Ma salle de bains est orange et marron, mon frigo vert avocat et mes vitres datent d'avant le Thermopane. Ça me convient parfaitement. Le loyer est raisonnable, et les autres locataires sont OK. L'immeuble est occupé en majorité par des retraités à revenu fixe. Les retraités, dans leur majorité, sont des gens très gentils… dès l'instant où on ne les laisse pas prendre le volant.

Je me garai sur le parking, puis franchis la double porte vitrée du petit hall d'entrée. J'étais repue de poulet, de pommes de terre, de sauce, de gâteau fourré au chocolat et du moka au café de Mabel, alors, en pénitence, je renonçai à l'ascenseur et montai par l'escalier. Bon, d'accord, je n'habite qu'au premier étage, mais c'est déjà un bon début, non ?

J'entrai chez moi où Rex, mon hamster, m'attendait. Rex vit dans une boîte de conserve au fond d'un aquarium dans ma cuisine. Lorsque j'allumai la lumière, il cessa de tourner dans sa roue et cligna des yeux en frémissant des moustaches à mon intention. Je préfère penser que c'était une manière de me dire *Bienvenue chez nous*, mais c'était sans doute *Qui a allumé, bordel ?* Je lui donnai un grain de raisin et un petit morceau de fromage. Il enfourna le tout dans ses abajoues et, pfffft, il disparut dans sa boîte. Fin de l'interaction entre colocataires.

Dans le passé, Rex a parfois partagé son statut de coloc avec un flic de Trenton, Joe Morelli : deux ans et une vingtaine de centimètre de plus que moi, un revolver plus gros que le mien. J'avais six ans quand Morelli a commencé à lorgner sous mes jupes, et il n'a jamais pu se débarrasser complètement de cette manie. Ces derniers temps, nous avons eu certaines divergences d'opinion, et... disons que, actuellement, sa brosse à dents ne se trouve plus sur la tablette de mon lavabo. Malheureusement, il est beaucoup plus difficile d'interdire à Morelli l'accès de mon cœur et de mes pensées que celui de ma salle de bains. N'empêche, je fais des efforts.

Je pris une bière dans le frigo et m'installai devant la télévision. Je zappai jusqu'à plus soif mais ne trouvai rien de très intéressant. Je sortis la photo d'Evelyn et d'Annie. Elles étaient l'une à côté de l'autre, elles avaient l'air heureuses. Annie, ses cheveux frisés, sa peau laiteuse de rousse naturelle ; Evelyn, les cheveux bruns tirés en arrière, le maquillage classe moyenne, souriait, mais pas assez pour faire ressortir ses fossettes.

Une mère et sa fille... et moi, censée les retrouver.

Connie Rosolli tenait un beignet dans une main et un gobelet de café dans l'autre lorsque, le lendemain matin, j'entrai dans l'agence de Vinnie. D'un coup de coude, elle fit glisser la boîte de beignets sur son bureau, et le sucre glace de celui qu'elle mangeait saupoudra ses gros lolos.

— Prends-en un, me dit-elle. Tu m'as l'air d'en avoir bien besoin.

Connie, c'est la secrétaire de direction. Elle gère les comptes avec sagesse, elle investit en beignets, en chemises cartonnées et, à l'occasion, en voyages casino à Atlantic City. Il était un peu plus de huit heures, et Connie était fin prête pour la journée : yeux surlignés, cils mascaraïsés, lèvres peintes en rouge vif, cheveux crêpés en un gros buisson tout autour de son visage. De mon côté, mon humeur du jour ne m'incitait pas à la surcharge. J'avais noué mes cheveux en une queue-de-cheval ni fait ni à faire et portais mes habituels petit T-shirt extensible, jean et boots. Agiter un bâton de mascara à hauteur de mes yeux m'avait paru une manœuvre bien trop dangereuse ce matin-là, alors j'étais sortie au naturel.

Je pris un beignet et regardai autour de moi.

— Où est Lula ?

— Elle est en retard. Ça fait une semaine que ça dure. Pour ce que ça change, tu me diras.

Lula avait été embauchée pour faire du classement ; elle faisait surtout ce que bon lui semblait.

— Hé, j'ai entendu ! cria-t-elle en déboulant par la porte. Vous feriez mieux de pas parler de moi. Si je suis en retard, c'est parce que je prends des cours du soir, maintenant.

— Tu y vas une fois par semaine, lui rappela Connie.

— Ouais, mais faut étudier. Ça rentre pas facilement, ces conneries. En plus, c'est pas comme si mon ancien métier de prostituée m'aidait, voyez. Je crois pas que mon examen final va consister en une branlette.

Lula fait cinq centimètres de moins que moi et beaucoup de kilos de plus. Elle achète des vêtements taille « small », puis se contorsionne un max pour les enfiler. Ça ne marcherait pas pour la plupart des femmes, mais sur elle, ça passe. Lula se contorsionne pour enfiler la vie, il faut dire.

— Quoi de neuf ? demanda-t-elle. J'ai raté quelque chose ?

— Vous vous y connaissez en caution de garde d'enfant, vous deux ? demandai-je en tendant à Connie l'attestation d'arrestation de Paulson.

— C'est tout nouveau, me répondit-elle. Vinnie n'en fait pas encore. Ce sont des cautions à haut risque. Sebring est le seul à les prendre dans le coin.

— Sebring ? dit Lula. C'est pas lui qui a des super guiboles ? Elles valent presque celles de Tina Turner, à ce qu'il paraît.

Elle baissa les yeux sur les siennes.

— Mes jambes sont de la bonne couleur, c'est juste que j'en ai de trop.

— Sebring a des jambes blanches, fit remarquer Connie. Et il paraît qu'il sait s'en servir pour courser les blondes.

J'avalai ma dernière bouchée de beignet et m'essuyai les mains sur mon jean.

— Il faut que je lui parle.

— Tu ne risqueras rien aujourd'hui, dit Lula. Primo, t'es pas blonde, et deuzio, t'es pas vraiment à ton avantage.

— Je ne suis pas du matin.

— C'est à cause de ta vie amoureuse, affirma Lula. T'en as pas, alors t'as rien qui accroche un sourire à ton visage. T'as renoncé, c'est ça, ton problème.

— Je pourrais avoir des tas d'amants si je voulais.

— Alors, qu'est-ce t'attends ?

— C'est compliqué.

Connie me remit un chèque pour la capture de Paulson.

— Tu n'envisages pas d'aller travailler pour Sebring, tout de même ?

Je les mis au courant pour Evelyn et sa fille.

— Et si j'allais parler à Sebring avec toi ? proposa Lula. À deux, on pourrait peut-être le convaincre de nous montrer ses jambes ?

— Ce ne sera pas nécessaire, répondis-je. Je pourrai me débrouiller toute seule.

Et je n'ai pas spécialement envie de voir ses gambettes !

— Mais regarde ! insista Lula. Je n'ai même pas encore posé mon sac. Je suis prête !

Nos regards se croisèrent. J'allais céder. Je le sentais. Lula était bien décidée à m'accompagner. Elle n'était sans doute pas d'humeur à faire du classement.

— Bon, d'accord, dis-je, mais on ne lui tire pas dessus, on ne le malmène pas, on ne lui demande pas de retrousser son pantalon.

— Toi alors, t'es hyperbourrée de principes, dit Lula.

Et nous voilà parties dans ma Honda à travers la ville. Nous nous garâmes dans le parking juste à côté de la société de Sebring située en rez-de-chaussée. Ses bureaux ainsi que ceux de ses proches collaborateurs se trouvaient juste au-dessus.

— Exactement comme chez Vinnie, s'écria Lula en lorgnant le sol moquetté et les murs fraîchement repeints. À part qu'on dirait que c'est fait pour des humains ici. Et vise-moi ces chaises pour les gens qui attendent… pas une seule tache dessus ! Et sa standardiste a pas la moustache, elle.

Sebring nous pria de le suivre jusqu'à son bureau.

— Stéphanie Plum, dit-il. J'ai entendu parler de vous.

— Je ne suis pour rien dans l'incendie qui a détruit le salon funéraire, et je ne tire presque jamais sur quelqu'un.

— Nous aussi, on a entendu parler de vous, dit Lula. Il paraît que vous avez des super jambes.

Sebring portait un costume gris perle, une chemise blanche et une cravate rouge, blanche et bleue. Il exsudait la respectabilité, de la pointe de ses mocassins noirs bien cirés à la racine de ses cheveux blancs coiffés à la perfection. Au-delà de son sourire de politicard poli, il donnait l'impression de ne pas aimer s'en laisser conter. Il y eut un moment de silence pendant qu'il considérait Lula, puis il souleva le bas de son pantalon.

— Matez-moi ces mollets, dit-il.

— Vous devez faire vachement de sport, dit Lula. Super jambes.

— Je suis venue pour vous parler de Mabel Markowitz, lui rappelai-je. Vous l'avez contactée au sujet d'une caution de garde d'enfant.

— Oui, je m'en souviens, confirma-t-il avec un signe de tête. J'ai prévu de lui envoyer de nouveau quelqu'un demain. Jusqu'à présent, elle ne s'est pas montrée très coopérative.

— C'est la voisine de mes parents, et je ne pense pas qu'elle sache où se trouvent sa petite-fille et son arrière-petite-fille.

— C'est bien dommage, dit Sebring. Vous savez ce que c'est qu'une caution de garde d'enfant ?

— Pas vraiment.

— La PBUS, qui, comme vous le savez, est une association qui regroupe les agences de cautionnements professionnels à l'échelon national, a travaillé avec le Centre pour enfants disparus et sexuellement exploités afin de mettre sur pied une législation qui découragerait les parents de kidnapper leurs propres enfants. C'est une idée assez simple. Si l'on considère qu'il y a un risque fort qu'un des deux parents, ou les deux, parte avec son enfant sans laisser d'adresse, le tribunal peut demander le dépôt d'une caution.

— Donc, c'est comme pour les malfaiteurs, sauf que, là, c'est un enfant qui risque de disparaître.

— À une grosse différence près, dit Sebring. Lorsqu'une caution pénale est déposée par un agent et que l'inculpé ne se présente pas à son procès, l'agent perd la caution qu'il a avancée au profit du *tribunal*. Alors, il peut traquer l'inculpé, le ramener dans le giron du système et, avec un peu de chance, être remboursé par le tribunal. Dans le cas d'une caution de garde d'enfant, l'agent perd le montant de la caution au profit du *parent lésé*. La somme est censée servir à retrouver l'enfant disparu.

— Si la caution ne suffit pas à dissuader l'un des parents de kidnapper l'enfant, au moins elle permet de payer un professionnel pour qu'il le recherche, dis-je.

— Tout à fait. Le problème, c'est que, contrairement au pénal, en droit de la famille, l'agent de cautionnement n'a pas la possibilité de faire rechercher l'enfant disparu. Son seul recours, s'il veut rentrer dans ses frais, c'est de faire saisir le bien ou les espèces déposées en garantie lors de la signature de l'accord de caution. Dans le cas qui nous occupe, Evelyn Soder ne disposait pas d'espèces suffisantes pour la caution. Alors, elle s'est adressée à nous en offrant comme garantie la maison de sa grand-mère. Notre espoir, lorsque nous appellerons sa mère grand pour lui dire de commencer à faire ses paquets, c'est qu'elle nous révèle l'endroit où se trouve l'enfant disparu.

— Avez-vous déjà versé l'argent à Steven Soder ?

— Nous le ferons dans trois semaines.

Autrement dit, j'avais trois semaines pour retrouver Annie.

2

— Moi, je le trouve vachement bien ce Lewis Sebring, dit Lula une fois que nous eûmes regagné ma voiture. Je te parie que lui, au moins, il le fait pas avec des animaux de basse-cour.

Lula faisait allusion à la rumeur – jamais confirmée, jamais démentie – selon laquelle mon cousin Vinnie aurait eu, par le passé, une liaison avec un canard de Barbarie.

— Bon, et maintenant ? demanda-t-elle. Qu'est-ce qui vient sur ta liste ?

Il était un peu plus de dix heures. Le bar-restaurant de Soder, La Renardière, devait ouvrir pour la clientèle de midi.

— Maintenant, on fait une petite visite à Soder. Ce sera sans doute une perte de temps, mais, de toute façon, il faut le faire.

— T'as raison, faut négliger aucune piste.

Le bar de Steven Soder se trouvait assez loin des bureaux de Sebring, pris en tenaille entre « Électroménager à Prix Réduit » de Carmine et un studio de tatouage. La porte de La Renardière était ouverte, l'intérieur plutôt sombre et inhospitalier à cette heure. Pourtant deux quidams trônaient déjà au comptoir en bois encaustiqué à mort.

— Je suis déjà venue ici, dit Lula. Pas mal, comme endroit. Les hamburgers sont pas mauvais. Et si on arrive tôt, avant que l'huile devienne rance, les oignons frits aussi sont bons.

Nous entrâmes et attendîmes que nos yeux s'habituent à l'obscurité. Soder, derrière le bar, nous gratifia d'un signe de tête. Il mesurait un peu moins d'un mètre quatre-vingts. Bien bâti.

Blond-roux. Yeux bleus. Teint rubicond. La tête du type qui boit beaucoup de bière.

Je m'arrêtai tout contre le bar, Lula idem, il se dirigea vers nous.

— Stéphanie Plum, dit-il. Ça fait un bail que je ne vous avais pas vue. Qu'est-ce que je vous sers ?

— Mabel se fait du souci pour Annie. Je lui ai promis de me renseigner.

— Elle se fait surtout du souci pour sa baraque de merde.

— Elle ne perdra pas sa maison. Elle a l'argent pour couvrir la caution.

Parfois, je raconte des bobards juste pour m'entraîner. C'est mon principal talent de chasseuse de primes.

— Dommage, dit Soder. J'aurais bien aimé la voir assise sur le trottoir. Ils sont tous azimutés dans cette famille.

— Donc, vous pensez qu'Evelyn et Annie sont parties du jour au lendemain ?

— J'en suis sûr. Elle m'a laissé une foutue lettre. J'y suis allé pour chercher la gosse, et j'ai trouvé une lettre pour moi sur le comptoir de la cuisine.

— Que disait cette lettre ?

— Qu'elle se barrait et que je pouvais toujours me brosser pour la revoir la gosse.

— J'imagine qu'elle vous aime pas trop, hein ? fit Lula.

— Elle est tarée, répondit Soder. Alcoolo et tarée. Quand elle se lève, le matin, elle n'est même pas foutue de boutonner son chandail. J'espère que vous retrouverez vite ma gosse parce qu'Evelyn n'est pas capable de bien s'en occuper.

— Vous avez une idée de l'endroit où elles ont pu aller ?

Il émit un grognement railleur.

— Pas la moindre. Evelyn n'a pas d'amies, et en plus elle est bête comme une oie. À ce que j'en sais, elle n'avait pas beaucoup d'argent. Elles dorment sans doute dans la voiture, et elles doivent faire les poubelles pour manger.

Perspective peu réjouissante.

Je posai ma carte sur le bar.

— Au cas où une idée vous viendrait…

Il prit la carte et me fit un clin d'œil.

— Hé, fit Lula, j'aime pas ces façons. Refais-lui de l'œil, je te l'arrache de la tête.

— Qu'est-ce qui lui prend à la grosse dondon ? me demanda Soder. Vous sortez ensemble, toutes les deux ?

— C'est mon garde du corps.

— J'suis pas une « grosse dondon » ! Je suis seulement une femme forte. Assez forte pour te faire faire le tour de la salle à coups de pied dans ton petit cul de Blanc.

J'entraînai Lula vers la sortie et nous nous retrouvâmes sur le trottoir, clignant des yeux en plein soleil.

— Je le trouve pas sympa, décréta Lula.

— Tu m'étonnes.

— J'ai pas aimé comme il arrêtait pas d'appeler sa fille *la gosse*. Et c'est pas cool d'avoir envie qu'une vieille dame soit jetée à la rue.

Je joignis Connie de mon téléphone portable et lui demandai de me trouver l'adresse personnelle de Soder ainsi que les renseignements habituels sur sa voiture.

— Tu penses qu'il séquestre Annie dans sa cave ? demanda Lula.

— Non, mais je pense que ça ne mange pas de pain d'aller vérifier.

— Bon, et maintenant ?

— Maintenant, on va voir l'avocat que Soder a pris pour son divorce. Il doit y avoir des raisons à cette caution, et j'aimerais les connaître.

— Tu sais qui c'est son avocat ?

Je montai en voiture et tournai la tête vers Lula.

— Dickie Orr.

Grand sourire de Lula.

— Ton ex ? Chaque fois qu'on va le voir, il te jette de son cabinet. Tu t'imagines qu'il va bien vouloir te parler d'une de ses clientes ?

J'avais eu le mariage le plus court de toute l'histoire du Bourg. À peine avais-je fini de déballer mes cadeaux de noces que j'avais surpris ce salaud sur notre table de salle à manger en compagnie de mon ennemie jurée, Joyce Barnhardt. Avec le recul, je n'arrive pas à concevoir comment j'ai pu avoir envie d'épouser Orr. Je suppose que j'étais amoureuse de l'idée d'être amoureuse.

Les filles du Bourg aspirent à certaines choses. On grandit, on se marie, on fait des enfants, on élargit des hanches et on apprend à dresser un buffet pour quarante personnes. Ce dont je *rêvais*, moi, c'était de me faire irradier comme Spiderman et de voler comme Superman. Ce à quoi *j'aspirais*, c'était de me marier. J'ai fait de mon mieux pour vivre à la hauteur de mes aspirations, mais ça n'a pas marché. Je suppose que j'ai été naïve. Attirée par le physique avantageux de Dickie et par ses bonnes manières. Aveuglée aussi par le fait qu'il était avocat.

Je ne voyais pas ses défauts : sa piètre opinion des femmes, son aptitude à mentir sans vergogne. Je suppose que je ne devrais pas lui jeter la pierre pour ça, étant moi-même assez douée pour le mensonge. Cela dit, je ne mens jamais pour les trucs perso… comme l'amour et la fidélité.

— Dickie sera peut-être dans un bon jour et d'humeur loquace, dis-je.

— Ouais, et ça nous aiderait que tu ne lui sautes pas à la gorge pour essayer de l'étrangler, comme la dernière fois.

Ses bureaux se trouvaient à l'autre bout de la ville. Il avait quitté un grand cabinet pour s'installer à son compte. Apparemment, ça marchait plutôt bien pour lui. Il louait un local commercial de deux pièces dans le Carter Building. J'y étais déjà passée une fois, en coup de vent, et j'avais plus ou moins pété un câble.

— Je saurai me tenir, cette fois, assurai-je à Lula.

Elle leva les yeux au ciel et monta dans la Honda.

Je pris State Street jusqu'à Warren Street, puis tournai dans Somerset Street. Je trouvai une place de parking juste en face de l'immeuble de Dickie, et y vis un bon présage.

— Tss, tss, fit Lula. C'est juste que t'as un bon karma côté places de parking. Ça compte pas pour les rapports avec les autres. T'as lu ton horoscope aujourd'hui ?

Je lui lançai un regard.

— Non. Il n'est pas bon ?

— Il dit que tes lunes sont pas bien aspectées, et qu'il faut que tu fasses gaffe si tu dois prendre une décision concernant tes finances. Oh, et aussi que tu vas avoir des problèmes avec des hommes.

— J'ai toujours des problèmes avec les hommes.

J'en ai deux dans ma vie, et je ne sais que faire ni de l'un ni de l'autre. Ranger me fiche une trouille bleue, et Morelli semble avoir décidé que, à moins que je ne change de comportement, je lui créée plus d'ennuis que je n'en vaux. Ça fait des *semaines* que je n'ai plus de nouvelles de lui.

— Ouais, mais là, ça va être de *gros gros* problèmes, dit Lula.

— Ça, tu l'inventes.

— Mais non.

— Mais *si*.

— Bon, d'accord, peut-être que je brode un peu, mais pas sur les problèmes avec les hommes.

Je glissai des pièces dans le parcmètre, puis traversai la rue. Toujours flanquée de Lula, j'entrai dans l'immeuble et pris l'ascenseur jusqu'au deuxième étage. Le bureau de Dickie se trouvait au fond du couloir. Sur la plaque à côté de la porte, on pouvait lire : *Richard Orr, Avocat*. Je fus prise de l'envie folle de rajouter au-dessous *À la Cour des Gros Cons*, mais je me retins. J'étais, après tout, une femme humiliée, et cela me donnait certaines responsabilités. Autant ne le rajouter qu'en sortant.

Le hall d'accueil de son cabinet était décoré avec goût dans le style chic commercial. Des noirs, des gris, et, çà et là, un fauteuil capitonné de tissu grenat. Si les Simpson avaient fait appel à Tim Burton pour décorer leur maison, ça aurait donné à peu près ça. La secrétaire de Dickie, Caroline Sawyer, trônait à un grand bureau en acajou. Je l'avais déjà vue lors de ma visite précédente. Elle leva la tête à notre entrée. Ses yeux s'écarquillèrent de terreur, et elle posa la main sur le téléphone.

— Si vous approchez, j'appelle la police, dit-elle.

— J'aimerais voir Dickie.

— Il n'est pas là.

— Je te parie que c'est un bobard, intervint Lula. J'ai le chic pour savoir quand on me mène en bateau.

Elle agita l'index à l'intention de Caroline Sawyer.

— Dieu, il aime pas que les gens racontent des craques.

— Il n'est pas là, je le jure.

— Là, tu blasphèmes, insista Lula. Tu vas au-devant de gros ennuis.

La porte du bureau de Dickie s'ouvrit et ce dernier passa la tête par l'entrebâillement.

— Oh, merde, dit-il en nous voyant, Lula et moi.

Il rentra vivement la tête et claqua la porte de son bureau.

— Il faut que je te parle, criai-je.

— Non. Va-t'en. Caroline, appelez la police.

Lula s'appuya contre le bureau et se pencha vers Caroline.

— Si t'appelles la police, je te casse un ongle. T'auras besoin d'une nouvelle manucure.

Caroline contempla ses ongles.

— Je viens de les faire faire hier.

— Du bon boulot, approuva Lula. Tu vas où ?

— Chez Kim Ongles, dans Second Street.

— C'est le meilleur, moi aussi, je vais là, dit Lula. Je me suis fait faire des décos d'ongles, cette fois. Regarde, des toutes petites étoiles peintes dessus.

Caroline lança un coup d'œil aux ongles de Lula.

— Génial, dit-elle.

Je passai derrière la secrétaire au petit trot et frappai à la porte de Dickie.

— Ouvre ! Je te promets de ne pas essayer de t'étrangler. Il faut que je te parle d'Annie Soder. Elle a disparu.

La porte s'entrouvrit.

— Comment ça… disparu ?

— Apparemment, Evelyn est partie avec sa fille, du coup, Soder veut faire jouer la caution de garde d'enfant.

La porte s'ouvrit tout grand.

— Je craignais que ça n'arrive.

— J'essaie de retrouver Annie. J'espérais que tu pourrais me donner des infos.

— Je ne vois pas en quoi je pourrais t'être utile. J'étais l'avocat de Soder. Evelyn était représentée par Albert Khloune. Pendant la procédure de divorce, il y avait tant d'acrimonie entre eux, tant de menaces proférées des deux côtés que le juge a imposé les cautions.

— Soder aussi a dû en verser une ?

— Oui, mais relativement insignifiante. Soder possède un fonds de commerce, il y a peu de risques qu'il s'enfuie. Evelyn, en revanche, n'a rien qui la retient ici.

— Que penses-tu de Soder ?

— Un bon client. Il me payait rubis sur l'ongle. Il se mettait en pétard lors des audiences. Evelyn et lui se détestent cordialement.

— Tu penses qu'il est un bon père ?

Dickie tourna ses paumes vers le plafond.

— Je n'en sais rien.

— Et Evelyn ?

— Elle m'a toujours donné l'impression d'être un peu à côté de la plaque. Dans les nuages. Il vaut sans doute mieux pour la petite qu'on la retrouve. Evelyn pourrait la perdre et ne pas s'en rendre compte avant plusieurs jours.

— Autre chose ?

— Non, mais ça me fait bizarre que tu ne m'aies pas agressé.

— Déçu ?

— Ouais, j'avais prévu une bombe lacrymo.

Ça aurait pu me faire sourire s'il avait dit ça en guise de plaisanterie, mais je le soupçonnais d'être très sérieux.

— La prochaine fois, peut-être, lui dis-je.

— Tu sais où me trouver.

Lula et moi marchâmes d'un bon pas hors du bureau, dans le couloir, puis dans l'ascenseur.

— C'était vachement moins marrant que la dernière fois, dit Lula. Tu l'as même pas menacé. Tu l'as même pas poursuivi autour de son bureau, ni rien.

— Je crois que je ne le déteste plus autant qu'avant, voilà tout.

— C'est con, ça.

Nous traversâmes la rue et, là, sur le pare-brise de ma voiture, nous vîmes une contravention.

— Tu vois, s'écria Lula. C'est à cause de tes lunes. T'as pris une mauvaise décision financière en choisissant ce parcmètre bousillé.

Je fourrai la contravention dans mon sac et ouvris la portière d'un geste brusque.

— T'as intérêt à faire gaffe, poursuivit Lula. Les problèmes avec les hommes, ça vient juste après.

Je téléphonai à Connie et lui demandai de me trouver l'adresse d'Albert Khloune. Quelques minutes plus tard, elle me communiquait celle de son cabinet ainsi que l'adresse personnelle de Soder. Les deux étaient dans Hamilton.

Nous passâmes d'abord devant chez Soder. Il habitait une résidence donnant sur un espace vert. Les immeubles d'un étage en brique s'inspiraient vaguement du style colonial, avec des persiennes et une colonne blanches de part et d'autre de la porte. L'appartement de Soder se trouvait en rez-de-chaussée.

— Je suppose qu'il retient pas la petite fille prisonnière dans sa cave, dit Lula. Vu qu'il a pas de cave.

Nous surveillâmes l'appartement pendant quelques minutes, rien ne se produisit, alors nous partîmes chez Khloune.

Le cabinet d'Albert Khloune, composé de deux pièces, se trouvait dans un centre commercial à côté d'une laverie automatique. Il y avait un bureau pour la secrétaire, mais pas de secrétaire. Khloune lui-même y était installé et tapait à un ordinateur. Il n'était pas plus grand que moi et donnait l'impression d'approcher de la puberté. Des cheveux blond-roux, un visage de chérubin et le corps rondouillard du petit bonhomme Pillsbury*.

Il leva la tête à notre entrée et nous sourit du bout des lèvres, pensant sans doute que nous venions quémander des pièces de monnaie pour laver notre linge sale. Je sentais le sol vibrer sous mes pieds à cause des tambours à côté, et l'on entendait le grondement lointain des grosses machines à laver industrielles.

— Albert Khloune ?

* Emblème publicitaire de cette marque de farine. *(N.d.T.)*

Il portait une chemise blanche, une cravate à rayures rouges et vertes, et un pantalon kaki. Il se leva et ajusta sa cravate d'un geste emprunté.

— Je suis Khloune, oui, dit-il.

— Bah, là, je suis hyperdéçue, se plaignit Lula. Où il est votre nez rouge qui fait *bip-bip* ? Et vos grands pieds de clown ?

— Je ne suis pas clown. Non, non, non. Tout le monde m'a toujours dit ça. Depuis le jardin d'enfants, j'entends des trucs comme ça. Mon nom s'écrit « K-h-l-o-u-n-e ». Albert Khloune !

— Ça pourrait être pire, dit Lula. Vous auriez pu vous appeler Albert Féchié.

Je tendis ma carte à Khloune.

— Je suis Stéphanie Plum, et voici mon associée, Lula. J'ai cru comprendre que vous aviez représenté Evelyn Soder pour son divorce.

— Wouah ! s'écria-t-il. Vous êtes chasseuse de primes ?

— Je travaille pour une agence de cautionnement, rectifiai-je.

— Ouais, mais ça veut dire chasseuse de primes, pas vrai ?

— Au sujet d'Evelyn Soder…

— Oui, bien sûr. Qu'aimeriez-vous savoir ? Elle a des ennuis ?

— Evelyn et Annie ont disparu. Apparemment, Evelyn est partie avec sa fille pour lui éviter de devoir rendre visite à son père. Elle a laissé un mot.

— Elle devait avoir une bonne raison de s'en aller, dit Khloune. Elle ne voulait pas mettre en péril la maison de sa grand-mère, mais elle n'a pas eu le choix. Elle n'avait personne d'autre vers qui se tourner pour la garantie de la caution.

— Une idée de l'endroit où Evelyn et Annie ont pu aller ?

Khloune fit non de la tête.

— Non. Evelyn ne disait pas grand-chose. À ce que je sais, toute sa famille vit dans le Bourg. Sans vouloir être méchant, elle n'a pas inventé le fil à couper le beurre. Je crois même qu'elle ne sait pas conduire. Elle se faisait toujours accompagner quand elle venait ici.

— Où elle est votre secrétaire ? demanda Lula.

— Je n'en ai plus pour le moment. J'en avais une à mi-temps, mais elle trouvait que les bouloches que font voler les séchoirs lui bouchaient les sinus. Je devrais passer une annonce dans le journal, mais je ne suis pas vraiment organisé. J'ai ouvert ce cabinet voilà seulement deux mois. Evelyn a été une de mes premières clientes. C'est pour ça que je me souviens bien d'elle.

Evelyn était sans doute sa *seule* cliente.

— Elle vous a payé vos honoraires ?

— Elle paie par mensualités, me répondit-il.

— Si elle vous envoie un chèque, je vous serais reconnaissante de me dire où il a été posté.

— Exactement ce que j'allais suggérer, dit Lula. J'y avais pensé aussi.

— Ouais, moi aussi, dit Khloune. J'ai eu la même idée.

Une femme frappa à la porte et passa la tête par l'entrebâillement.

— Le séchoir du bout ne marche pas. Il a avalé toutes mes pièces, et rien ne se passe. En plus, je n'arrive pas à ouvrir la porte.

— Hé ! fit Lula. Vous croyez que ça nous intéresse ? Ce monsieur est avocat. Il en a rien à battre de vos pièces.

— Ça arrive sans arrêt, soupira Khloune en prenant un formulaire dans le premier tiroir de son bureau. Tenez, dit-il à la femme. Remplissez ça et la direction vous remboursera.

— Ils vous font une ristourne sur votre loyer pour ça ? demanda Lula.

— Non. Ils cherchent plutôt à m'expulser.

Il regarda autour de lui dans la pièce.

— C'est mon troisième bureau en six mois, reprit-il. Dans mon premier, j'ai mis accidentellement le feu à une poubelle et l'incendie s'est propagé à tout l'immeuble. Celui d'après a été condamné quand il y a eu un incident dans les toilettes du dessus et que le toit s'est effondré.

— Des toilettes publiques ? demanda Lula.

— Oui. Mais je vous jure que ce n'était pas moi. Je le saurais quand même !

Lula consulta sa montre.

— C'est mon heure de déjeuner, dit-elle.

— Hé, que diriez-vous si je mangeais avec vous deux ? dit Khloune. J'ai ma petite idée sur cette affaire. On pourrait en parler à table.

Lula lui lança un regard de biais.

— Vous avez personne pour déjeuner avec vous, hein ?

— Oh, si, bien sûr, des tas de gens. Tout le monde veut déjeuner avec moi. Seulement, je n'ai rien de prévu pour aujourd'hui.

— Vous êtes un accident ambulant, dit Lula. Si on déjeune avec vous, y a de fortes chances qu'on fasse une intoxication alimentaire.

— Si vous tombiez grièvement malade, je pourrais vous obtenir un bon paquet de fric, dit-il. Et si vous mourriez, là, ce serait le jackpot.

— On ne mange que dans les fast-foods, dis-je.

Son regard s'éclaira.

— *J'adore* les fast-foods ! C'est toujours pareil. On n'est jamais déçu. Pas de surprise.

— Et, en plus, c'est pas cher, renchérit Lula.

— Tout à fait !

Il apposa une pancarte *En pause-déjeuner* sur la porte vitrée de son cabinet, et ferma à clé derrière lui. Il grimpa à l'arrière de la Honda et se pencha vers nous entre nos deux sièges.

— Vous êtes croisé avec un golden retriever ? demanda Lula. Vous me soufflez dans le cou. Enfoncez-vous dans votre siège. Attachez votre ceinture. Et si jamais vous vous mettez à baver, on vous éjecte.

— Hé, c'est marrant, dit-il. Qu'est-ce qu'on va manger ? Du poulet frit ? Du poisson pané ? Un cheeseburger ?

Dix minutes plus tard, nous repartions du McDrive, chargés de hamburgers, de milk-shakes et de frites.

— OK, dit Khloune. Je vais vous dire ce que je pense. Je pense qu'Evelyn n'est pas partie loin. Elle est gentille, mais elle n'est pas une lumière, d'accord ? Je veux dire, où peut-elle aller ? Qui nous dit qu'elle n'est pas chez sa grand-mère ?

— C'est sa grand-mère qui a fait appel à moi ! Elle risque de perdre sa maison.

— Ah ouais, j'avais oublié.

Lula le regarda dans le rétroviseur.

— Vous êtes allé où, une fac de droit offshore ?

— Très drôle.

Il rajusta de nouveau sa cravate.

— J'ai pris des cours par correspondance.

— C'est légal, ça ?

— Bien sûr, on passe des examens, et tout.

J'engageai la voiture sur le parking devant la laverie automatique et freinai.

— Nous y voilà, claironnai-je. Retour de déjeuner.

— Déjà ? gémit Khloune. Mais c'est trop bref, je n'ai même pas terminé mes frites. Et après, je dois encore manger ma tartelette.

— Désolée. Nous avons du travail devant nous.

— Ah ouais ? Quel genre ? Vous allez poursuivre un fou dangereux ? Je parie que je pourrais vous aider.

— Vous n'avez donc aucune affaire juridique à régler ?

— C'est mon heure de déjeuner.

— Ça ne présenterait aucun intérêt pour vous de nous accompagner, dis-je. Nous n'avons rien d'intéressant à faire. Je comptais repasser chez Evelyn et questionner les voisins.

— Je suis très bon pour m'adresser aux autres, dit-il. C'est le cours où j'ai eu mes meilleurs résultats… « S'adresser aux autres ».

— Ce serait pas juste de le mettre dehors avant qu'il ait mangé sa tartelette, dit Lula.

Elle se retourna vers la banquette arrière pour le regarder.

— Vous allez manger tout ça ?

— Bon, d'accord, il peut rester, dis-je. Mais on ne « s'adressera pas aux autres ». On restera dans la voiture.

— Comme le mec prêt à sauter sur le volant au cas où il faudrait prendre la fuite vite fait, c'est ça ?

— *Non !* Il n'y aura pas à prendre la fuite vite fait. Et vous ne sauterez pas sur le volant. Vous ne conduirez pas. C'est *moi* qui conduis.

— Sûr, dit-il. Je sais bien.

Je quittai le parking, trouvai Hamilton Avenue et la pris jusqu'au Bourg, puis tournai à gauche à l'hôpital St. François. Je me frayai un chemin à travers le dédale des rues puis ralentis devant chez Evelyn. Le quartier était tranquille en cette mi-journée. Pas de gamins à vélo. Personne assis sur les vérandas. Aucune circulation, pour ainsi dire.

Je souhaitais parler aux voisins d'Evelyn, mais pas flanquée de Lula et de Khloune. Lula fiche la frousse aux gens, et Khloune nous ferait passer pour des missionnaires. Je me garai contre le trottoir, descendis de voiture, imitée par Lula, et mis la clé dans ma poche.

— Faisons un petit tour, dis-je à Lula.

Elle coula un regard en direction de Khloune, assis sur la banquette arrière.

— Tu crois pas qu'on devrait lui entrouvrir une vitre ? Y a pas une loi là-dessus ?

— Je pense que cette loi s'applique aux chiens.

— Il a l'air d'être à sa place, à sa façon. Il est quand même mignon, dans le genre petit Blanc bas de gamme.

Je n'avais pas envie de retourner à la voiture et d'ouvrir la portière. Je craignais que Khloune ne bondisse à l'extérieur.

— Ça ira pour lui, dis-je. On n'en a pas pour longtemps, de toute façon.

Nous gagnâmes le perron et je sonnai. Pas de réponse. Toujours impossible de voir par la fenêtre côté rue.

Lula colla son oreille à la porte.

— Je n'entends rien là-dedans, dit-elle.

Nous fîmes le tour de la maison et regardâmes par la fenêtre de la cuisine. Les deux mêmes bols à céréales, les deux mêmes verres étaient posés sur la paillasse de l'évier.

— Faut qu'on fasse un tour à l'intérieur, dit Lula. Je te parie qu'elle est bourrée d'indices, cette baraque.

— Personne n'a la clé.

Lula essaya d'ouvrir la fenêtre.

— Fermée.

Elle évalua la porte du regard.

— Évidemment, on est chasseuses de primes, et si on pense qu'y a des voyous à l'intérieur, on a le droit de fracasser la porte.

Je suis connue pour faire des entorses à la loi de temps à autre, mais là, ce serait carrément une fracture multiple.

— Je ne veux pas abîmer sa porte, dis-je.

Je surpris le regard de Lula en direction de la fenêtre.

— Ni casser sa fenêtre. Nous ne sommes pas là au nom d'une agence de cautionnement, nous n'avons aucune raison d'entrer par effraction.

— Ouais, mais si la fenêtre se brisait par accident, ce serait quand même gentil de notre part d'aller y voir de plus près. Pour la réparer de l'intérieur, peut-être…

Lula fit tournoyer son gros sac à bandoulière en cuir noir et cassa le carreau.

— Oups, dit-elle.

Je fermai les yeux et appuyai mon front contre la porte. Je pris une profonde inspiration en m'intimant l'ordre de rester calme. Bien sûr, j'avais envie de hurler après Lula et, peut-être, de lui tordre le cou, mais à quoi bon ?

— Tu vas payer la réparation de cette fenêtre, lui dis-je.

— Tu parles ! C'est des locations. Ils ont des assurances pour ce genre d'accidents.

Elle fit tomber les quelques tessons de verre restants dans le châssis, passa le bras par la fenêtre brisée et tira le verrou.

Je pris dans ma besace des gants jetables en latex et nous les enfilâmes. Inutile de laisser des empreintes un peu partout alors que cette intrusion avait tout d'illégal. Avec la chance que j'avais, un braqueur viendrait cambrioler la maison et la police relèverait *mes* empreintes.

Nous nous faufilâmes dans la cuisine en fermant la porte derrière nous. La pièce était plutôt petite, Lula et moi côte à côte touchions les murs.

— On devrait peut-être faire le guet du salon, suggérai-je. Pour être sûres que personne ne nous surprenne.

— Faire le guet, c'est ma spécialité, dit Lula. Personne passera sans que je le voie.

Je commençai par la paillasse de l'évier, passai en revue le fatras habituel qu'on trouve dans une cuisine. Je ne vis pas de messages écrits sur le bloc-notes à côté du téléphone. Je fouillai dans une pile de prospectus. À part de jolies serviettes Martha Stewart en solde, je ne trouvai rien d'intéressant. Le dessin d'une maison fait aux crayons de couleur rouge et vert était scotché à la porte du réfrigérateur. Signé Annie, supposai-je. Les assiettes étaient bien rangées dans les éléments au-dessus de l'évier. Les verres, alignés trois par trois sur les étagères, étincelaient. Le frigo contenait des tas de condiments, mais aucun aliment périssable. Pas de lait, pas de jus d'orange. Pas de légumes frais, pas de fruits.

Je tirai plusieurs conclusions de l'état de la cuisine d'Evelyn. Un : ses placards étaient plus garnis que les miens ; deux : elle était partie dans la précipitation, mais avait tout de même pris le temps de jeter le lait. Si elle était une alcoolique, une droguée ou une folle, c'en était une qui avait le sens des responsabilités.

Ne trouvant rien d'utile dans la cuisine, j'enchaînai avec la salle à manger et le salon. J'ouvris des tiroirs, soulevai des coussins.

— Tu sais où j'irais, moi, si je devais me planquer ? dit Lula. J'irais à Disneyworld. T'y es déjà allée à Disneyworld ? J'irais là-bas, surtout si j'ai un problème, parce que tout le monde est heureux à Disneyworld.

— Moi, j'y suis allé sept fois à Disneyworld, dit Khloune.

Lula et moi sursautâmes au son de cette voix.

— Hé, fit Lula. Vous devriez être dans la voiture.

— J'en ai eu assez d'attendre.

Je foudroyai Lula du regard.

— Je faisais le guet, se défendit-elle. Je me demande pourquoi je l'ai pas vu passer.

Elle se tourna vers Khloune.

— Comment vous êtes entré ?

— La porte de derrière était ouverte. Et la vitre est cassée. Ce n'est pas vous qui l'avez cassée, au moins ? Un truc pareil, ça pourrait vous attirer de gros ennuis. C'est une effraction.

— On l'a trouvée comme ça, dit Lula. Du coup, on a mis des gants. On voudrait pas détruire des preuves s'il y a eu un vol.

— Bonne idée, s'écria Khloune avec une lueur dans le regard et une octave de plus dans la voix. Vous croyez que des trucs ont été volés ? Vous croyez que quelqu'un s'est fait bastonner ?

Lula le regarda comme si elle n'avait encore jamais vu quelqu'un d'aussi bête.

— Je vais voir à l'étage, dis-je. Vous deux, vous restez en bas, et vous ne touchez à rien.

— Vous espérez trouver quoi, à l'étage ? demanda Khloune en me talonnant dans l'escalier. Je parie que vous recherchez des indices qui vous mèneront à Evelyn et à Annie. Vous savez où je regarderais, moi ? Je regarderais…

Je fis volte-face, et faillis le faire tomber à la renverse.

— *En bas !* criai-je, bras tendu, mon nez contre le sien. Allez vous asseoir sur le canapé et restez-y jusqu'à ce que je vous dise de vous lever.

— Vivi, dit-il. Inutile de crier. Vous me le dites, OK ? Eh ben, ça doit être un de ces jours-là, hein ?

Je plissai les yeux.

— Un de quels jours ?

— Vous savez bien.

— Ce n'est *pas* un de ces jours-là !

— Non, intervint Lula, elle est comme ça tous les jours. Il vaut mieux que vous ne voyiez pas comment elle est un de ces jours-*là*.

Il y avait toujours des vêtements pendus dans les armoires et pliés dans les tiroirs de commodes. Evelyn n'avait dû emporter que l'essentiel. Soit son absence n'était que temporaire, soit son départ avait été précipité. Les deux, peut-être.

Pour autant que je pouvais le voir, il n'y avait plus aucune trace de Steven. Evelyn avait aseptisé la maison de sa présence. Pas d'articles de toilette pour hommes dans la salle de bains, pas de ceintures pour hommes tapies dans la penderie, pas de photos de famille dans des cadres argentés. J'avais moi-même fait ce genre de grand ménage quand j'avais divorcé de Dickie. Il n'empêche, plusieurs mois après notre séparation, il m'arrivait encore de tomber dans l'embuscade d'un objet oublié… une de ses chaussettes derrière la machine à laver, des clés de voiture qu'un coup de pied avait fait glisser sous le canapé et qu'on avait cru perdues.

L'armoire à pharmacie contenait les trucs habituels… un flacon de Tylenol, une bouteille de sirop antitussif pour enfants, du fil dentaire, un coupe-ongles, du dentifrice, une boîte de pansements, du talc. Pas de stimulants, pas de calmants. Pas d'hallucinogènes. Pas d'antidépresseurs. Autrement, les alcools brillaient par leur absence. Pas de bouteilles de vin ou de gin entassées dans les éléments de cuisine. Pas de bière dans le frigo. Carol se trompait-elle au sujet de la boisson et des comprimés ? Ou bien Evelyn avait-elle tout emporté ?

La tête de Khloune dépassa du chambranle de la porte de la salle de bains.

— Ça ne vous ennuie pas que je regarde aussi, hein ?

— Si ! Ça m'ennuie. Je vous avais dit de rester en bas. Que fait Lula ? Elle devait vous surveiller.

— Lula fait le guet. Pour ça, on n'a pas besoin d'être deux. Alors, j'ai décidé de vous aider à fouiller. Vous avez regardé dans la chambre d'Annie ? Je viens d'y jeter un coup d'œil, et je n'ai trouvé aucun indice, mais ses dessins sont effrayants. Moi, je vous dis qu'elle est perturbée, cette gamine. C'est la télévision. Toute cette violence.

— Le seul dessin que j'ai vu, c'est une maison rouge et verte.

— Le rouge, ça ressemblait à du sang ?

— Non. Plutôt à des fenêtres.

— Oh, oh, dit Lula de la pièce sur rue.

Aargh. Je déteste quand elle ohote.

— Quoi ? criai-je à son intention.

— Une voiture vient de se garer derrière la tienne.

Je lançai un coup d'œil depuis la fenêtre de la chambre d'Evelyn. Je vis une limousine, une Lincoln Town Car noire. Deux types en descendirent et marchèrent vers la maison. Je pris Khloune par la main et l'entraînai dans l'escalier à ma suite. Pas de panique. La porte est verrouillée. Et on ne peut pas voir à l'intérieur. Je fis signe aux autres de ne pas faire de bruit, et nous demeurâmes aussi immobiles que des statues, osant à peine respirer, tandis qu'un des deux hommes frappait à la porte.

— Il n'y a personne, dit-il au bout d'un moment.

Je poussai prudemment un soupir. Ils allaient s'en aller. Oui ?... Non. Il y eut dans la serrure le cliquetis d'une clé qui fit un tour, et la porte s'ouvrit.

Lula et Khloune se ruèrent derrière moi. Les deux hommes restèrent plantés sur le seuil.

— Oui ? demandai-je, essayant de donner l'impression que j'étais chez moi.

Les deux hommes, tous deux blancs, affichaient une petite cinquantaine d'années. Taille moyenne. En costume. Pas l'air ravis de voir les trois Stooge sous le toit d'Evelyn.

— Nous cherchons Evelyn, dit l'un des deux.

— Elle n'est pas ici, répondis-je. C'est de la part ?

— D'Eddie Abruzzi. Et voici mon associé, Melvin Darrow.

3

Oups. Eddie Abruzzi. Quelle journée de chiotte !

— On m'a dit qu'Evelyn avait déménagé, déclara Abruzzi. Vous ne sauriez pas où, par hasard ?

— Non, répondis-je. Mais, comme vous le voyez vous-même, elle n'a pas vraiment déménagé.

Abruzzi regarda autour de lui.

— Ses meubles sont là. Mais ça ne prouve rien.

— Bah, en toute logique..., dit Khloune.

Abruzzi lorgna l'énergumène.

— T'es qui, toi ?

— Je suis Albert Khloune. L'avocat d'Evelyn.

Ce qui arracha un sourire à Abruzzi.

— Evelyn a embauché un clown comme avocat. Génial.

— K-h-l-o-u-n-e, épela Khloune.

— Et moi, je suis Stéphanie Plum.

— Toi, je sais qui tu es, dit Abruzzi.

Sa voix dégageait un calme dérangeant, ses pupilles étaient étrécies en têtes d'épingle.

— Tu es celle qui a tué Benito Ramirez.

Benito Ramirez, un boxeur catégorie poids lourd qui avait tenté de m'assassiner à plusieurs reprises pour finir par se faire buter sur mon escalier de secours au moment où il fracassait ma fenêtre. Un criminel, un fou dangereux et un pervers qui puisait du plaisir et de l'énergie dans la douleur qu'il infligeait aux autres.

— Ramirez m'appartenait, dit Abruzzi. J'avais investi beaucoup de temps et d'argent sur lui. Je le comprenais. Nous avions beaucoup de distractions communes.

— Ce n'est pas moi qui l'ai tué, dis-je. Vous le savez très bien, n'est-ce pas ?

— Ce n'est pas toi qui as pressé sur la détente… mais c'est tout de même toi qui l'as tué.

Il reporta son attention sur Lula.

— Toi aussi, je sais qui tu es. Tu es une des putes de Benito. Qu'est-ce que ça te faisait de passer du temps avec Benito ? Ça te plaisait ? Tu te sentais importante ? Ça t'a appris des choses au moins ?

— Je me sens pas très bien, dit Lula.

Elle tomba dans les pommes aussi sec, s'effondrant sur Khloune, l'entraînant avec elle dans sa chute.

Ramirez avait exercé des sévices sur Lula. Il l'avait torturée et l'avait laissée pour morte. Mais elle était encore bien vivante. Il en faudrait beaucoup pour tuer Lula.

Khloune, en revanche, semblait sur le point de passer l'arme à gauche d'un moment à l'autre. Il était tout écrabouillé sous Lula, et seuls ses pieds dépassaient, en une imitation assez convaincante de la Méchante Sorcière de l'Est au moment où la maison de Dorothy lui tombe dessus. Il émit un son, mi-couinement, mi-dernier soupir.

— À l'aide, murmura-t-il. J'peux p'u respirer.

Darrow prit Lula par une jambe, je la pris par un bras, et nous la fîmes rouler sur elle-même, délivrant Khloune.

Il ne bougea pas pendant un long moment, les yeux vitreux, la respiration hachée.

— J'ai quelque chose de cassé ? demanda-t-il. Je me suis souillé ?

— Qu'est-ce que vous faites ici ? demanda Abruzzi. Comment êtes-vous entrés ?

— On est venus voir Evelyn, répondis-je. La porte de derrière était ouverte.

— Toi et ta grosse copine pute, vous portez toujours des gants en latex ?

Lula ouvrit un œil.

— C'est qui que tu traites de grosse ?

Ouverture de l'autre l'œil.

— Qu'est-ce qui s'est passé ? Qu'est-ce que je fous par terre ?

— Tu t'es évanouie, lui expliquai-je.

— Tu déconnes, dit-elle en se relevant. Je m'évanouis jamais, moi. Ça m'est jamais arrivé de ma vie.

Elle avisa Khloune, toujours étalé par terre de tout son long.

— Et lui, à quoi il joue ?

— Tu lui es tombée dessus.

— Elle m'a écrasé comme une punaise, geignit Khloune en se relevant tant bien que mal. J'ai de la chance d'être encore en vie.

Abruzzi nous considéra tous pendant quelques instants.

— Ceci est ma propriété, dit-il. Ne vous avisez plus d'y pénétrer sans autorisation. Je me fiche que vous soyez une amie de la famille, un avocat ou une salope de meurtrière. Pigé ?

Je pinçai la bouche et ne pipai mot.

Lula fit passer son poids d'un pied sur l'autre.

— Han ! fit-elle.

Et Khloune dodelinait énergiquement de la tête.

— Oui, m'sieur, dit-il, nous comprenons très bien. *No problemo*. Nous avons forcé la porte, cette fois, uniquement parce que…

Lula lui flanqua un coup de pied dans le mollet.

— *Aïe !* cria Khloune en se pliant en deux pour tendre les mains à sa jambe.

— Sortez, dit Abruzzi. Et ne remettez jamais plus les pieds dans cette maison.

— La famille d'Evelyn m'a chargée de défendre ses intérêts. Ça implique que je vais devoir passer ici de temps à autre.

— Tu n'as pas écouté. Je viens de te dire de garder tes distances. Et de cette maison, et des affaires d'Evelyn.

Alarmes et sirènes se déclenchèrent dans un coin de mon cerveau. Pourquoi Abruzzi se souciait-il tant d'Evelyn et de sa maison ? C'était son propriétaire, soit. Mais d'après ce que je savais de ses affaires, ce n'était pas un bien immobilier très important pour lui.

— Sinon ? demandai-je.

— Je te rendrai la vie impossible. Je sais comment mettre à mal une femme. Benito et moi avions cela en commun. Nous savions faire entendre raison aux femmes. Dis-moi, que furent les derniers moments de Benito ? A-t-il souffert ? A-t-il eu peur ? Savait-il qu'il allait mourir ?

— Je n'en sais rien. Il était de l'autre côté de la fenêtre. J'ignore ce qu'il éprouvait.

À part une rage démente.

Abruzzi me considéra un long moment.

— Marrant, le destin, n'est-ce pas ? Voilà que tu resurgis dans ma vie. Et tu te retrouves, une fois encore, du mauvais côté. Ça va être intéressant de voir comment cette campagne va se dérouler.

— Quelle campagne ?

— Je suis un passionné de stratégie militaire. Et ceci, toutes proportions gardées, est une guerre.

Il fit un petit geste de la main.

— Peut-être pas une guerre, rectifia-t-il. Plutôt une guérilla, je pense. En tout cas, quel que soit le nom qu'on lui donne, c'est un combat. Et, comme je me sens d'humeur généreuse aujourd'hui, je te laisse le choix. Soit tu t'en vas de cette maison et tu ne t'occupes plus des affaires d'Evelyn, et je t'accorde l'amnistie. Soit tu continues à t'en mêler, et je te considérerai comme un soldat ennemi, et la guerre commencera.

Aïe, aïe, aïe. Complètement givré, ce type.

Je levai la main pour calmer le jeu.

— Je ne mène aucune guerre, dis-je. Je ne suis qu'une amie d'Evelyn venue arroser ses plantes et vérifier que tout va bien. Nous nous en allons. Et je pense que vous devriez faire la même chose.

Et aussi prendre un calmant. Un bon calmant.

J'entraînai Lula et Khloune loin d'Abruzzi et de Darrow, vers la sortie, vers la voiture, et nous partîmes.

— Bon Dieu de merde ! s'écria Lula. C'était quoi ? Je trouille grave de chez grave. Eddie Abruzzi a les mêmes yeux que Ramirez. Et Ramirez n'avait pas d'âme. Je croyais que j'avais laissé tout ça derrière moi, mais quand je l'ai regardé dans les yeux tout à l'heure, tout m'est revenu. C'était comme me retrouver une fois de plus devant Ramirez. Je vais vous dire, je panique, je flippe, je tachycarde carrément… il me faut un hamburger. Non, attendez une minute, je viens d'en manger un. Il me faut autre chose. Il me faut… Il me faut… Il me faut faire du shopping. Il me faut une nouvelle paire de chaussures.

Le regard de Khloune s'éclaira.

— Ah ! Ramirez et Abruzzi sont des voyous, c'est ça ? Et Ramirez est mort, c'est ça ? C'était un tueur professionnel ?

— Un boxeur professionnel.

— La vache ! Ce Ramirez ! Je me souviens avoir lu des articles sur lui dans les journaux. La vache ! Alors, c'est vous qui avez buté Benito Ramirez !

— Je ne l'ai *pas* buté. Il était sur mon escalier de secours, il essayait de s'introduire chez moi et quelqu'un d'autre l'a tué.

— Ouais, renchérit Lula, elle tire presque jamais sur les gens. Et, de toute façon, je m'en fiche, je me barre d'ici. J'ai besoin d'air, d'air de centre commercial. Je respirerais plus librement dans le bon air d'un centre commercial.

Je ramenai Khloune à la laverie automatique et déposai Lula à l'agence. Elle monta dans sa Firebird rouge et démarra en trombe, pendant que moi, j'allais rendre visite à Connie.

— Le type que tu as arrêté hier, me dit-elle. Tu sais, Martin Paulson ? Il a été relâché. Il y a eu un vice de forme lors de sa première arrestation, du coup, il a bénéficié d'un non-lieu.

— On devrait l'enfermer rien que parce qu'il existe.

— Si j'ai bien compris, au moment de sa remise en liberté, ses premières paroles d'homme libre ont été des propos peu flatteurs à ton égard.

— Génial.

Je me laissai tomber sur le canapé.

— Tu savais qu'Eddie Abruzzi gérait la carrière de Benito Ramirez ? On est tombés sur lui chez Evelyn. Pendant que j'y pense, sa maison a une fenêtre cassée qu'il faudrait réparer. Côté jardin.

— Un gamin a lancé une balle de base-ball, c'est ça ? dit Connie. Et juste après que vous l'avez vu briser la fenêtre, il a pris ses jambes à son cou et vous ne savez pas qui c'est. Attends, j'ai mieux : vous ne l'avez même pas vu. La fenêtre était déjà cassée à votre arrivée.

— Pile-poil. Alors, que sais-tu sur Abruzzi ?

Connie entra ce nom dans son ordinateur. En quelques secondes, toutes les informations disponibles s'affichèrent sur l'écran. Adresse personnelle, ancienne adresse, parcours professionnel, épouses, enfants, parcours carcéral. Elle imprima le tout et me tendit les documents.

— Je peux te trouver la marque de son dentifrice et aussi le diamètre de son testicule droit si ça t'intéresse, mais ça prendra un peu plus de temps.

— Tentant, mais je pense que je devrais pouvoir m'en passer.

— Je te parie qu'il en a de gros.

Je me bouchai les oreilles.

— Je ne t'écoute plus !

Je lui lançai un regard oblique.

— Que sais-tu d'autre sur lui ?

— Pas grand-chose. Juste qu'il possède plusieurs biens immobiliers dans le Bourg et en ville. J'ai entendu dire que ce n'était pas un tendre, mais je ne connais pas tous les détails. Il y a quelque temps, il a été arrêté pour un racket de petite envergure. Les poursuites ont été abandonnées faute de témoins *vivants*. Mais pourquoi t'intéresses-tu à Abruzzi ?

— Curiosité malsaine.

— J'ai deux non-comparutions aujourd'hui. Laura Minello s'est fait choper pour vol à l'étalage il y a deux semaines et devait se présenter au tribunal hier. On l'attend toujours…

— Qu'est-ce qu'elle a volé ?

— Une BMW flambant neuve. Rouge. Elle l'a sortie du parking en plein jour.

— Pour l'essayer ?

— Ouais, sauf qu'elle n'a prévenu personne qu'elle la prenait, et qu'elle l'a essayée pendant quatre jours avant de se faire arrêter.

— On ne peut que respecter une femme qui prend ce genre d'initiative.

Connie me tendit deux dossiers.

— L'autre DDC, c'est Andy Bender. Lui, c'est des violences conjugales à répétition. Il me semble que tu l'as déjà arrêté une fois. Tu le trouveras sans doute chez lui, rond comme une barrique, ne sachant plus quel jour on est.

Je feuilletai son dossier. Connie ne se trompait pas. Je m'étais déjà frottée à lui. C'était un homme épave, un ivrogne patenté.

— Je te signale que ce type m'a déjà poursuivie avec une tronçonneuse, lui fis-je remarquer.

— Oui, mais si tu regardes le bon côté des choses, il n'avait pas de revolver.

Je glissai les deux dossiers dans ma besace.

— Tu pourrais peut-être faire une recherche sur Evelyn Soder, et voir si ton ordinateur ne pourrait pas percer à jour ses secrets les plus intimes.

— Pour les secrets intimes, c'est quarante-huit heures de travail.

— Mets ça sur ma note. Il faut que je file. Je dois parler au Magicien.

Le Magicien, c'est Ranger. Je l'appelle le Magicien, parce que, avec lui, tout se passe comme par magie. Il franchit mystérieusement des portes verrouillées. Il lit dans les pensées. Il est capable de refuser un dessert. Et il peut provoquer chez moi une bouffée de chaleur rien qu'en m'effleurant du bout d'un doigt. J'hésitais à l'appeler. Avec lui, j'ai toujours l'impression de me retrouver en un lieu étrange empli de doubles sens et de désir physique non assouvi. Mais nous sommes aussi partenaires, en quelque sorte, et il a des contacts que, moi, je n'aurais jamais. La recherche d'Annie avancerait beaucoup plus vite en faisant intervenir Ranger.

Je montai en voiture et composai son numéro sur mon portable. Je laissai un message sur son répondeur, puis je lus le dossier de Bender. Apparemment, rien de très nouveau depuis la dernière fois que je l'avais vu. Il n'avait toujours pas d'emploi. Il battait toujours sa femme. Et il habitait toujours dans un logement social à l'autre bout de la ville. Ça n'allait pas être très compliqué de le trouver. Le plus compliqué, ce serait de le forcer à monter dans ma voiture.

Hé, me dis-je, pourquoi être négative dès le départ ? Vois les choses du bon côté, d'accord ? Aie le regard « verre à moitié plein ». Peut-être M. Bender sera-t-il désolé d'avoir raté sa convocation au tribunal ? Peut-être sera-t-il ravi de me revoir ? Et peut-être qu'il n'y aura plus d'essence dans sa tronçonneuse ?

Je mis le contact et filai à travers la ville. C'était un bel après-midi, les logements sociaux en paraissaient presque habitables. Les carrés de terre sèche devant les entrées dégageaient un optimisme qui donnait à penser que cette année, peut-être, l'herbe pousserait, que les ferrailleurs du bout de la rue cesseraient, peut-être, de déverser de l'huile de vidange, qu'un billet de loterie, peut-être, rapporterait gros. Mais peut-être pas.

Je me garai devant l'immeuble de Bender et observai les alentours. Par manque de terme plus approprié, cette partie de la cité pourrait être décrite comme des rez-de-jardin. Bender occupait l'un d'eux. Il avait une femme qu'il maltraitait et, une chance, pas d'enfant.

Une sorte de bazar à ciel ouvert fonctionnait non loin de là. Il consistait en deux voitures, une vieille Cadillac et une nouvelle Oldsmobile. Leurs propriétaires les garaient le long du trottoir et vendaient à la sauvette le contenu de leur coffre : sacs à main, T-shirts, DVD, et Dieu sait quoi. Quelques personnes étaient agglutinées autour des véhicules.

Je farfouillai dans ma besace et y dégotai un cylindre aussi gros qu'un sac boudin : ma bombe lacrymogène. Je la secouai pour vérifier qu'elle me serait d'une quelconque utilité, puis la glissai dans la poche de mon jean pour une préhension facile. Je pris une paire de menottes dans la boîte à gants et la coinçai dans le creux de mes reins, sous la ceinture de mon pantalon. OK, là, j'avais toute la panoplie de la chasseuse de primes. Je m'approchai de la porte de chez Bender, pris une profonde inspiration et frappai.

La porte s'ouvrit et Bender me considéra.

— Ouais ?

— Andy Bender ?

Il se rembrunit et inclina le buste vers moi.

— On se connaît ?

Va droit au but, m'intimai-je en projetant le bras derrière moi pour prendre les menottes. *Bouge rapidement et prends-le par surprise.*

— Je suis Stéphanie Plum, dis-je, produisant les menottes d'un geste vif et lui passant un des bracelets au poignet gauche. Agent de cautionnement. Nous devons nous rendre au poste de police afin que vous soit signifiée une nouvelle convocation devant le tribunal.

Je posai une main sur son épaule et le fit pivoter sur lui-même afin de pouvoir menotter son poignet droit.

— Hé, minute ! s'écria-t-il en s'écartant. C'est quoi ce plan ? Je ne compte aller nulle part, moi.

Il tenta de me décocher un coup de poing, perdit l'équilibre et chavira sur le côté, percutant une table basse. Une lampe et un cendrier se fracassèrent sur le sol. Bender les regarda, ahuri.

— T'as cassé ma lampe, dit-il.

Son visage s'empourpra, ses yeux se plissèrent.

— J'aime pas qu'on casse mes lampes.

— Ce n'est pas moi qui l'ai cassée !

— Je te dis que c'est toi. T'es sourde ?

Il ramassa la lampe et me la jeta à la figure. Je baissai la tête juste à temps, la lampe fila tout droit et alla s'écraser contre le mur.

Je plongeai la main dans ma poche, mais Bender m'avait ceinturée avant que j'aie eu le temps de prendre ma bombe lacrymo. Il était un peu plus grand que moi, maigre et nerveux, pas particulièrement fort, mais rusé comme un serpent. Et, en plus, motivé par la haine et la bière. Nous fîmes des roulés-boulés sur le sol pendant un petit moment, avec force coups de pied et coups d'ongles. Il essayait de me faire des misères, moi, j'esquivais. Cependant, ni lui ni moi n'avions beaucoup de chance à ce jeu-là.

La pièce était un vrai foutoir : piles de journaux, d'assiettes sales et de cannettes de bière vides. Nous nous cognions contre des tables, contre des chaises, les assiettes et les cannettes dégringolaient par terre, et nous roulions sur nous-mêmes et sur tout ça. Un lampadaire tomba, imité par un carton à pizza.

Je réussis à échapper à la poigne de Bender et à me relever. Il fonça sur moi, brandissant un couteau de boucher à la lame de vingt-cinq centimètres. Je supposai qu'il devait être enterré sous le tas de détritus dans son salon. Je poussai un cri strident, et pris mes jambes à mon cou. La bombe lacrymo, on oublie.

Pour un homme ivre mort, Bender était d'une rapidité étonnante. Je courus dans la rue comme une dératée, Bender sur mes talons. Je m'arrêtai, titubante, à hauteur des vendeurs à la sauvette, me réfugiant derrière la Cadillac pour reprendre mon souffle.

L'un des vendeurs s'approcha de moi.

— T-shirts ! T-shirts ! me dit-il. Aussi beaux que ceux de chez Gap. J'ai toutes les tailles.

— M'intéresse pas.

— Pas chers ! Pas chers !

Bender et moi exécutions un pas de deux autour de la voiture. Il bougeait, je bougeais ; il bougeait, je bougeais. En même temps, j'essayais de sortir ma bombe lacrymogène de ma poche. Le problème, c'est que mon jean était très très ajusté, que ma bombe se trouvait coincée tout au fond de ma poche et que mes mains suaient et tremblaient.

Un type était assis sur le capot de l'Oldsmobile.

— Andy ! cria-t-il. Pourquoi tu poursuis cette jolie fille avec un couteau ?

— Elle a gâché mon repas de midi. Juste au moment où j'allais manger ma pizza, elle est arrivée et elle a tout gâché.

— Je vois ça, dit le type. Elle est couverte de morceaux de pizza. On dirait qu'elle s'est roulée dedans.

Il y avait un deuxième type assis sur l'Oldsmobile.

— C'est louf, commenta-t-il.

— Et si l'un de vous deux me donnait un coup de main, les gars ? criai-je. Ce ne serait pas de refus ! Prenez-lui ce couteau ! Appelez la police ! Faites quelque chose !

— Hé, Andy, dit l'un des deux lurons. Elle veut que tu lâches le couteau.

— Je vais l'ouvrir en deux comme un poisson. La découper en filets comme une truite. Aucune pouffe se pointe chez moi et gâche *mon* repas.

Les deux types, sur le capot, se bidonnaient.

— Andy aurait besoin de suivre des cours de self-control, fit remarquer l'un d'eux.

— Ouais, et de pêche aussi, dit le vendeur de T-shirts, tout à côté de moi. C'est même pas un couteau à fileter, ça.

Je finis par extirper la bombe lacrymogène de ma poche. Je la secouai de toutes mes forces et la braquai sur Bender.

Branle-bas de combat parmi les trois hommes qui refermèrent les coffres et s'éloignèrent à distance respectable.

— Hé, dit l'un d'eux, faites attention à la direction du vent. Je n'ai pas besoin qu'on me débouche les sinus. Et je ne tiens pas non plus à ce que ma marchandise soit foutue. Je suis commerçant, voyez ce que je veux dire ? C'est tout mon stock, là.

— Ce machin-là me fait pas peur, dit Bender en gagnant du terrain autour de la Cadillac et en agitant le couteau. J'adore. Allez, vaporise. J'ai tellement reçu de gaz lacrymo dans ma vie que je suis devenu accro.

— Qu'est-ce que tu as au poignet ? demanda l'un des hommes à Bender. On dirait bien des menottes. Tu donnes dans le SM avec Bobonne maintenant ?

— Ce sont *mes* menottes, dis-je. Monsieur n'a pas respecté les clauses de son contrat de caution.

— Hé, mais je vous connais, s'écria un autre. Je me souviens, j'ai vu votre photo dans le journal. Vous avez mis le feu à un salon funéraire et jusqu'à vos sourcils.

— Ce n'était pas de ma faute !

Ils se marraient de nouveau.

— Ce n'est pas vous qu'Andy a poursuivie avec une tronçonneuse l'année dernière ? Et tout ce que vous avez pu trouver, c'est cette minable bombe lacrymo pour filles ? Où est votre revolver ? Vous êtes sans doute la seule dans toute cette cité à ne pas en avoir un.

— Donne-moi la clé de la bagnole, dit Bender au vendeur de T-shirts. Je me casse. Tout ça commence à me déprimer grave.

— Je n'ai pas fini de vendre.

— Tu vendras une autre fois.

— Et merde, dit le type.

Il lui lança les clés.

Bender monta dans la Cadillac et démarra en trombe.

— Ça rime à quoi ? dis-je. Pourquoi lui avez-vous donné la clé ?

Haussement d'épaules du vendeur de T-shirts.

— Parce que c'est sa voiture.

— Son accord de caution ne précise pas qu'il en possède une, fis-je remarquer.

— Je suppose qu'Oncle Andy ne raconte pas tout. Remarquez, c'est une acquisition récente.

Une acquisition récente. Sans doute volée hier soir, comme les T-shirts.

— Vous êtes sûre que vous ne voulez pas de T-shirt ? insista le type. On en a d'autres dans l'Oldsmobile.

Il ouvrit le coffre et en sortit deux ou trois.

— Regardez ça. Celui-ci, c'est un modèle col en V. Il y a même un peu de Spandex dedans. Il vous irait très bien ce T-shirt. Il ferait ressortir vos nénés.

— Combien ? demandai-je.

— Vous avez combien sur vous ?

Je renfonçai la main dans ma poche et en sortis deux dollars.

— C'est votre jour de chance, dit le type, parce que ce T-shirt, il est justement en solde à deux dollars.

Je lui tendis les deux billets, pris le T-shirt et retournai à ma Honda à pas traînants.

Une voiture noire rutilante était garée juste devant la mienne. Un homme y était adossé. Il me suivait des yeux, le sourire aux lèvres. Ranger. Ses cheveux noirs étaient lissés en arrière, noués en catogan. Il portait un jean cargo noir, des chaussures d'assaut Bates noires et un T-shirt noir tendu à craquer sur des muscles qu'il avait acquis quand il était dans les Forces Spéciales.

— Tu as fait les soldes ? me demanda-t-il.

Je jetai le T-shirt dans ma voiture.

— J'ai besoin d'un coup de main, lui dis-je.

— Encore ?

Il y a quelque temps, je lui avais demandé de m'aider à capturer un certain Eddie DeChooch qui était accusé de trafic de cigarettes et qui m'avait causé toutes sortes d'ennuis. Ranger, ayant une mentalité de mercenaire, avait tarifé son intervention. Le prix en était une nuit de son choix que nous passerions ensemble. *Toute* la nuit. Et c'est lui qui déciderait de nos *activités*. Pas vraiment une épreuve étant donné que je suis attirée par lui un peu comme une phalène par une flamme. N'empêche que cette perspective m'effrayait. C'est vrai, quoi, lui, c'est le Magicien, d'accord ? J'atteins déjà pratiquement l'orgasme rien qu'en me trouvant à côté de lui. Alors, que se passerait-il lors d'un *vrai* rapport sexuel ? Mon Dieu, si ça se trouve, mon vagin prendrait feu ! Sans parler du fait que je suis toujours attachée à Morelli.

En fait, j'avais eu besoin de Ranger pour la phase finale de l'arrestation – qui s'était plutôt bien passée, hormis deux ou trois pépins… comme DeChooch se faisant tailler une oreille en pointe par une balle de revolver. Ranger avait traîné DeChooch jusqu'à l'unité pénitentiaire de l'hôpital St. François, et moi, je m'étais réfugiée chez moi, dans mon lit, désireuse de ne plus penser aux événements de la journée.

La suite est restée gravée dans mon esprit. À une heure du matin, le verrou de ma porte était tombé et j'avais entendu la chaînette de sécurité osciller librement contre le bois. Je connais beaucoup d'hommes capables de crocheter une serrure. J'en connais un seul qui soit capable de libérer de l'extérieur une chaînette de sécurité.

Ranger s'était arrêté sur le seuil de ma chambre et avait frappé doucement sur le chambranle.

— Tu es réveillée ?

— Maintenant oui. Tu m'as fait une de ces peurs !

— J'aimerais bien te voir. Tu as une veilleuse ?

— Dans la salle de bains.

— Alors, qu'est-ce qui se passe ? Comment va DeChooch ?

Ranger avait défait son ceinturon et l'avait laissé tomber par terre.

— DeChooch va bien. C'est *nous* qui n'en avons pas terminé.

Nous n'en avons pas terminé ? Obondieu, parlait-il du prix à payer pour le service rendu ? La chambre avait tangué autour de moi et j'avais remonté machinalement le drap sur ma poitrine.

— C'est un peu précipité, avais-je bredouillé. Je veux dire, je ne pensais pas que ce serait pour cette nuit… ni pour *toute autre* nuit. Je n'étais pas sûre que tu sois sérieux. Non que je revienne sur ma parole, mais, heu, ce que j'essaie de te dire, c'est que…

Ranger avait affiché un air surpris.

— Je te rends nerveuse ?

— Moui.

Aaargh !

Il s'était assis dans le fauteuil d'angle, s'y était légèrement avachi, les coudes appuyés sur les accotoirs, les doigts joints à hauteur de visage.

— Alors ? avais-je demandé.

— Relax. Je ne suis pas venu pour recevoir ma part du marché.

— Ah non ? avais-je dit en battant des paupières. Alors, pourquoi retirer ton ceinturon ?

— Je suis fatigué. Pour s'asseoir, avec le ceinturon, ce n'est pas pratique.

— Oh.

Il avait souri.

— Déçue ?

— Non.

Hou, la menteuse, elle est amoureuse…

Il avait souri davantage encore.

— Alors, que veux-tu dire par « nous n'en avons pas terminé » ?

— L'hôpital garde DeChooch pour la nuit. Il sera transféré tôt demain matin. Il faut que quelqu'un soit présent à ce moment-là pour le suivi des pièces administratives.

— Et ce quelqu'un serait moi ?

Ranger m'avait regardée par-dessus ses doigts joints.

— Ce serait toi.

— Tu aurais pu me téléphoner pour m'en faire part.

Il avait ramassé son ceinturon et s'était levé.

— J'aurais pu, mais ça aurait été nettement moins instructif.

Il m'avait embrassée du bout des lèvres et s'était éloigné vers la porte.

— Hé ! lui avais-je dit. Pour le deal… tu plaisantais, hein ?

C'était la seconde fois que je le lui demandais, et j'avais obtenu la même réponse. Un sourire.

Et aujourd'hui, plusieurs semaines plus tard, Ranger n'avait toujours pas réclamé son dû, et je me retrouvais dans la position inconfortable de devoir, une fois de plus, négocier son aide.

— Tu connais les cautions de garde d'enfant ?

Il inclina imperceptiblement la tête, ce qui, chez lui, correspondait à un hochement appuyé.

— Oui.

— Je suis à la recherche d'une mère et de sa petite fille.

— Quel âge, la petite fille ?

— Sept ans.

— Du Bourg ?

— Oui.

— Pas facile de cacher une gamine de sept ans, dit Ranger. À cet âge-là, on regarde par les fenêtres, on traîne devant la porte. Si la gamine se trouve toujours dans le Bourg, ça va se savoir. Les secrets ne sont jamais très bien gardés au Bourg.

— Je n'ai entendu parler de rien. Je n'ai aucune piste. Connie fait une recherche informatique, mais je n'aurai les résultats que demain ou après-demain.

— File-moi toutes les infos dont tu disposes, je vais me rancarder.

Je regardai derrière Ranger et aperçus la Cadillac au loin, qui roulait dans notre direction. Bender était toujours au volant. Il ralentit à notre hauteur, me fit un bras d'honneur, puis accéléra et tourna dans la rue suivante, disparaissant à notre vue.

— Un ami à toi ? demanda Ranger.

— Je suis censée le capturer, répondis-je en ouvrant la portière de ma Honda.

— Et ?

— Et demain est un autre jour.

— Je peux te donner un coup de main pour ça aussi, si tu veux. Je peux te faire une ardoise.

Je lui décochai une moue bien sentie.

— Tu connais Eddie Abruzzi ?

Ranger ôta une tranche de pepperoni de mes cheveux et cueillit des morceaux de frites écrasées sur mon T-shirt.

— Abruzzi n'est pas un gentil, dit-il. Garde tes distances.

Je faisais de mon mieux pour ignorer la main de Ranger se promenant sur ma poitrine. De l'extérieur, ça ressemblait à un innocent époussetage. De l'intérieur, dans le creux de mon estomac, ça faisait très… sexe.

— Arrête de me peloter, dis-je.

— Tu ferais peut-être mieux de t'y habituer, étant donné ta dette à mon égard.

— J'essaie d'avoir une vraie conversation ! La mère disparue loue sa maison à Abruzzi que j'ai croisé plus ou moins par hasard ce matin.

— Laisse-moi deviner : tu t'es roulée dans son déjeuner ?

Je baissai les yeux sur mon T-shirt.

— Non, ce déjeuner, c'était celui du type qui m'a fait un bras d'honneur.

— Où as-tu rencontré Abruzzi ?

— Dans la maison en question. Et, le plus bizarre… c'est qu'il ne veut pas que j'y remette les pieds, ni que je me mêle des affaires d'Evelyn. Mais qu'est-ce que ça peut lui faire ? Ce n'est même pas un bien immobilier important pour lui. Et, là-dessus, il s'est mis à délirer en comparant ça à une campagne militaire, à un jeu de guerre.

— Abruzzi gagne son argent essentiellement grâce au *loansharking*, des prêts usuraires qui lui permettent de blanchir de l'argent. Il réinvestit dans des affaires légales comme l'immobilier. Son passe-temps, ce sont les jeux de guerre. Tu sais ce que c'est ?

— Non.

— Les joueurs étudient la stratégie militaire. Au départ, c'était juste un groupe de potes qui s'amusaient entre eux en faisant avancer des petits soldats sur une carte étalée sur une table. Comme le jeu *Risk*, ou *Axis & Allies*. Des batailles imaginaires sont conçues et livrées de bout en bout. Maintenant, beaucoup de ces jeux se font sur ordinateur. C'est *Donjons et Dragons* pour adultes. Il paraît qu'Abruzzi prend ça très au sérieux.

— C'est un fou.

— C'est l'opinion générale. Autre chose ?

— Non. C'est tout.

Ranger se glissa dans sa voiture et s'en fut.

Fin de la partie de ma journée où j'avais tout fait pour essayer de gagner ma vie. Il me restait bien Laura Minello, voleuse de voiture de haut vol, mais je n'avais plus la pêche… ni de menottes. De toute façon, il valait sans doute mieux que je reprenne mes recherches de l'enfant. Si je retournais chez Evelyn, il y avait de grandes chances qu'Abruzzi n'y soit plus. Remonté à bloc après m'avoir menacée, il était sûrement rentré chez lui jouer aux petits soldats.

Je roulai jusqu'à Key Street et me garai devant la partie de la maison habitée par Carol Nadich. Je sonnai chez elle, et profitai de l'attente pour faire tomber de ma poitrine des morceaux de fromage à pizza.

— Salut, dit Carol en ouvrant sa porte. Qu'est-ce qu'il y a encore ?

— Annie jouait-elle avec des gamines du quartier ? Tu sais si elle avait une meilleure amie ?

— La plupart des enfants de la rue sont plus grands qu'elle, Annie ne jouait pas souvent dehors. C'est de la pizza dans tes cheveux ?

Je tâtai mon crâne.

— Du pepperoni ? demandai-je.

— Non. Seulement du fromage et de la sauce tomate.

— Bon, du moment qu'il n'y a pas de rondelles de pepperoni…

— Oh, attends ! Je me souviens qu'Evelyn m'a raconté qu'Annie s'était fait une nouvelle copine à l'école. Ce qui inquiétait Evelyn, d'ailleurs, car il paraît que cette petite se prend pour un cheval.

Je me frappai le front – mentalement, bien sûr. Mary Alice, ma nièce.

— Désolée, mais je ne connais pas le nom de cette enfant-cheval, dit Carol.

Je la quittai et roulai jusqu'à deux rues de là, chez mes parents. C'était le milieu de l'après-midi. L'école serait finie, et Mary Alice et Angie seraient dans la cuisine, à manger des cookies ou à se faire tirer les vers du nez par ma mère. Une de mes premières leçons dans la vie, ça a été que tout a un prix. Si on veut un cookie après l'école, il faut raconter sa journée à maman.

Quand nous étions petites, Valérie avait toujours plein de choses à dire. Elle avait chanté dans la chorale. Elle avait gagné le concours d'orthographe. On l'avait choisie pour faire partie de la crèche vivante. Susan Marrone lui avait dit que Jimmy Wizneski la trouvait mignonne.

Moi aussi, j'avais plein de choses à dire. Je n'avais pas chanté dans la chorale. Je n'avais pas gagné le concours d'orthographe. On ne m'avait pas choisie pour faire partie de la crèche vivante. Et j'avais, sans le vouloir, fait tomber Billy Bartolucci dans l'escalier, et ça lui avait déchiré son pantalon au genou.

Mamie Mazur m'accueillit à la porte.

— Tu arrives juste à temps pour prendre un cookie et nous raconter ta journée, me dit-elle. Je parie que ça a été génial. Tu es couverte de nourriture. Tu poursuivais un assassin ?

— Non, un type recherché pour violences conjugales.

— J'espère que tu lui as flanqué un bon coup de pied là où ça fait mal.

— Pas vraiment, mais j'ai massacré sa pizza.

Je pris place à table au côté d'Angie et de Mary Alice.

— Comment ça va, les filles ? demandai-je.

— J'ai chanté dans la chorale, dit Angie.

Je réprimai une envie de hurler et attrapai un cookie.

— Et toi, Mary Alice ?

Mary Alice but une gorgée de lait et s'essuya la bouche d'un revers de main.

— Je ne suis plus un renne parce que j'ai perdu mes bois.

— Ils sont tombés en rentrant de l'école, et un chien s'en est servi comme toilettes, dit Angie.

— Je ne voulais pas être un renne, de toute façon. Les rennes ont de moins jolies crinières que les chevaux.

— Tu connais Annie Soder ?

— Bien sûr, répondit Mary Alice, elle est dans ma classe. C'est ma meilleure amie, mais elle ne vient plus à l'école depuis quelque temps.

— Je suis allée la voir aujourd'hui, mais elle n'était pas chez elle. Tu sais où elle est ?

— Nooooon. Elle a dû partir. Ça arrive souvent dans les divorces.

— Si Annie pouvait aller partout où elle le voulait… où irait-elle ?

— À Disneyworld.

— Où d'autre ?

— Chez sa mamie.

— Où d'autre ?

Mary Alice haussa les épaules.

— Et sa mère ? insistai-je. Où irait-elle, sa mère ?

Autre haussement d'épaules.

— Aide-moi, s'il te plaît. J'essaie de la retrouver.

— Annie est un cheval, elle aussi. Annie est un cheval bai, seulement, elle galope beaucoup moins vite que moi.

Mamie Mazur nous quitta pour mettre le cap sur la porte d'entrée, guidée par le radar du Bourg. Une bonne ménagère du Bourg ne rate jamais ce qu'il se passe dans sa rue. Une bonne ménagère du Bourg entend des bruits de rue d'ordinaire non perceptibles pour l'oreille humaine.

— Regardez ça, dit Mamie. Mabel reçoit la visite de quelqu'un que je n'avais encore jamais vu.

Ma mère et moi la rejoignîmes à la porte.

— Belle voiture, dit ma mère.

Il s'agissait d'une Jaguar. Flambant neuve. Pas une éclaboussure de boue, pas un grain de poussière ne la déparait. Une femme émergea de derrière le volant. Elle était entièrement vêtue de noir : pantalon en cuir, bottines en cuir à talons hauts et blouson en cuir très ajusté. Je la connaissais. J'avais déjà croisé sa route. Elle était l'alter ego féminin de Ranger. À ce que j'en savais, elle exerçait, tout comme lui, diverses activités comprenant, entre autres, mais pas exclusivement, garde du corps, chasseuse de primes et détective privée. Son nom ? Jeanne Ellen Burrows.

4 — La visiteuse de Mabel ressemble à Catwoman, dit Mamie Mazur. À part qu'elle n'a ni les oreilles en pointe ni de moustache de chat.

À part que sa tenue est signée Donna Karan.

— Je la connais, dis-je. C'est Jeanne Ellen Burrows, elle vient sûrement voir Mabel pour la caution de garde d'enfant. Je vais aller lui parler.

— Je t'accompagne, dit Mamie.

— *Non !* Mauvaise idée. Reste ici. Je reviens tout de suite.

Jeanne Ellen m'aperçut et s'arrêta. Je la rejoignis sur le trottoir et lui tendis la main.

— Stéphanie Plum.

Sa poignée de main fut énergique.

— Je n'ai pas oublié.

— Je suppose que vous êtes embauchée par quelqu'un lié au cautionnement.

— Par Steven Soder.

— Moi, par Mabel.

— J'espère que nous n'aurons pas de rapports antagoniques.

— Je l'espère tout autant que vous.

— Souhaiteriez-vous partager certaines informations avec moi ?

Je m'accordai un dixième de seconde de réflexion et décidai que je ne disposais d'aucune information à partager.

— Non.

Sa bouche s'incurva en un petit sourire de politesse.

— Bon.

Mabel ouvrit sa porte et nous regarda du coin de l'œil.

— Voici Jeanne Ellen Burrows, lui dis-je. Elle travaille pour Steven Soder. Elle souhaiterait vous poser quelques questions. Je préférerais que vous n'y répondiez pas.

Je ressentais de mauvaises vibrations autour de la disparition d'Evelyn et d'Annie, et je n'avais nullement envie que l'on confie la fillette à son père avant de connaître la raison du départ d'Evelyn.

— Il serait dans votre intérêt de me parler, madame, dit Jeanne Ellen à Mabel. Votre arrière-petite-fille est peut-être en danger. Je peux vous aider. Je suis très douée pour retrouver les gens.

— Stéphanie est douée elle aussi, dit Mabel.

Là encore, le petit sourire de Jeanne Ellen fit frémir sa bouche.

— Je suis bien meilleure qu'elle, dit-elle.

C'était vrai. Jeanne Ellen est bien meilleure que moi qui m'en remets avant tout à la chance pure et à l'obstination aveugle.

— Je ne sais pas trop, dit Mabel. Ça m'embête de contrarier Stéphanie. Vous semblez être une jeune femme très bien, mais je préfère ne pas vous parler de tout ça.

Jeanne Ellen tendit sa carte à Mabel.

— Si jamais vous changez d'avis, lui dit-elle, vous pouvez me joindre à l'un de ces numéros.

Mabel et moi la regardâmes s'éloigner, remonter en voiture et disparaître.

— Elle me rappelle quelqu'un, dit Mabel. Je n'arrive pas à mettre le doigt dessus.

— Catwoman.

— *Oui !* C'est tout à fait ça, à part les oreilles.

Je quittai Mabel, mis ma mère et ma grand-mère au courant pour Jeanne Ellen, pris un cookie pour la route puis la direction de chez moi en faisant un saut à l'agence.

Lula se gara juste derrière moi et entra dans mon sillage.

— Attendez de voir les bottes que je me suis payées ! Je me suis trouvé des bottes de motarde.

Elle jeta son sac et son blouson sur le canapé, et ouvrit la boîte à chaussures.

— Regardez ça ! Elles sont pas sensass ?

Noires. Talons hauts et larges. Un aigle cousu sur le côté. Connie et moi abondâmes dans son sens. Elles étaient sensass, ces bottes.

— Alors, quoi de neuf ? me demanda Lula. J'ai raté quelque chose d'intéressant ?

— J'ai croisé Jeanne Ellen Burrows.

La mâchoire leur en tomba, une fois, deux fois. On ne voyait pas souvent Jeanne Ellen. Elle travaillait surtout la nuit, et était aussi évanescente que de la fumée.

— Raconte, me dit Lula. Je veux tout savoir.

— Steven Soder l'a engagée pour retrouver Evelyn et Annie.

Échange de regards entre Lula et Connie.

— Ranger le sait ? demanda Connie.

Il circulait moult rumeurs au sujet de Ranger et de Jeanne Ellen. Selon une, ils vivaient secrètement ensemble. Selon une autre, il lui aurait servi de mentor. Il se trouvait qu'à un moment donné, ils s'étaient fréquentés plus ou moins régulièrement. J'avais acquis la quasi-certitude que ce n'était plus le cas, mais, avec Ranger, comment savoir ?

— Ça promet d'être intéressant, dit Lula. Toi, Ranger et Jeanne Ellen Burrows. À ta place, je foncerais chez moi pour me coiffer et me mettre du mascara. Je passerais à la boutique Harley pour m'acheter des bottes cool. Il t'en faut absolument une paire au cas où tu devrais botter les fesses de Jeanne Ellen.

La tête de mon cousin Vinnie émergea par la porte de son bureau.

— C'est de Jeanne Ellen Burrows que vous parlez ?

— Stéphanie l'a croisée aujourd'hui, lui répondit Connie. Elles travaillent sur la même affaire mais pas dans le même camp.

Vinnie me regarda, hilare.

— Tu te mesures à Jeanne Ellen ? Tu es folle ? Ce n'est pas sur un de mes DDC, j'espère ?

— Une affaire de caution de garde d'enfant, lui répondis-je. L'arrière-petite-fille de Mabel.

— Mabel, la voisine de tes parents ? Mabel, la vieille chouette ?

— Elle-même. Evelyn et Steven ont divorcé, et Evelyn est partie avec leur fille.

— Donc, Jeanne Ellen travaille pour Soder. Logique. Sebring a dû verser la caution, c'est ça ? Jeanne Ellen bosse pour lui. Sebring n'a pas le droit de rechercher Evelyn, mais il peut conseiller à Soder d'engager Jeanne Ellen. Tout à fait le genre d'affaire qu'elle prend, en plus. Un enfant disparu. Jeanne Ellen adore défendre une cause.

— Comment se fait-il que tu en saches si long sur elle ?

— Tout le monde la connaît, dit Vinnie. C'est une légende. Hou là, tu vas te ramasser grave.

Cette Jeanne Ellen mania commençait à me taper sur le système.

— Il faut que je file, dis-je. Des trucs à faire. Je suis juste passée emprunter une paire de menottes.

Haussement de sourcils à la ronde.

— Il te faut une autre paire de menottes ? s'étonna Vinnie.

Je lui décochai mon regard SPM.

— Ça te pose un problème ?

— Grands dieux non, se récria Vinnie. Je me dis simplement que tu vires SM, que tu as enchaîné un homme nu quelque part. C'est plus rassurant que de penser qu'un de mes DDC se balade dans la nature avec un bracelet au poignet.

Je me garai au fond du parking, à côté de la benne, et parcourus à pied la courte distance qui me séparait de la porte de service de mon immeuble. M. Spiga venait de parquer son Oldsmobile de vingt ans d'âge dans l'une des places tant convoitées réservées aux handicapés, tout près de la porte, son autorisation de stationnement pour les grands invalides fièrement coincée contre l'intérieur de son pare-brise. Âgé de plus de soixante-dix ans, il était retraité de la fabrique de boutons et, à l'exception de son accoutumance au Metamucil, en parfaite santé. Une chance pour lui, son épouse était aveugle et boitait à la suite d'une opération de la hanche qui s'était mal passée. Non que ça lui donne un très gros avantage sur ce parking. La moitié des habitants de l'immeuble s'était arraché un œil ou avait glissé le pied sous une roue de voiture pour décrocher la carte d'invalidité. Dans le New Jersey, se garer, c'est souvent plus important que bien y voir.

— Belle journée, dis-je à M. Spiga.

Il prit un sachet de provisions sur sa banquette arrière.

— Vous avez acheté du steak haché récemment ? Qui décide des prix ? Comment les gens ont-ils encore les moyens de manger ? Et pourquoi cette viande est-elle si rouge ? Seulement à l'extérieur, vous avez remarqué ? On l'asperge de je ne sais quoi pour lui donner un air de viande fraîche. L'industrie alimentaire part à vau-l'eau.

Je lui ouvris la porte.

— Autre chose, poursuivit-il, la moitié des hommes, dans notre pays, ont des seins. Je vais vous dire : c'est à cause des hormones qu'on donne aux vaches. On boit du lait de vache, on a les seins qui poussent.

Ah, si seulement c'était aussi facile !

Les portes de l'ascenseur s'ouvrirent et Mme Bestler tendit le cou pour voir qui arrivait.

— Montée, annonça-t-elle.

Mme Bestler a dans les deux cents ans et aime jouer à la liftière.

— Premier étage, lui dis-je.

— Premier étage, maroquinerie et robes de soirée, claironna-t-elle en appuyant sur le bouton.

— Ho là là, il n'y a que des givrés ici, dit M. Spiga.

Mon premier réflexe, une fois chez moi, fut de vérifier si j'avais des messages. Je travaille avec un chasseur de primes mystérieux qui me fait perdre mes moyens et me murmure des allusions grivoises sans jamais les faire suivre d'effets. Et je suis de nouveau dans une période « sans » de ma relation épisodique avec un flic que je pourrais bien avoir envie d'épouser… un de ces jours, mais pas pour le moment. Voilà ma vie amoureuse. En d'autres termes, ma vie amoureuse est égale à zéro. Je ne sais même plus à quand remonte la dernière fois où un homme m'a invitée à sortir. Un orgasme n'est plus qu'un lointain souvenir. Et je n'avais aucun message sur mon répondeur.

Je me laissai tomber sur mon canapé et fermai les yeux. Je menais une vie de chiottes. Je passai une petite demi-heure à m'apitoyer sur mon sort puis, au moment où j'allais me lever pour me doucher, on sonna à ma porte. Je m'approchai de mon judas, et y collai mon œil. Personne. Je m'apprêtai à m'éloigner quand j'entendis un bruissement en provenance du couloir. Je lorgnai de nouveau par l'œilleton. Toujours personne.

Je téléphonai à mon voisin d'en face et le priai de bien vouloir ouvrir sa porte et me dire s'il voyait quelqu'un. Oui, je sais, pas de quoi être fière, mais personne ne risque de vouloir tuer M. Wolesky, alors que, de temps à autre, des gens attentent à ma vie. Ça ne mange pas de pain de jouer la prudence, hein ?

— Quoi ? s'écria M. Wolesky. Vous êtes cinglée ? Je suis en train de regarder *La Famille Brady*. Vous m'appelez au beau milieu d'un épisode !

Il me raccrocha au nez.

Comme j'entendais toujours les bruissements suspects, je courus chercher mon revolver dans ma boîte à biscuits, dénichai une balle au fond de ma besace, la glissai dans le barillet, et, là, j'ouvris la porte. Un sac en toile vert foncé était accroché à la poignée. Un cordon de serrage le maintenait bien fermé, quelque chose remuait à l'intérieur. Je pensai tout de suite à un chaton abandonné. Je décrochai le sac, desserrai le cordon, regardai dedans.

Des serpents. Un tas de gros serpents noirs.

Je lâchai le sac en hurlant, et les serpents en sortirent en rampant. Je bondis dans mon appartement en claquant la porte derrière moi. Je regardai par mon judas. Les reptiles se dispersaient dans le couloir. Merde. J'entrouvris ma porte et tirai sur l'un d'eux. Maintenant, je me retrouvais à court de munitions. Re-merde.

M. Wolesky ouvrit sa porte.

— Mais qu'est-ce qui… ?

Et il la referma aussi sec.

Je courus jusqu'à ma cuisine pour chercher d'autres balles, et un serpent me suivit. Autre hurlement, et je grimpai sur le comptoir.

Je m'y trouvais encore à l'arrivée de la police. Carl Costanza et son acolyte, Bouledogue. J'allais à l'école avec Carl, et nous sommes amis éloignés, sur une base un peu étrange.

— On a reçu un appel bizarre de ton voisin au sujet de serpents, dit-il. Étant donné qu'il y en a un réduit en bouillie par une balle devant ta porte, et que tu es perchée sur ton comptoir, j'en conclus que ce n'est pas un canular.

— Je n'ai plus de munitions, lui dis-je.

— Grosso modo, tu penses qu'il y a combien de serpents, en tout ?

— Je suis quasi certaine qu'il y en avait quatre dans le sac. J'en ai tué un. J'en ai vu un filer dans le couloir, un autre en direction de ma chambre, et Dieu seul sait où est passé le dernier.

Carl et Bouledogue me regardaient en se marrant.

— La méchante chasseuse de primes aurait-elle peur des serpents ?

— Retrouvez-les, OK ?

Brrrrrr.

Carl ajusta son ceinturon et le voilà parti, Bouledogue sur les talons.

— Ici, petits serpents, ici ! roucoula-t-il. Petits, petits, petits…

— Je pense qu'on devrait regarder dans le tiroir de ses petites culottes, dit Bouledogue. Moi, c'est là que j'irais si j'étais un serpent.

— Vicieux ! lui criai-je.

— Je ne vois aucun serpent par ici, dit Carl.

— Ils se glissent partout, ils se cachent dans les coins, lui dis-je. Tu as vérifié sous le canapé ? Tu as regardé dans ma penderie ? Sous mon lit ?

— Je n'ai aucunement l'intention de regarder sous ton lit. J'aurais trop peur d'y trouver un homme des cavernes.

Ce qui arracha un rire à Bouledogue. Je ne trouvai pas ça très drôle, étant donné que c'était une de mes peurs récurrentes.

— Écoute, Stéph, cria Carl de la chambre, on a vraiment cherché partout, et on ne voit de serpents nulle part. Tu es sûre qu'il y en a un ici ?

— Oui !

— Et sa penderie ? demanda Bouledogue. Tu as regardé ?

— La porte est fermée. Un serpent n'aurait pas pu y entrer.

J'entendis l'un d'eux ouvrir la porte, puis tous deux poussèrent un cri.

— Nom d'un chien !

— Bon Dieu de merde !

— Tue-le ! *Tue-le !* brailla Carl. Tue ce fils de pute !

Il s'ensuivit beaucoup de coups de feu et de cris.

— On ne l'a pas eu ! dit Carl. Il sort. Putain, il y en a deux !

J'entendis claquer la porte de ma chambre.

— Reste ici et surveille la porte, dit Carl à Bouledogue. Assure-toi qu'ils ne sortent pas.

Carl déboula dans ma cuisine et fouilla dans mes placards. Il trouva une bouteille de gin à moitié vide et en but deux rasades au goulot.

— Pff, souffla-t-il en rebouchant la bouteille et en la remettant dans le placard.

— Je croyais que vous ne deviez pas boire pendant le service.

— Ouais, sauf quand on trouve des serpents dans des penderies. J'appelle les pompiers.

J'étais toujours perchée sur le comptoir à l'arrivée de deux pompiers spécialisés dans les NAC. Carl et Bouledogue s'étaient postés dans mon salon, revolver au poing, l'œil fixé sur la porte de ma chambre.

— Ils sont dans la piaule, dit Carl aux pompiers. Ils sont deux.

Joe Morelli arriva quelques minutes plus tard. Morelli semble toujours avoir besoin d'aller chez le coiffeur car ses cheveux courts et bruns frisent au-dessus de ses oreilles et sur sa nuque, et retombent sur son front. Il a des yeux marron chocolat chaud. Ce jour-là, il portait un jean, des baskets et un T-shirt thermique manches longues de couleur bronze. Au-dessous, son corps était ferme, la perfection même. Heureusement, à cet instant précis, son jean aussi, c'était *tout juste parfait*. Cela dit, je l'ai déjà vu en érection, et c'est à se damner. Son revolver et sa plaque étaient, eux aussi, sous le T-shirt.

Morelli sourit en me voyant perchée sur le comptoir.

— Que se passe-t-il ?

— Quelqu'un a accroché un sac rempli de serpents à ma porte.

— Et toi, tu les as lâchés dans la nature ?

— Je me suis laissé surprendre.

Il se retourna vers celui que j'avais tué, toujours par terre dans le couloir.

— C'est le seul que *tu* aies tué ?

— Je me suis retrouvée à court de munitions.

— Tu avais commencé avec combien de balles ?

— Une.

Son sourire s'élargit.

Les deux pompiers ressortirent de ma chambre avec les deux serpents dans un sac.

— Rapides, dirent-ils, mais inoffensifs.

L'un d'eux tapa du bout du pied dans le serpent mort.

— Vous voulez qu'on emporte aussi celui-là ?

— Oui ! dis-je. Et il y en a encore un quelque part.

Un cri retentit à l'autre bout du couloir.

— Maintenant, on sait où chercher le serpent numéro quatre, dit Morelli.

Les deux pompiers filèrent avec les reptiles, et Carl et Bouledogue gagnèrent mon entrée à pas traînants.

— Bon, on en a terminé, dit Carl. Vérifie quand même dans ta penderie. Je crois bien que Bouledogue a dégommé une paire de chaussures.

— Tu peux descendre du comptoir maintenant, me dit Joe en fermant la porte derrière eux.

— J'ai eu une de ces peurs !

— Ta vie est à faire peur, ma jolie.

— Que veux-tu dire par là ?

— Ton boulot, ça craint.

— Pas plus que le tien.

— Personne ne dépose de serpents à ma porte.

— Les pompiers ont dit qu'ils étaient inoffensifs.

Il leva les bras au ciel.

— Tu es impossible.

— Qu'est-ce que tu viens faire ici, d'ailleurs ? Ça fait des semaines que je n'ai pas de nouvelles de toi.

— J'ai entendu l'appel radio et j'ai été pris du désir malavisé de vérifier que tu allais bien. Tu n'as pas eu de mes nouvelles parce qu'on a rompu, tu te souviens ?

— Oui, mais il y a rompre... et rompre.

— Ah ouais ? Et dans notre cas, ça correspond à quoi ? D'abord, tu décides que tu ne veux pas m'épouser...

— Accord mutuel.

— Puis, tu te barres avec Ranger.

— Voyage d'affaires.

Il avait les poings sur les hanches.

— Revenons à nos serpents, OK ? Tu as une petite idée de qui les a déposés ?

— Disons que je pourrais te faire une liste.

— Pff ! Une liste ? Pas une ou deux personnes. Toute une liste. Tu as toute une liste de gens susceptibles de déposer des serpents à ta porte ?

— C'est assez bousculé depuis deux jours...

— C'est de la pizza dans tes cheveux ?

— Je suis accidentellement tombée sur le déjeuner d'Andy Bender. En voilà un qui devrait figurer sur ma liste. Ainsi qu'un certain Martin Paulson, qui a quelques raisons de m'en vouloir. Il y a mon ex-mari. Et puis, j'ai eu la malchance de rencontrer Eddie Abruzzi.

Ce nom retint l'attention de Morelli.

— Eddie Abruzzi ?

Je le mis au courant au sujet d'Evelyn et d'Annie, et de leur lien avec Abruzzi.

— Je suppose qu'il serait peine perdue de te demander de te tenir éloignée de ce type ? demanda Morelli.

— C'est bien ce que j'essaie de faire !

Morelli m'empoigna par le devant de ma chemise, m'attira contre lui et m'embrassa. Sa langue toucha la mienne, et un feu liquide se répandit dans mon ventre et dégoulina plein sud. Joe me lâcha et se détourna pour partir.

— Hé ! dis-je. C'était quoi, ça ?
— Démence passagère. Tu me rends dingue.
Sur ce, il enfila le couloir et disparut dans l'ascenseur.

Je pris une douche et revêtis un jean et un T-shirt propres. Cette fois, je passai par la case maquillage, et me sculptai les cheveux avec du gel. Genre : je ferme la cage après que les oiseaux se sont envolés.

J'allai dans ma cuisine et regardai dans mon frigo un moment, mais rien ne se matérialisa. Pas de gâteau. Pas de hot dog. Pas de gnocchis au fromage. Je sortis du congélateur un sachet de cookies aux pépites de chocolat, et en mangeai un. On est censé les passer au four d'abord, mais là, je n'en n'avais pas le courage.

J'avais parlé à la meilleure amie d'Annie, et ça n'avait strictement rien donné. Bon, qu'est-ce que je ferais si je devais protéger ma fille de son père ? Où irais-je ?

N'ayant pas beaucoup d'argent, je devrais compter sur une amie ou des parents. Je partirais assez loin pour que personne ne reconnaisse ma voiture, et ne prendrais pas le risque de tomber sur Soder ou l'un de ses amis. Ce qui restreignait les recherches au monde entier à l'exception du Bourg.

J'en étais encore à méditer sur le monde entier quand on sonna à ma porte. Je n'attendais personne, et je venais juste de recevoir un sac de serpents, alors autant dire que je n'étais pas hypermotivée pour aller ouvrir. Je regardai par le judas et fis la moue. Albert Khloune. Mais… minute, il tenait un carton à pizza. *Saluuuut !*

J'ouvris et lançai un coup d'œil de chaque côté du couloir. J'étais certaine qu'il y avait quatre serpents… mais ça n'empêchait pas de rester sur ses gardes en cas de nouvelle offensive.

— Je ne vous dérange pas, j'espère, dit Khloune en tendant le cou pour regarder dans mon appartement. Vous ne recevez personne ? Je ne savais pas si vous viviez seule.

— Que se passe-t-il ?

— J'ai réfléchi à l'affaire Soder, et j'ai eu quelques idées. Je pensais qu'on pourrait faire un brainstorming.

Je baissai les yeux sur la boîte qu'il portait.

— J'ai apporté une pizza, dit-il. Je ne savais pas si vous auriez déjà mangé. Vous aimez ça ? Sinon, je peux aller chercher autre chose. Mexicain, chinois, thaï...

Je vous en supplie, mon Dieu, faites que ce ne soit pas une drague.

— Je suis plus ou moins fiancée...

Il dodelina vigoureusement de la tête. De haut en bas, de haut en bas, comme un petit toutou de plage arrière de voiture.

— Absolument. Je m'en doutais bien. J'avais compris. Moi aussi, je suis presque fiancé. J'ai une petite amie.

— C'est vrai ?

Il inspira profondément.

— Non. Je viens de l'inventer.

Je pris la pizza et tirai Khloune dans mon appartement. J'allai chercher des serviettes et deux bières, et nous prîmes place à ma petite table de salle à manger pour grignoter notre pizza.

— Quelles idées avez-vous eues au sujet d'Evelyn Soder ?

— Je suppose qu'elle est chez une amie, d'accord ? Donc, il a bien fallu qu'elle entre en contact avec elle d'une façon ou d'une autre. Elle a bien dû lui annoncer qu'elle venait chez elle. Je suppose qu'elle l'a fait par téléphone. Alors, ce qu'il nous faut, c'est sa facture téléphonique.

— Et ?

— C'est tout.

— Une chance que vous ayez apporté une pizza.

— En fait, dans le Bourg, on appelle ça une tarte à la tomate.

— Mouais. Vous connaissez quelqu'un à la compagnie téléphonique ? Au service facturation ?

— Je pensais que c'était *vous* qui aviez les contacts. C'est pour ça qu'on forme une super équipe, voyez. J'ai les idées. Et vous, vous avez les contacts. Les chasseurs de primes ont bien des contacts, non ?

— Bien sûr.

Malheureusement, pas à la compagnie téléphonique.

Nous vînmes à bout de la pizza, et je sortis le sachet de cookies crus pour le dessert.

— Il paraît que ça donne le cancer de manger de la pâte à cookies crue, dit Khloune. Vous ne croyez pas qu'on devrait les passer au four ?

Je mange un sachet de pâte à cookies crue par semaine. Je considère que ça fait partie des quatre groupes alimentaires principaux.

— Je mange toujours de la pâte à cookies crue, dis-je.

— Oh, moi aussi, répondit Khloune. J'en mange tout le temps. Je ne crois pas à toutes ces histoires de cancer.

Il regarda à l'intérieur du sachet et, du bout des doigts, prit un morceau de pâte.

— Alors, qu'est-ce qu'on en fait ? On la grignote ? On la suçote ? Ou on la met tout entière dans sa bouche ?

— Vous n'avez jamais mangé de pâte à cookies crue, pas vrai ?

— Non.

Il en prit une bouchée et mâcha.

— J'aime bien, dit-il. C'est très bon.

Je regardai l'heure à ma montre.

— Il va falloir que vous partiez, dis-je. Il y a une affaire avec laquelle je n'en ai pas terminé.

— Une affaire de chasseuse de primes ? Vous pouvez me le dire. Je ne le répéterai à personne, je vous jure. Qu'est-ce que vous devez faire ? Je parie que vous allez vous lancer à la poursuite de quelqu'un. Vous attendiez la tombée de la nuit, c'est ça ?

— Oui, c'est ça.

— Et qui poursuivez-vous ? Quelqu'un que je connais ? C'est une grosse affaire ? Un assassin ?

— Ce n'est pas quelqu'un que vous connaissez. C'est de la violence ordinaire. Un récidiviste. J'attends qu'il soit ivre mort pour le capturer pendant qu'il est inconscient.

— Je pourrais vous aider…

— Non !

— Vous ne m'avez pas laissé terminer. Je pourrais vous aider à le tirer jusqu'à la voiture. Comment allez-vous vous y prendre sinon ? Vous allez avoir besoin d'aide, non ?

— Lula va me donner un coup de main.

— Lula a un cours ce soir. Elle l'a dit, souvenez-vous. Vous avez quelqu'un d'autre pour vous seconder ? Je parie que non, hein ?

Ma paupière inférieure droite s'était mise à tressauter. De minuscules et agaçantes contractions.

— OK, dis-je, vous pouvez m'accompagner. Mais sans parler. *Pas un mot.*

— Bien sûr. Pas un mot. Motus et bouche cousue. Regardez, je ferme la bouche et je jette la clé…

Je me garai à proximité de chez Andy Bender, plaçant ma voiture entre deux flaques de lumières projetées par des réverbères à lampe halogène. Le trafic en était réduit à son strict minimum. Les vendeurs à la sauvette avaient fermé boutique pour enchaîner avec leur passe-temps nocturne de vols à l'arraché et à l'étalage. Les habitants du quartier s'étaient enfermés chez eux à double tour, cannette de bière à la main, pour regarder une émission de téléréalité. Histoire de s'évader de leur propre réalité pas si géniale que ça.

Khloune me lança un regard *et maintenant, on fait quoi ?*

— Maintenant, on attend, lui dis-je. On s'assure qu'il ne se passe rien d'inhabituel.

Khloune opina de la tête et refit le geste de se fermer la bouche d'une fermeture Éclair. *Si jamais je l'y reprends, je lui tords le cou.*

Au bout d'une demi-heure de planque à ne rien faire si ce n'est attendre, j'acquis la certitude que je n'avais plus envie de rester en planque à ne rien faire si ce n'est attendre.

— Allons voir de plus près, dis-je à Khloune. Suivez-moi.

— Je ne devrais pas avoir un revolver ? Au cas où des tirs seraient échangés ? Vous en avez un ? Où est votre revolver ?

— Je l'ai laissé chez moi. On n'en aura pas besoin. Andy Bender n'a jamais été arrêté pour port d'arme.

Je m'approchai de l'immeuble de Bender comme de chez moi. Règle numéro dix-sept du chasseur de primes : ne pas passer pour un rôdeur. À l'intérieur, de la lumière brillait. Les rideaux étaient fermés, mais pas coupés aux bonnes mesures, aussi était-il possible de voir par les côtés. Je collai mon nez à la vitre et observai les Bender. Andy était vautré dans un fauteuil inclinable, les pieds en l'air, un paquet de chips ouvert sur la poitrine, dans son monde. Sa femme, assise sur le canapé défoncé, gardait les yeux scotchés sur l'écran de télévision.

— Je suis pratiquement certain que nous faisons quelque chose d'illégal, chuchota Khloune.

— Il y a illégal et illégal. Ça, c'est tout juste *un peu* illégal.

— Je suppose que ça passe quand on est chasseur de primes. Il y a des lois spéciales pour vous, c'est ça ?

Ouais, c'est ça. Et le Lapin de Pâques existe vraiment.

Je voulais entrer dans l'appartement, mais sans réveiller Bender. Je contournai l'immeuble et essayai d'ouvrir la porte de derrière. Verrouillée. Je regagnai la porte d'entrée. Idem. Je frappai tout doucement avec mes phalanges, espérant ainsi attirer l'attention de madame sans tirer Bender de sa torpeur.

Khloune surveillait par la fenêtre. Il fit non de la tête. Personne ne s'était levé pour venir ouvrir. Je frappai plus fort. Rien. La femme de Bender était passionnée par son émission de télé. *Aaargh !* Je sonnai.

Khloune, toujours posté à la fenêtre, bondit en arrière et accourut à mes côtés.

— Elle arrive !

La porte s'ouvrit, et Mme Bender se campa lourdement devant nous. C'était une femme forte à la peau pâle, elle portait un poignard tatoué sur l'avant-bras. Elle avait les yeux rougis, le regard vide, le visage inexpressif. Elle n'était pas aussi dévastée que son mari, mais elle en prenait le chemin. Elle recula d'un pas quand je me présentai.

— Andy aime pas qu'on le dérange, dit-elle. Ça le met de mauvais poil.

— Vous pourriez peut-être aller rendre visite à une voisine, comme ça, vous ne serez pas là quand on dérangera Andy.

Je ne voulais surtout pas que Bender se défoule sur sa femme parce que *nous* l'aurions dérangé.

Elle considéra son mari, toujours endormi dans son fauteuil. Puis, elle nous regarda. Et elle fila, se fondant dans l'obscurité.

Khloune et moi nous approchâmes de Bender sur la pointe des pieds pour l'observer de plus près.

— Il est peut-être mort, dit Khloune.

— Je ne pense pas.

— Il sent la mort.

— Il sent toujours ça.

Cette fois, je m'étais préparée. J'avais emporté mon pistolet paralysant. Je me penchai en avant, appuyai l'embout contre Bender et pressai sur le bouton qui envoyait la décharge. Rien ne se produisit. J'examinai le pistolet. Il me paraissait pourtant en état de marche. Je l'appuyai de nouveau contre Bender. Rien. Quelle foutue merde ! OK, retour au plan B. J'empoignai les menottes que j'avais coincées dans ma poche arrière, et attachai tranquillou un des bracelets au poignet droit de Bender.

Il ouvrit les yeux d'un coup.

— C'est quoi, ce binz ?

Je tirai sa main menottée vers son autre main à laquelle je fis subir le même sort.

— Nom d'un chien ! cria-t-il. J'ai horreur qu'on me dérange quand je regarde la télé ! Qu'est-ce que vous foutez chez moi ?

— Ce que j'y faisais hier. Agent de cautionnement. Vous n'avez pas respecté les termes de votre caution. Vous devez convenir d'une autre date d'audience.

Il foudroya Khloune du regard.

— C'est qui ce nain de jardin ?

Khloune lui tendit sa carte professionnelle.

— Albert Khloune, avocat.

— Je hais les clowns. Ils me foutent les boules.

— K-h-l-o-u-n-e, épela Khloune en montrant son nom sur la carte. Si, un jour, vous avez besoin d'un avocat, je fais partie des bons.

— Ah ouais ? fit Bender. Ben, je hais les avocats encore plus que les clowns.

Il se leva d'un bond et, d'un coup de boule en pleine tête, fit tomber Khloune sur le cul.

— Et vous aussi, je vous hais ! cria-t-il en s'élançant sur moi, tête baissée.

Je fis un pas de côté et réessayai le pistolet paralysant sur lui. Aucun effet. Je courus après lui et lui donnai une autre décharge. Il fila hors de la pièce par la porte d'entrée restée ouverte. Je jetai le pistolet paralysant qui rebondit sur le coin de sa caboche. Il cria *aïe*, puis disparut dans la nuit.

J'étais tiraillée entre me lancer à sa poursuite et venir en aide à Khloune qui gisait sur le sol, étendu de tout son long, le nez en sang, la bouche ouverte, les yeux vitreux. Difficile de dire s'il était seulement sous le choc ou carrément dans le coma.

— Ça va ? lui criai-je.

Khloune ne me répondit pas. Il bougeait les bras, mais sans réussir à se relever. Je m'agenouillai à côté de lui.

— Ça va ? redemandai-je.

Son regard redevint clair, il tendit la main et empoigna le pan de ma chemise.

— Je l'ai frappé ?

— Oui. Vous lui avez donné un coup de tête.

— Je le savais. Je savais que je serais bon dans le feu de l'action. Je ne suis pas un tendre, hein ?

— C'est sûr.

Dieu du ciel, je commençais à le trouver sympathique.

Je l'aidai à se relever et allai chercher des essuie-tout à la cuisine. Bender avait encore pris la poudre d'escampette, et mes menottes. Une fois de plus.

Je récupérai le pistolet paralysant d'aucune utilité, chargeai Khloune dans la Honda et démarrai. C'était une nuit nuageuse et sans lune. La résidence baignait dans l'obscurité. Les lumières qui brûlaient derrière les stores n'éclairaient même pas les pelouses. Je roulai dans les rues alentour, scrutant l'obscurité, à l'affût du moindre mouvement, regardant à travers les rares fenêtres sans rideaux.

Khloune gardait la tête renversée en arrière, le coin d'un essuie-tout enfoncé dans la narine.

— Ça arrive souvent ? demanda-t-il. Je voyais ça autrement. Je veux dire, c'était plutôt marrant, mais il s'est enfui. Et puis, ce qu'il sentait mauvais ! Je ne m'attendais pas à ce qu'il pue à ce point.

Je lançai un regard à Khloune. Il paraissait différent. Tordu, en quelque sorte.

— Votre nez a toujours été dévié vers la gauche ? demandai-je.

Il le toucha prudemment.

— Ça fait bizarre. Vous ne croyez pas qu'il est cassé, hein ? Je ne m'étais encore jamais rien cassé.

Dans le genre cassé, j'avais rarement vu mieux.

— Il ne me paraît pas cassé, dis-je. N'empêche, il vaut peut-être mieux le montrer à un médecin. Et si on faisait un petit crochet par les urgences ?

5

J'ouvris les yeux et les tournai vers le réveil : 8 : 30. Pas vraiment tôt. J'entendais la pluie tambouriner sur mon escalier de secours et sur ma fenêtre. Mon avis sur la pluie, c'est qu'elle devrait tomber uniquement la nuit quand tout le monde dort. La nuit, la pluie, c'est douillet. Pendant la journée, la pluie, c'est… ennuyeux comme la pluie. Encore un plantage lors de la création. Un peu comme le traitement des déchets. Quand on crée un univers, il faut voir à long terme !

Je roulai hors de mon lit et marchai au radar jusqu'à la cuisine. Rex, qui avait couru dans sa roue tout son soûl, dormait comme un loir dans sa boîte de conserve. Je mis la cafetière en marche, bien décidée à affronter la journée, mais sans trop savoir par où la commencer. En allant présenter mes condoléances à Khloune, peut-être ? C'était de ma faute s'il avait le nez cassé. Quand je l'avais déposé à sa voiture, il avait les yeux tout noirs et le nez redressé grâce à un pansement. Le problème, en allant le voir, c'était qu'il risquait de me coller toute la journée. Et je n'en avais vraiment pas envie. Livrée à moi-même, je me plantais déjà suffisamment comme ça. Alors, avec Khloune dans les pattes, je devenais une catastrophe ambulante.

Assise dans ma voiture, au parking, je regardais par le pare-brise zébré de pluie, quand je me rendis compte qu'un sachet à sandwich en plastique était fixé à mon essuie-glace. J'ouvris ma portière et l'arrachai. Il contenait une feuille de papier pliée en quatre. Y était écrit un message au feutre noir.

Ça t'a plu, les serpents ?

Génial. Tout juste comme je souhaitais que commence ma journée. Je remis le mot dans le sachet que je glissai dans la boîte à gants. Sur le siège passager étaient posés les dossiers des deux DDC que Connie m'avait confiés. Andrew Bender, toujours dans la nature. Et Laura Minello. J'essaierais bien d'en arrêter un des deux ce matin, mais je n'avais plus de menottes. Et j'aurais préféré me crever l'œil d'un coup de fourchette plutôt qu'en emprunter une autre paire à l'agence. Ce qui me laissait Annie Soder.

Je mis le contact et roulai jusqu'au Bourg. Je me garai devant chez mes parents, mais ce fut à la porte de Mabel que je frappai.

— Qui Evelyn fréquentait-elle quand elle était gamine ? demandai-je à Mabel. Qui était sa meilleure amie ?

— Dotty Palowski. Elles étaient dans la même classe au collège, et au lycée aussi. Puis Evelyn s'est mariée, et Dotty a déménagé.

— Elles sont restées amies ?

— Je crois qu'elles se sont perdues de vue. Evelyn s'est de plus en plus refermée sur elle-même après son mariage.

— Vous savez où habite Dotty maintenant ?

— Non, mais sa famille est toujours dans le Bourg.

Je la connaissais. Ses parents vivent dans Roebling Street. Elle a aussi des oncles, des tantes et des cousins dans tout le quartier.

— J'ai besoin d'autre chose, dis-je. D'une liste des parents d'Evelyn. Tous.

Je l'avais en main en repartant. Elle n'était pas très longue. Un oncle et une tante dans le Bourg. Trois cousins, tous dans les environs de Trenton. Un autre, dans le Delaware.

Je sautai par-dessus le muret qui séparait les deux vérandas, et m'en allai trouver Mamie Mazur.

— Je suis allée à l'exposition de Shleckner, me dit-elle. Laisse-moi te dire une chose : ce Stiva est un génie. Sur le plan de la préparation du défunt, il est imbattable. Tu te souviens que le vieux Shleckner avait tout plein de croûtes sur le visage ? Eh bien, Stiva a réussi, je ne sais pas comment, à les dissimuler. On ne voyait même pas que Shleckner avait un œil de verre. Les deux paraissaient absolument identiques. Un vrai miracle.

— Comment sais-tu pour l'œil de verre ? Il n'avait pas les yeux fermés ?

— Si, mais ils se sont ouverts juste une seconde au moment où j'étais là. Quand j'ai fait tomber accidentellement mes lunettes dans le cercueil, je crois.

— Hmmmm, la morigénai-je.

— Bah, on ne peut pas en vouloir à quelqu'un de s'inquiéter de ces choses-là. Ce n'est quand même pas de ma faute ! Si on lui avait laissé les yeux grands ouverts, je ne me serais même pas posé la question.

— Quelqu'un t'a vu écarter les paupières de Shleckner ?

— Non. Je sais être très discrète.

— Tu as appris quelque chose d'intéressant sur Evelyn ou Annie ?

— Non, mais j'en ai entendu de belles sur Steven Soder. Il aime boire. Et il aime jouer. Le bruit court qu'il aurait perdu beaucoup d'argent, et aussi son bar, au poker, et que, maintenant, il a des *associés*.

— J'ai entendu plus ou moins la même chose. Quelqu'un a donné des noms pour les associés ?

— Eddie Abruzzi, paraît-il.

Aïe, aïe, aïe. Pourquoi est-ce que cela ne me surprend pas, quelqu'un peut me le dire ?

J'étais remontée en voiture, prête à redémarrer quand mon téléphone portable sonna. Khloune.

— Oh, là, là, si vous me voyiez ! dit-il. J'ai les deux yeux au beurre noir, et le nez enflé. Mais au moins, maintenant, il est droit. J'ai fait attention de ne pas dormir dessus.

— Je suis navrée. Vraiment, vraiment navrée.

— Hé, pas de problème. Je suppose qu'il faut s'attendre à ce genre de choses quand on lutte contre la criminalité. Alors, qu'est-ce que vous faites aujourd'hui ? Vous repartez à la poursuite de Bender ? J'ai quelques idées. On se retrouve à l'heure du déjeuner ?

— Heu… le truc, c'est que… j'ai l'habitude de travailler en solo.

— Bien sûr, mais, des fois, vous avez un partenaire, hein ? Et ça pourrait être moi, ce partenaire, de temps en temps ? Je suis sur le pied de guerre. Ce matin, j'ai acheté une casquette noire avec AGENT DE CAUTIONNEMENT imprimé dessus, une bombe lacrymogène, des menottes…

Des menottes ? Tout doux, mon cœur, ne t'emballe pas…

— Ce sont des menottes réglementaires, avec une clé et tout ?

— Oui. Je les ai achetées chez l'armurier de Rider Street. J'aurais bien pris un revolver aussi, mais je n'avais pas assez d'argent sur moi.

— Je passe vous chercher à midi.

— Oh, là, là, ça va être génial ! Je serai fin prêt. Je vous attends à mon cabinet. On pourrait peut-être manger du poulet frit cette fois ? À moins que vous n'aimiez pas ça. Dans ce cas-là, on pourrait se rabattre sur une tortilla, ou un hamburger, ou alors…

Je collai ma bouche au haut-parleur et imitai des grésillements.

— Je ne vous entends plus, criai-je. Ça va couper ! On se voit à midi !

Et je raccrochai.

Je roulai hors du Bourg et rejoignis Hamilton Avenue. Quelques minutes plus tard, j'arrivai à l'agence. Je me garai contre le trottoir derrière une Porsche flambant neuve que je soupçonnai d'appartenir à Ranger.

Tout le monde se retourna à mon entrée. Ranger était assis au bureau de Connie, vêtu tout en noir SWAT*. Nos regards se croisèrent et mon ventre fit un roulé-boulé.

— J'ai une copine qui bossait aux urgences hier soir, dit Lula, et elle m'a raconté qu'elle t'avait vue arriver avec un petit gars bien amoché.

— Khloune. Il n'était pas si amoché que ça. Il avait le nez cassé, c'est tout. Plus de questions !

Vinnie traînait devant la porte de son bureau.

— De quel clown parlez-vous ? demanda-t-il.

* Special Weapons And Tacticts – unité d'élite de la police américaine. *(N.d.T.)*

— D'Albert Khloune, lui répondit Ranger. Un avocat.

Je faillis demander à Ranger comment il connaissait Khloune, et me retins juste à temps. La réponse tombait sous le sens. Ranger sait tout.

— Laisse-moi deviner, me dit Vinnie. Il te faut une autre paire de menottes, c'est ça ?

— Faux. Il me faut juste une adresse. Je voudrais parler à Dotty Palowski.

Connie entra ce nom dans son système informatique. Une minute plus tard, les infos arrivaient.

— Elle s'appelle Dotty Rheinhold maintenant, et elle habite à South River.

Connie imprima la page et me la tendit.

— Elle est divorcée avec deux enfants, et elle travaille pour l'Autorité autoroutière d'East Brunswick.

D'habitude, je serais restée papoter un peu, mais je craignais qu'on me cuisine au sujet du nez de Khloune.

— Il faut que je file. Des choses à faire.

Je m'arrêtai devant la porte de l'agence, à l'abri du petit auvent. Au-delà, la pluie tombait, bruine inexorable qui, certes, ne soutenait pas la comparaison avec une averse mais était tout de même suffisante pour démolir ma coiffure et tremper mon jean.

Ranger me rejoignit à l'extérieur.

— Ça peut servir de mettre plus d'une balle dans son revolver, *baby*.

— Tu es au courant pour les serpents ?

— J'ai croisé Costanza. Il contemplait sa vie au fond d'un verre de bière.

— Je n'ai pas de chance dans ma recherche d'Annie Soder.

— Tu n'es pas la seule, tu sais.

— Jeanne Ellen non plus n'arrive pas à la localiser ?

— Pas pour l'instant.

Nos regards se croisèrent un long moment.

— Tu es dans quel camp ? lui demandai-je.

Il coinça une mèche de cheveux derrière mon oreille, le bout de ses doigts, légers comme des plumes, m'effleurant la tempe, son pouce contre ma mâchoire.

— Dans le mien, *baby*.

— Parle-moi de Jeanne Ellen.

Sourire de Ranger.

— Ces informations auraient un prix.

— À savoir ?

Son sourire s'élargit.

— Tâche de ne pas trop te mouiller aujourd'hui, me dit-il.

Et le voilà parti.

Aaargh. Qu'ont donc les hommes dans ma vie ? Pourquoi partent-ils toujours en premier ? Pourquoi n'est-ce pas MOI *qui m'éloigne, qui m'en vais la première ? Pourquoi ? Parce que je suis une andouille, voilà pourquoi. Je suis la reine des andouilles !*

Je passai prendre Khloune à la laverie automatique. Il portait un T-shirt noir, un jean noir et sa nouvelle casquette de brigade d'intervention. Et il arborait des mocassins marron à pompons. Il avait fixé la bombe lacrymogène à sa ceinture, enfoncé les menottes dans sa poche arrière. Ses yeux et son nez offraient à la vue des nuances inquiétantes de noir, de bleu et de vert.

— Wouah, dis-je. Vous faites peur.

— C'est les mocassins à pompons, hein ? Je n'étais pas sûr qu'ils soient assortis à la tenue. Je peux passer chez moi me changer. J'ai hésité avec des chaussures noires, mais j'ai pensé qu'elles feraient trop habillé.

— Non, ce n'est pas ça, c'est vos yeux, votre nez…

Bon, d'accord, les mocassins à pompons, ça ne le fait pas non plus.

Khloune monta et boucla sa ceinture.

— J'imagine que tout ça, ça fait partie du boulot. Faut payer de sa personne, parfois, pas vrai ? Les risques du métier, vous voyez ce que je veux dire ?

— Votre métier, c'est la loi.

— Ouais, mais je suis aussi assistant d'une chasseuse de primes, pas vrai ? J'écume les rues malfamées avec vous, pas vrai ?

Tu vois, Stéph, voilà ce qui arrive quand tu exploses ta carte de crédit en t'achetant du superflu comme des chaussures, des sous-vêtements... tu ne peux même plus te payer des menottes.

— J'aurais bien pris un pistolet paralysant, dit Khloune, mais le vôtre n'a pas fonctionné hier soir. Alors, à quoi bon ? Ça coûte cher ces machins-là, et après, ils ne marchent même pas. C'est toujours comme ça, hein ? Vous savez ce qu'il vous faut ? Il vous faut un avocat. Vous êtes victime de publicité mensongère.

Je m'arrêtai à un feu, sortis le pistolet de mon sac et l'examinai.

— Je ne comprends pas, dis-je. Je n'ai jamais eu de problèmes.

Khloune me prit le pistolet des mains et le retourna.

— Il faut peut-être des piles.

— Non. Elles sont neuves. J'ai vérifié.

— Peut-être que vous ne savez pas vous en servir.

— Ça ne risque pas. Ce n'est pas très compliqué. On appuie l'embout sur la peau et on presse le bouton.

— Comme ça ? demanda Khloune en joignant le geste à la parole.

Il poussa un petit cri aigu et s'affaissa dans son siège.

Je pris le pistolet dans sa main inerte et l'examinai à nouveau. Il avait l'air de très bien fonctionner maintenant.

Je le laissai tomber dans mon sac, retournai au Bourg et m'arrêtai chez « Côté Brico », un magasin délabré que j'avais toujours connu. Il occupait deux bâtiments attenants dont le mur mitoyen était percé d'une porte. Bois brut et linoléum craquelé recouvraient le sol. Les étagères poussiéreuses sentaient l'engrais et l'outillage neuf. On y trouvait tout ce qu'on voulait, plus cher que partout ailleurs. L'avantage de « Côté Brico », c'est son emplacement. Au cœur du Bourg. Inutile de prendre la Route 1 jusqu'à Hamilton. Aujourd'hui, l'autre avantage pour moi, c'était que personne dans le magasin ne s'étonnerait de me voir traîner avec un type ayant les deux yeux au beurre noir. Dans le Bourg, tout le monde avait entendu parler de Khloune.

À notre arrivée au magasin, Khloune commençait à revenir à lui. Ses doigts remuaient, et il avait un œil ouvert. Je le laissai dans la voiture le temps de courir acheter cinquante mètres de chaîne assez grosse et un cadenas. J'avais un plan pour capturer Bender.

Je laissai tomber la chaîne sur le bitume derrière ma Honda. Je pris les menottes dans la poche arrière de Khloune, et attachai une extrémité de la chaîne à l'un des bracelets. Puis, avec le cadenas, je fixai l'autre extrémité au crochet d'attelage. Je balançai le restant de la chaîne et les menottes par la vitre arrière et me glissai au volant. J'étais trempée de sueur, mais ça en valait la peine. Cette fois, pas de risque que Bender s'échappe avec mes menottes. Dès que je les lui passerais, il se retrouverait attaché à ma voiture.

Je traversai la ville, m'arrêtai non loin de chez Bender et fis son numéro. Il répondit, je raccrochai.

— Il est chez lui, dis-je à Khloune. Action !

Khloune examinait sa main, en pliant ses doigts.

— Ça me picote, dit-il.

— C'est parce que vous vous êtes grillé avec mon pistolet.

— Je croyais qu'il ne marchait pas.

— Apparemment, vous l'avez réparé.

— Je suis doué de mes mains. Je suis bon pour plein de choses comme ça.

Je grimpai sur le trottoir devant chez Bender, traversai le bout de terrain et me garai, pare-chocs arrière contre le perron. Je bondis hors de la voiture, courus jusqu'à la porte et déboulai dans son salon.

Bender, dans son fauteuil, regardait la télévision. En me voyant entrer, il écarquilla les yeux et la mâchoire lui en tomba.

— Encore vous ! s'écria-t-il. Putain, mais c'est pas vrai !

La seconde d'après, il jaillissait de son fauteuil et se précipitait vers la porte du fond.

— Attrapez-le ! criai-je à Khloune. Vaporisez-le ! Faites-lui un croche-pied ! *Faites quelque chose !*

Khloune se lança sur lui et le saisit par la jambe de son pantalon. Tous deux roulèrent à terre. Je me jetai sur Bender, et le menottai. Je me dégageai, aux anges.

Bender se releva tant bien que mal et courut vers la porte, traînant la chaîne derrière lui.

— Tape-m'en cinq ! dis-je à Khloune.

— Mince alors, vous êtes drôlement fine ! dit-il. Je n'aurais jamais pensé à l'accrocher au pare-chocs. Je reconnais que vous êtes douée. Vraiment douée.

— Assurez-vous que la porte du fond est verrouillée, lui dis-je. Je ne voudrais pas qu'on cambriole l'appartement.

J'éteignis la télévision, et Khloune et moi arrivâmes à la porte juste à temps pour voir Bender filer au volant de ma Honda.

Et merde.

— Hé ! cria Khloune à Bender. Et mes menottes ?

Bender avait passé le bras par la vitre pour maintenir la portière fermée. La chaîne serpentait jusqu'au pare-chocs arrière, traînant par terre en faisant des étincelles. Bender nous fit un bras d'honneur juste avant de disparaître au coin de la rue.

— Vous avez dû laisser la clé sur le contact, dit Khloune. Je crois bien que c'est illégal, et que vous n'avez pas verrouillé la portière non plus. Il faut toujours prendre ses clés et verrouiller les portières.

Je lançai à Khloune mon regard vachard.

— Bien sûr, c'étaient des circonstances particulières, précisa-t-il.

Khloune se pelotonna sous le petit auvent qui protégeait le perron de chez Bender. Moi, j'étais au bord du trottoir, dégoulinante de pluie, attendant l'arrivée de la police municipale. Il vient un moment, quand il pleut, où plus rien n'a vraiment d'importance.

En appelant pour signaler un vol de véhicule, j'avais espéré joindre Costanza et mon pote Eddie Gazarra. La voiture qui m'avait répondu n'était celle ni de l'un ni de l'autre.

— Alors, c'est vous la fameuse Stéphanie Plum ? demanda le flic.

— Je ne tire presque jamais sur les gens, dis-je en me glissant sur la banquette arrière. Et je ne suis pour rien dans l'incendie du salon funéraire.

Je me penchai en avant et de l'eau goutta de mon nez sur le plancher de la voiture.

— D'habitude, c'est Costanza qui prend mes appels, dis-je.

— Il n'a pas remporté la mise.

— Vous jouez ça aux cartes ?

— Ouais. Mais la participation a fortement chuté après l'histoire avec les serpents.

Un quart d'heure plus tard, les policiers partaient et Morelli entrait dans la danse.

— Tu écoutais encore ta radio ? lui demandai-je.

— Ce n'est même plus la peine. Dès que ton nom surgit dans le système, je reçois une cinquantaine d'appels.

Je fis une petite moue que je voulus craquante.

— Désolée.

— Si j'ai bien compris, Bender s'est enfui enchaîné à ta voiture.

— Sur le moment, ça m'a paru une bonne idée.

— Et ton sac est resté dans la voiture ?

— Évidemment.

Morelli avisa Khloune.

— Qui est ce petit mec aux mocassins à pompons et aux yeux au beurre noir ?

— Albert Khloune.

— Et il t'accompagne parce que…

— Il avait des menottes.

Morelli tenta de réprimer un sourire. Peine perdue.

— Monte dans le pick-up, dit-il. Je te raccompagne.

Nous déposâmes d'abord Khloune.

— Hé, vous savez quoi ? dit Khloune. Si on déjeunait tous ensemble ? Il y a un mexicain à deux pas dans la rue. Ou alors, on pourrait acheter des hamburgers, ou des rouleaux de printemps. Je connais un endroit où ils sont superbons.

— Je vous recontacterai, lui dis-je.

— Super ! Appelez-moi. Vous avez mon numéro ? Vous appelez quand vous voulez ! Je ne dors presque pas, alors !

Il nous fit signe de la main jusqu'à ce qu'il ne nous voie plus.

Morelli s'arrêta à un feu, me considéra et hocha la tête.

— Je sais, dis-je, je suis trempée.

— Albert te trouve à son goût.

— Il veut juste faire partie de la bande.

Je repoussai une mèche de cheveux de mon visage.

— Et toi ? dis-je. Tu me trouves à ton goût ?

— Je te trouve cinglée.

— Oui. Mais, en dehors de ça, tu me trouves toujours à ton goût, hmm ?

Je lui décochai mon sourire Miss Amérique en battant des cils.

Il me regardait, de marbre.

Je me sentais un peu comme Scarlett O'Hara à la fin de *Autant en emporte le vent* quand elle est bien décidée à reconquérir Rhett Butler. Le problème avec Morelli, c'était que je ne saurais que faire de lui. Je soupirai.

— Ce que la vie est compliquée.

— Tu l'as dit, ma jolie.

J'agitai les doigts en guise d'au revoir à Joe, puis entrai dans mon immeuble laissant des gouttes d'eau derrière moi dans l'entrée, dans l'ascenseur ainsi que dans le couloir jusqu'à la porte de ma voisine d'à côté, Mme Karwatt. Je lui demandai le double de mes clés, puis semai de nouvelles gouttes d'eau jusque dans mon appartement. Plantée au beau milieu de ma cuisine, je me débarrassai de mes vêtements. Je me nouai une serviette sur la tête, puis vérifiai mes messages : aucun. Rex surgit de sa boîte de conserve, son poil se hérissa quand il me vit et il retourna dare-dare dans son antre. Pas le genre de réaction qui remonte le moral d'une femme nue… même de la part d'un hamster.

Une heure plus tard, j'étais habillée de pied en cap et j'attendais Lula, en bas de chez moi.

— OK, dit cette dernière lorsque je pris place dans sa Firebird, si je comprends bien, tu dois faire une planque, et t'as pas de bagnole, c'est ça ?

Je levai la main pour couper court à toute autre attaque.

— Pas de question.

— Je t'entends souvent dire « pas de question », ces temps-ci.

— Volée ! On m'a volé ma voiture !

— *Descends.*

— Je suis sûre que la police va la retrouver. En attendant, j'aimerais dire deux mots à Dotty Palowski Rheinhold. Elle habite à South River.

— Et c'est où, South River ?

— J'ai une carte. Prends à gauche en sortant du parking.

South River forme un coude au bord de la Route 18. C'est une petite ville coincée entre des centres commerciaux et des argilières, où il existe plus de bars au kilomètre carré que dans toutes les autres villes de l'État. L'entrée fournit une vue imprenable sur la zone d'enfouissement des déchets. À la sortie, on traverse le fleuve pour rejoindre Sayreville, célèbre pour avoir vu naître Jon Bon Jovi.

Dotty Rheinhold vivait dans un lotissement bâti dans les années soixante. Les jardins y étaient petits, les maisons plus petites encore, les voitures grosses et nombreuses.

— T'as déjà vu autant de bagnoles ? s'écria Lula. Y en a au moins trois par maison. Y en a partout.

C'était un quartier où une surveillance serait facile. Il avait atteint un âge où les adolescents abondaient. Les ados avaient leur voiture, et sortaient avec d'autres ados qui, eux aussi, avaient leur voiture. Une de plus dans la rue, ça ne se remarquerait pas. Mieux encore : on était en banlieue. Personne assis sur les perrons ou les vérandas. Tout le monde migrait dans les jardins de derrière grands comme des mouchoirs de poche, jonchés de barbecues, de piscines gonflables et de troupeaux de transats.

Lula gara la Firebird à une maison de celle de Dotty, et le long du trottoir d'en face.

— Tu penses qu'Annie et sa mère se sont installées chez Dotty ? me demanda-t-elle.

— Si oui, on le saura tout de suite. On ne peut pas cacher deux personnes dans sa cave avec des gamins dans les pattes, cela paraîtrait trop bizarre. Si Annie et Evelyn sont ici, elles vont et viennent comme des invitées ordinaires.

— On va rester ici en attendant de le découvrir ? Mon petit doigt me dit que ça va nous prendre vachement de temps. Je suis pas sûre d'être préparée à rester ici très longtemps. Et quand est-ce qu'on va manger ? En plus, j'ai envie d'aller faire pipi. J'ai bu un grand soda juste avant de passer te chercher. Tu m'avais pas dit que ça nous prendrait du temps.

Je lui décochai mon regard noir de chez noir.

— Il faut que j'y aille, geignit Lula. C'est pas ma faute. Faut que je fasse pipi.

— OK, que dis-tu de ça ? On est passées devant un centre commercial en venant. Je te dépose là-bas, et je reviens ici en voiture pour faire la surveillance.

Une demi-heure plus tard, j'étais de retour au bord du trottoir, seule, épiant Dotty. La bruine s'était muée en averse et des lumières brûlaient dans plusieurs maisons. Chez Dotty, l'obscurité régnait. Une berline Honda bleue passa à côté de moi et s'engagea dans l'allée de chez Dotty. Une femme en descendit, elle défit la ceinture de deux enfants à l'arrière. Elle était enveloppée dans un imperméable à capuche, mais j'entr'aperçus son visage dans la pénombre et fus certaine qu'il s'agissait de Dotty – ou, pour être plus exacte, je fus certaine qu'il ne s'agissait pas d'Evelyn. Les enfants étaient jeunes. Deux et sept ans, environ. Non que je sois experte en enfants – mes seules références en la matière étant mes deux nièces.

La petite famille entra dans la maison où les lumières s'allumèrent une à une. Je fis démarrer la Firebird et roulai au pas jusqu'à me trouver directement en face de chez les Rheinhold. Je voyais nettement Dotty à présent. Elle avait ôté son imper. Le salon donnait sur la rue : la télévision était allumée, la porte de communication avec la cuisine ouverte. Dotty passait d'une pièce à l'autre, allait du réfrigérateur à la table. Aucun autre adulte n'apparut. Dotty ne donnait pas l'impression de vouloir fermer les doubles rideaux du salon.

Les enfants étaient allés se coucher, et la lumière dans leur chambre s'éteignit à neuf heures. À neuf heures un quart, Dotty reçut un appel téléphonique. À neuf heures et demie, elle était toujours pendue au téléphone, aussi levai-je le camp pour aller récupérer Lula au centre commercial. Peu après l'intersection suivante, je croisai une luxueuse voiture noire qui venait en sens inverse. Je reconnus la conductrice. Jeanne Ellen Burrows. Je faillis prendre le trottoir et rouler sur une pelouse.

Lula m'attendait à l'entrée du centre.

— Moooonte ! lui criai-je. Il faut que je retourne chez Dotty. J'ai croisé Jeanne Ellen Burrows en partant.

— Et Evelyn et Annie ?

— Aucun signe d'elles.

À notre arrivée, la maison baignait dans l'obscurité. La voiture de Dotty était toujours dans l'allée. Pas de Jeanne Ellen à l'horizon.

— T'es sûre que c'était Jeanne Ellen ? demanda Lula.

— Certaine. J'ai eu la chair de poule et la migraine du mangeur de glace.

— Ouais. Alors, c'était bien elle.

Lula me déposa devant chez moi.

— Pour une planque, c'est quand tu veux, me dit-elle. Être en planque, c'est un de mes passe-temps préférés.

Rex sprintai dans sa roue. Il se figea à mon entrée dans la cuisine, et me regarda, les yeux brillants.

— Bonne nouvelle, caïd, lui dis-je. J'ai fait des courses en rentrant, je t'apporte ton dîner.

Je versai le contenu du sac sur le comptoir. Sept TastyKakes. Deux Butterscotch Krimpets, un Bounty, deux KandyKakes fourrés au beurre de cacahuète, des muffins à la crème et des Finger Giant. Que demander de plus à la vie ? Les TastyKakes comptent parmi les nombreux avantages de vivre dans le New Jersey. On les fait à Philadelphie et, à leur arrivée à Trenton, ils sont encore tout frais et tout moelleux. J'ai lu qu'on en produisait 439 000 par jour, et que très peu atteignaient le New Hampshire. Alors, à quoi bon toute cette neige et tous ces beaux paysages sans TastyKakes ?

Je mangeai le Bounty, un Krimpet et un KandyKake. Rex reçut une part du Krimpet.

Ça n'allait pas fort pour moi ces temps-ci. En une semaine, j'avais perdu trois paires de menottes, une voiture et on m'avait déposé un sac de serpents sur mon paillasson. D'un autre côté, ça pourrait être pire. Bien pire. Je pourrais vivre dans le New Hampshire où je serais obligée de commander des TastyKakes par correspondance.

Il n'était pas loin de minuit quand je rampai jusqu'à mon lit. Il ne pleuvait plus, et la lune miroitait entre les nuages. J'avais fermé mes doubles rideaux, ma chambre était sombre.

La fenêtre de ma chambre donne sur un escalier de secours à l'ancienne. Idéal pour prendre le frais les soirs d'été. On peut aussi l'utiliser pour étendre le linge, mettre en quarantaine les plantes envahies par les pucerons et rafraîchir la bière quand le temps vire au froid. Malheureusement, il s'y passe aussi des choses moins sympathiques. Benito Ramirez a été tué sur mon escalier de secours. Ce n'est pas très facile de l'escalader, mais pas impossible non plus, la preuve.

J'étais étendue dans l'obscurité, je débattais avec moi-même de la supériorité des Bounty sur les Butterscotch Krimpets, quand j'entendis des grattements en provenance de l'escalier de secours. Une poussée d'adrénaline brûla en mon cœur et flasha dans mon ventre. Je me levai d'un bond, courus à la cuisine et téléphonai à la police. Puis, je pris mon revolver dans la boîte à biscuits. Pas de balles. *Aaargh ! Réfléchis, Stéphanie... où as-tu rangé les balles ?* Il y en avait dans le sucrier. Plus maintenant. Il était vide. Je farfouillai dans le tiroir-poubelle et finis par en trouver quatre. Je les enfonçai dans mon Smith & Wesson à cinq coups et retournai dans ma chambre à toute vitesse.

Je m'arrêtai dans le noir, à l'écoute. Plus de grattements. Mon cœur battait à tout rompre et le revolver tremblait dans ma main. *Ressaisis-toi ! C'était sans doute un oiseau. Un hibou. Ils volent bien la nuit, non ? Idiote, effrayée par un hibou.*

Je m'approchai de la fenêtre sur la pointe des pieds. Silence. J'écartai tout doucement les doubles rideaux et risquai un œil à l'extérieur.

Hiiiiiii !

Un type balèze se dressait sur mon escalier de secours. Je ne l'entr'aperçus qu'un dixième de seconde, mais il ressemblait à Benito Ramirez. Comment était-ce possible ? Ramirez était mort.

Il y eut un fracas de tous les diables, et je me rendis compte que j'avais tiré mes quatre balles dans la fenêtre, dans le type sur mon escalier de secours.

Mince ! Pas bon, ça. Un, j'aurais pu tuer quelqu'un – et j'ai horreur de ça. Deux, je ne savais pas du tout si ce type était armé, et la loi regarde d'un sale œil ceux qui tirent sur des gens pas armés. Déjà qu'elle n'apprécie pas trop les citoyens qui tirent sur des gens armés ! Le pire, c'était que ma fenêtre était foutue.

J'écartai les doubles rideaux d'un geste brusque et pressai le nez contre la vitre. Personne. Je regardai de plus près et je vis que j'avais dégommé une silhouette humaine grandeur nature découpée dans du carton. Elle gisait sur mon escalier de secours, trouée comme une passoire.

J'en restai abasourdie, haletante, le revolver toujours en main quand, soudain, j'entendis hurler au loin les sirènes de police. *Bravo, Stéph. Pour une fois que tu appelles la police, c'est une fausse alerte plutôt embarrassante. Une mauvaise blague. Comme les serpents.*

Qui ferait une chose pareille ? Quelqu'un qui savait que Ramirez s'était fait tuer chez moi. Je soupirai. Tout l'État était au courant. Ça avait fait la une de tous les journaux. D'accord, quelqu'un qui avait aussi accès à ce genre de silhouettes. Il en avait circulé pas mal quand Ramirez combattait. On n'en voyait plus guère maintenant. Une personne me vint à l'esprit. Eddie Abruzzi.

Une voiture de police s'arrêta sur mon parking, gyrophare tournoyant. Un policier en descendit.

J'ouvris ma fenêtre et me penchai.

— Fausse alerte ! criai-je. Il n'y a personne ! Ça devait être un oiseau !

Il leva la tête vers moi.

— Un oiseau ?

— Un hibou, je pense ! Très gros. Je suis désolée de vous avoir dérangé pour rien…

Il me fit signe de la main, remonta en voiture et repartit.

Je refermai la fenêtre et bloquai le système de verrouillage, mais c'était vraiment pour la forme, étant donné qu'une grande partie de la vitre manquait. Je courus à la cuisine dévorer un Finger Giant.

À demi réveillée, je réfléchissais sur la valeur nutritive d'un muffin à la crème pour le petit déjeuner, quand on frappa à ma porte.

C'était Tank, le bras droit de Ranger.

— Ta voiture a réapparu dans une casse, me dit-il.

Il me tendit mon sac.

— J'ai trouvé ça sur le plancher à l'arrière.

— Et ma voiture ?

— Sur ton parking.

Il me donna les clés.

— Elle n'a rien à part une chaîne fixée au crochet d'attelage. On n'a pas compris à quoi elle avait pu servir.

Après le départ de Tank, je fermai ma porte et la verrouillai, me traînai jusqu'à la cuisine et, pour fêter tout ça, je mangeai entièrement le sachet de muffins. J'avais récupéré ma voiture ! Alors, les calories, ça compte pour du beurre quand elles sont liées à une fête. Tout le monde devrait savoir ça.

Le café serait forcément bon, mais ça me paraissait beaucoup de travail pour ce matin. Je devais changer le filtre, ajouter du café, de l'eau et appuyer sur le bouton. Sans oublier que, si je buvais du café, ça me réveillerait, et je ne me sentais pas d'attaque pour la journée. Autant retourner me coucher.

Je venais juste de me glisser à nouveau sous ma couette quand on sonna à ma porte. Je me plaquai l'oreiller sur la tête et fermai les yeux.

— Allez-vous-en ! criai-je. Il n'y a personne !

Maintenant, on frappait. Puis on sonna encore. Je jetai mon oreiller et m'extirpai du lit. Je fonçai à ma porte, l'ouvris à la volée et, le regard noir, lançai :

— Quoi ?

C'était Khloune.

— C'est samedi, dit-il. J'ai apporté des beignets. J'en mange tous les samedis matin.

Il me dévisagea.

— Je vous ai réveillée, peut-être ? Oh, là, là, vous n'êtes pas au top au saut du lit, hein ? Pas étonnant que vous ne soyez pas encore mariée. Vous dormez toujours en pantalon de survêtement ?

Comment faites-vous pour avoir les cheveux dressés sur la tête, comme ça ?

— Ça vous dirait d'avoir le nez cassé une seconde fois ?

Khloune me poussa et entra dans mon appartement.

— J'ai vu votre voiture au parking, dit-il. C'est la police qui l'a retrouvée ? Vous avez récupéré mes menottes ?

— Non ! Et sortez de chez moi. Allez-vous-en.

— Vous avez besoin d'un bon café. Où sont les filtres ? Moi aussi, je suis toujours de mauvaise humeur le matin. Puis, dès que j'ai bu mon café, je suis un autre.

Qu'est-ce que j'ai fait pour mériter ça ?

Khloune prit le café dans le réfrigérateur et mit la cafetière en marche.

— Je ne savais pas si les chasseurs de primes travaillaient le samedi, dit-il. Mais je me suis dit mieux vaut prévenir que guérir. Alors, me voici.

J'en demeurai sans voix.

La porte de mon appartement était restée ouverte. On frappa sur l'encadrement.

Je me retournai et le vis.

Morelli.

— Je vous dérange ? demanda-t-il.

— Ne vous fiez pas aux apparences, lui assura Khloune. J'ai seulement porté des beignets à la confiture.

Morelli me considéra d'un œil critique.

— Tu as une tête à faire peur, me dit-il.

Je le foudroyai du regard.

— J'ai passé une mauvaise nuit.

— C'est ce qu'on m'a dit. J'ai cru comprendre que tu avais été dérangée par un gros oiseau nocturne. Un hibou ?

— Et alors ?

— Le hibou a-t-il fait beaucoup de dégâts ?

— Rien qui vaille la peine d'être signalé.

— Je te vois encore plus souvent que lorsqu'on vivait ensemble, me dit Morelli. Tu ne fais quand même pas tout ça pour me forcer à venir te voir, dis ?

6

— Oh, là, là, je ne savais pas que vous viviez ensemble, vous deux, dit Khloune. Hé, je n'essaie pas de m'immiscer entre vous. On travaille ensemble, c'est tout, hein ?

— Oui, c'est tout, dis-je.

— Alors, c'est avec ce gars-là que vous êtes fiancée ?

Un sourire fit frémir les lèvres de Morelli.

— Tu es fiancée ?

— Plus ou moins. Je ne tiens pas à en parler.

Morelli plongea la main dans le sachet et choisit un beignet.

— Je ne vois pas de bague à ton doigt, dit-il.

— Je ne tiens *pas* à en parler.

— Elle n'a pas encore bu son café, dit Khloune d'un air entendu.

Morelli prit une bouchée de beignet.

— Vous croyez qu'un café aiderait ?

Tous deux me regardèrent.

Je tendis le bras et le doigt vers ma porte.

— De-hors !

Je claquai la porte derrière eux et mis la chaînette de sécurité. Je m'adossai au battant en fermant les yeux. J'avais trouvé Morelli hypercraquant. T-shirt, jean et chemise rouge en flanelle portée ouverte comme une veste. Sans compter qu'il sentait bon. Son odeur flottait encore dans mon entrée, se mêlant à celle des muffins à la confiture. J'inspirai profondément et subis l'assaut du désir… immédiatement suivi de la gifle que je me donnai mentalement. Je lui avais demandé de partir ! À quoi je pensais ? Oh, oui, ça me revenait. Je pensais qu'il trouvait que j'avais une tête à faire peur. *Moi, j'ai une tête à faire peur ?* Je flashais sur un mec qui trouvait que j'avais une tête à faire peur. D'un autre côté, il était passé pour s'assurer que j'allais bien…

Je réfléchissais à tout ça tout en me rendant à la salle de bains. J'étais pleinement réveillée à présent. Alors, autant commencer la journée. J'allumai la lampe et m'entr'aperçus dans le miroir. *Hiiiiiiii !* Une tête à faire peur.

Je trouvais que samedi serait un bon jour pour filer Dotty. Rien ne me permettait de penser qu'elle aidait Evelyn. À part mon instinct. Et, parfois, l'instinct suffit amplement. Les amitiés d'enfance ont quelque chose de spécial. On peut les mettre de côté pour des raisons de convenance personnelle, mais on ne les oublie jamais.

Mary Lou Molner est ma meilleure amie depuis toujours. À vrai dire, nous n'avons plus grand-chose en commun. Elle s'appelle Mary Lou Stankovik maintenant, elle est mariée et mère de deux enfants. Moi, je vis avec un hamster. N'empêche, si je devais dire un secret à quelqu'un, ce serait à elle. Alors, à la place d'Evelyn, je me tournerais vers Dotty Palowski.

Peu avant dix heures, j'arrivai à South River. Je ralentis en passant devant chez Dotty et me garai un peu plus loin dans la rue. Sa voiture se trouvait dans son allée. Une Jeep rouge était garée le long du trottoir. Pas la voiture d'Evelyn – elle avait une vieille Sentra grise. Je reculai mon siège et étirai mes jambes. Si j'étais un homme posté devant une maison, mon comportement paraîtrait suspect. Une chance : on ne se méfie jamais trop des femmes.

La porte de chez Dotty s'ouvrit, et un homme sortit. Les deux enfants de Dotty surgirent ensuite et se mirent à courir autour de lui. Il les prit par la main, tous trois marchèrent jusqu'à la voiture et s'y installèrent.

L'ex-mari en visite.

La Jeep démarra et, cinq minutes plus tard, Dotty fermait sa porte à clé et montait dans sa Honda. Je la suivis sans difficulté, hors du quartier, puis sur la voie rapide. Elle ne soupçonnait pas qu'on la filait. À aucun moment, elle ne me repéra dans son rétroviseur.

Nous nous rendîmes tout droit à un centre commercial au bord de la Route 18 et nous garâmes devant une librairie. Dotty descendit de voiture et traversa le parking jusqu'à la boutique. Elle était jambes nues, en robe d'été et lainage. J'aurais eu froid en pareille tenue. Il faisait soleil, mais l'air était frais. Je me dis que Dotty en avait assez d'attendre le beau temps. Elle franchit la porte et se dirigea vers le coffee shop. Je la vis commander un café au comptoir et le porter à une table. Elle s'assit, dos à la vitre, et regarda autour d'elle. Elle consulta sa montre et but une gorgée de café. Apparemment, elle attendait quelqu'un.

S'il vous plaît, faites que ce soit Evelyn. Ça simplifierait tellement les choses !

Je descendis de voiture et parcourus la courte distance qui me séparait de la librairie. Je flânai aux abords du coffee shop en me cachant derrière des étagères de livres. Je ne connaissais pas Dotty personnellement, mais je craignais tout de même qu'elle me reconnaisse. Je fouillai la boutique du regard, à la recherche d'Evelyn et d'Annie. Je ne voulais pas qu'elles me voient, elles non plus.

Dotty leva les yeux de son café et se figea. Je suivis son regard, mais ne vis ni Evelyn ni Annie. Je les cherchais si consciencieusement que je faillis ne pas prêter attention au rouquin qui se dirigeait vers Dotty. C'était Steven Soder. Mon premier réflexe fut de l'intercepter. J'ignorais ce qu'il venait faire ici, mais il allait tout gâcher. Evelyn s'enfuirait à toutes jambes si elle le voyait. Puis, ça me frappa, en petit génie que j'étais : c'était lui que Dotty attendait.

Soder prit un café et rejoignit Dotty à sa table. Il s'assit en face d'elle et s'affala dans sa chaise en prenant une posture arrogante. Je voyais son visage, il n'avait rien d'amical.

Dotty se pencha vers Soder et s'adressa à lui. Soder afficha un sourire narquois et hocha la tête. Ils eurent une brève conversation. Soudain, Soder menaça Dotty du doigt et dit quelque chose qui la fit blêmir. Il se leva, fit une dernière remarque et partit. Son café, auquel il n'avait pas touché, resta sur la table. Dotty se ressaisit, s'assura que Soder n'était plus dans les parages, puis elle s'en alla aussi.

Je la suivis jusqu'au parking. Elle monta dans sa voiture, et je courus vers la mienne. Han ! Plus de voiture. OK, je sais qu'il m'arrive d'être un peu étourdie mais, en général, je me rappelle quand même où j'ai garé ma voiture. Je trottinai le long de l'allée. J'essayai la suivante. Toujours pas de voiture.

Dotty quitta sa place de parking et se dirigea vers la sortie. Une luxueuse voiture noire la suivait de près. Jeanne Ellen.

— *Aaargh !*

Je plongeai la main dans ma besace, finis par trouver mon téléphone portable et composai, furibarde, le numéro de Ranger.

— Appelle Jeanne Ellen et demande-lui ce qu'elle a fait de ma voiture ! lui criai-je. *Tout de suite* !

Une minute plus tard, Jeanne Ellen me rappelait.

— Je crois bien avoir vu une Honda CR-V devant le traiteur, me dit-elle.

J'appuyai si fort sur la touche de fin de communication que je me cassai un ongle. Je laissai tomber mon portable au fond de mon sac et arpentai la façade du centre commercial en direction du traiteur. Je retrouvai enfin ma voiture et en fis l'inspection. Aucune égratignure là où Jeanne Ellen avait forcé la serrure. Aucun fil dénudé autour du Neiman. Elle s'était débrouillée pour forcer ma voiture et la déplacer sans laisser la moindre trace de son passage. C'était un tour que Ranger pourrait faire aisément, et que je n'avais aucune chance de réussir. Le fait que Jeanne Ellen y parvienne m'agaçait au plus haut point.

Je partis du centre commercial et retournai chez Dotty. Personne. Pas de voiture dans son allée. Sans doute avait-elle guidé Jeanne Ellen tout droit jusqu'à Evelyn. Super. Oh, et puis quelle importance ? Ça ne me rapporte pas un seul dollar de toute façon. Je levai les yeux au ciel. Non, ce n'était PAS super. Si je retournais voir Mabel bredouille, elle recommencerait à se plaindre. J'aimerais encore mieux marcher pieds nus sur de la lave en fusion et des tessons de bouteille que d'entendre à nouveau Mabel pleurer comme un veau.

Je poireautai jusqu'en début d'après-midi. Je lus le journal, me limai les ongles, rangeai le contenu de ma besace et papotai une demi-heure sur mon portable avec Mary Lou Stankovik. Mes jambes tressaillaient à force de rester immobiles, et je ne sentais plus mes fesses. J'avais eu largement le temps de penser à Jeanne Ellen Burrows, et aucune de mes réflexions n'était amicale. En fait, après avoir ruminé une heure durant sur Jeanne Ellen, j'étais sacrément en pétard et j'aurais juré que mon crâne commençait à fumer. Jeanne Ellen avait de plus gros lolos et un plus petit cul que moi. Elle était bien meilleure chasseuse de primes que moi. Sa voiture était plus cool que la mienne. Et elle portait un pantalon en cuir. Ça, je pouvais encore le tolérer. Ce que je ne tolérais pas, en revanche, c'était sa relation avec Ranger. Je pensais qu'ils y avaient mis un terme, mais, manifestement, je me trompais. Il savait où elle se trouvait à toute heure de la journée.

Alors qu'*elle* avait une relation avec lui, *moi*, je vivais avec l'épée de Damoclès d'une unique nuit d'amour bestial en sa compagnie. Oui, je sais, j'avais passé ce deal à un moment de profond désarroi professionnel. Son aide contre mon corps. Oui, d'accord, ça avait été marrant de me faire un peu peur en flirtant avec lui. Oui, je l'admets, il m'attire. Je ne suis qu'un être humain, nom d'une pipe ! Pour qu'une femme ne soit pas troublée par Ranger, il faudrait qu'elle soit morte ! Si, au moins, je réussissais à attirer Morelli dans mon lit, mais c'était loin d'être le cas en ce moment.

Du coup, voici que j'avais la perspective d'une nuit unique avec Ranger. Et maintenant, il y avait Jeanne Ellen qui avait une relation avec lui. Bon, on laisse tomber. Je ne batifole pas avec un homme peut-être déjà pris.

Je composai le numéro de Ranger et tambourinai sur le volant en attendant la connexion.

— Yo, fit Ranger.

— Je ne te dois *rien* ! Le deal est annulé.

Ranger garda le silence une ou deux secondes. Il devait sans doute se demander pourquoi il m'avait proposé ce deal, pour commencer.

— Mauvaise journée ? demanda-t-il.

— Ma mauvaise journée n'a rien à voir là-dedans.

Sur ce, je raccrochai.

Mon portable sonna et j'hésitai à répondre. La curiosité finit par l'emporter sur la lâcheté. L'histoire de ma vie, en somme.

— Je suis très stressée en ce moment, dis-je. Je crois même que j'ai de la fièvre.

— Et ?

— Et quoi ?

— Je pensais que tu reviendrais sur l'annulation du deal.

Long silence au téléphone.

— Alors ? dit Ranger.

— Je réfléchis.

— Ça, c'est toujours dangereux.

Sur ce, il raccrocha.

J'en étais encore à envisager de revenir sur ma décision quand Dotty arriva en voiture. Elle se gara dans son allée, sortit deux sacs de provisions du coffre et rentra dans la maison.

Mon téléphona sonna à nouveau. Je levai les yeux au ciel, et pris vivement l'appel.

— Oui ?

— Vous attendez depuis longtemps ?

Jeanne Ellen.

Je tournai la tête d'un côté et de l'autre, fouillant la rue du regard.

— Où êtes-vous ?

— Derrière le pick-up bleu. Vous serez ravie d'apprendre que vous n'avez rien raté cet après-midi. Dotty a passé une journée de parfaite ménagère.

— Elle s'est aperçue que vous la suiviez ?

Silence durant lequel, sans doute, Jeanne Ellen accusa le coup que je puisse penser qu'elle ait pu se faire repérer.

— Bien sûr que non. Evelyn ne faisait pas partie de son planning d'aujourd'hui, voilà tout.

— Bah, haut les cœurs, dis-je. La journée n'est pas finie.

— Exact. J'envisage de rester ici un peu plus longtemps, mais je crains que la rue ne soit un peu bondée avec nous deux en planque.

— Et ?

— Et je me disais que ce serait une bonne idée que vous partiez.

— Pas question. C'est vous qui devriez partir.

— S'il se passe quelque chose, je vous appellerai.

— Encore un bobard.

— Re-exact. Mais laissez-moi vous dire un truc qui n'en est pas un. Si vous ne partez pas, je vais faire un bel impact de balle dans votre voiture.

Je savais par expérience que les impacts de balle font très mauvais effet quand on veut revendre sa voiture. Je coupai la communication, démarrai et filai. Deux rues plus loin, je me garai devant un petit ranch blanc. Je verrouillai les portières et fis le tour du pâté de maisons pour arriver dans la rue derrière chez Dotty. Aucune activité alentour. Pas de signe de vie détectable chez les voisins de Dotty. Tout le monde se trouvait encore au centre commercial, au terrain de foot, au match de base-ball ou à la station de lavage de voiture. Je coupai entre deux maisons et passai par-dessus la clôture à claire-voie blanche qui entourait celle de Dotty. Je traversai le jardinet et frappai à la porte de derrière.

Dotty ouvrit et me considéra, surprise de trouver une inconnue sur sa propriété.

— Je suis Stéphanie Plum. J'espère que je ne vous ai pas effrayée en surgissant chez vous à l'improviste.

Le soulagement prit le pas sur la surprise.

— Oh, oui, bien sûr, vos parents sont les voisins de Mabel Markowitz. Votre sœur et moi étions dans la même classe.

— J'aimerais vous parler d'Evelyn. Mabel est très inquiète à son sujet, et je lui ai promis de me renseigner. Je suis passée par-derrière parce qu'on vous surveille devant chez vous.

La mâchoire lui en tomba et ses yeux s'arrondirent.

— On me surveille ?

— Steven Soder a engagé une certaine Jeanne Ellen Burrows pour retrouver Annie. Elle est détective privée et se trouve dans une Jaguar noire garée derrière le pick-up bleu. Je l'ai repérée en arrivant, et comme je ne voulais pas qu'elle me voie, j'ai contourné le pâté de maisons.

— Omondieu ! Qu'est-ce que je dois faire ?

— Savez-vous où se trouve Evelyn ?

— Non. Navrée. Evelyn et moi nous sommes un peu perdues de vue.

Elle mentait. Elle avait hésité un peu trop longtemps avant de répondre. Et maintenant, le rouge lui montait aux joues. Elle était sans doute la plus mauvaise menteuse qu'il m'ait été donné de voir. Elle déshonorait toutes les femmes du Bourg. Les femmes du Bourg savent mentir. Pas étonnant alors qu'elle ait choisi de s'installer à South River.

J'entrai dans la cuisine et fermai la porte du jardin.

— Écoutez, dis-je, ne vous inquiétez pas pour Jeanne Ellen. Elle n'est pas dangereuse. Ce qu'il y a, c'est qu'il ne faut surtout pas que vous la conduisiez jusqu'à Evelyn.

— Vous voulez dire que *si* je savais où Evelyn se trouve, je devrais faire très attention en y allant ?

— Faire attention, ce ne serait pas suffisant. Jeanne Ellen vous suivrait, vous ne vous en apercevriez même pas. Ne vous approchez pas d'Evelyn. Gardez vos distances.

Ce conseil ne fut pas du goût de Dotty.

— Hmmmm, grommela-t-elle.

— Et si nous parlions d'Evelyn ?

Elle fit non de la tête.

— Je ne peux pas vous parler d'Evelyn.

— Appelez-moi si vous changez d'avis, lui dis-je en lui tendant ma carte. Si Evelyn vous contacte et que vous deviez aller la voir, je vous en supplie : n'oubliez pas que je peux vous aider. Vous pouvez appeler Mabel pour vérifier.

Dotty baissa les yeux sur la carte et hocha la tête.

— D'accord, dit-elle.

Je repartis par où j'étais venue, par les jardins, jusqu'à la rue. Je longeai le trottoir jusqu'à ma voiture et mis le cap sur mon appartement.

Je sortis de l'ascenseur et sentis mon cœur tomber dans mes talons à la vue de Khloune qui campait dans mon couloir, assis, adossé au mur, jambes tendues, bras croisés sur la poitrine. Son visage s'éclaira quand il me vit, et il s'empressa de se relever.

— Oh, là, là, dit-il, vous vous êtes absentée tout l'après-midi. Où étiez-vous donc passée ? Vous n'avez pas arrêté Bender, au moins ? Vous ne le feriez pas sans moi, dites ? On fait équipe, c'est ça ?

— Oui, c'est ça. On fait équipe.

Une équipe sans menottes.

Nous entrâmes dans mon appartement et dérivâmes tous deux jusqu'à la cuisine. Je coulai un regard vers mon répondeur. Rien ne clignotait. Pas de message de Morelli me suppliant d'accepter de le voir. Joe n'a jamais été du genre implorant, il faut dire. N'empêche, une fille peut toujours espérer. Gros soupir mental. J'allais passer la soirée du samedi en compagnie d'Albert Khloune. Dans le genre scénario catastrophe…

Khloune me regardait d'un air plein d'espoir. Il me faisait penser à un chiot qui, les yeux brillants, attendait qu'on le sorte. Craquant… et agaçant comme tout.

— Et maintenant ? demanda-t-il. On fait quoi ?

Je devais y réfléchir. D'habitude, mon problème, c'est de trouver un DDC. Or, je n'avais jamais eu de souci pour trouver Bender, mais plutôt pour ne pas le laisser s'échapper !

J'ouvris le réfrigérateur et regardai à l'intérieur. Depuis toujours, ma devise est : Quand rien ne marche, mange un morceau.

— Maintenant, on se fait à dîner, répondis-je.

— Oh, là, là, un repas maison. Ça, ce serait vraiment top. Je suis à jeun depuis des heures. Bon, d'accord, j'ai mangé une barre chocolatée juste avant de venir, mais ça ne compte pas, hein ? Je veux dire, ce n'est pas de la vraie nourriture. Et j'ai encore faim. Ce n'est pas comme si c'était un repas, pas vrai ?

— C'est vrai.

— Qu'est-ce qu'on se fait ? Des pâtes ? Vous avez du poisson ? Du poisson, ou un beau steak ? Beaucoup de gens ne veulent plus manger de viande, moi si. Je mange de tout.

— Vous mangez du beurre de cacahuète ?

— Bien sûr. J'adore ça. C'est un aliment de base, c'est ça ?

— Oui, c'est ça.

Je mange beaucoup de beurre de cacahuète. Rien à préparer. Il suffit de salir un couteau. Et on n'est jamais déçu. Ça a toujours le même goût. Ce n'est pas comme choisir un poisson, ce qui, pour moi, est toujours une pratique à risque.

Je préparai des sandwiches pickles et beurre de cacahuète. Pour faire honneur à mon invité, j'y ajoutai une couche de frites.

— C'est hypercréatif, dit Khloune. Et très nourrissant. En plus, on ne se salit pas les doigts en mangeant les frites séparément. Il faudra que je m'en souvienne. Je suis toujours à l'affût de nouvelles recettes.

Bon, j'allais de nouveau tenter de capturer Bender, de m'introduire chez lui une fois de plus. Dès que j'aurais mis la main sur une paire de menottes.

Je téléphonai à Lula.

— Alors, lui dis-je, quoi de neuf?

— J'arrive pas à savoir ce que je dois mettre pour un samedi soir. Attention, je suis pas une minable qu'aucun mec invite, je devrais déjà être sortie, seulement j'arrive pas à me décider entre deux robes.

— Tu as des menottes?

— Évidemment. Ça peut toujours servir.

— Je peux te les emprunter? Juste pour une heure ou deux. Le temps que je conduise Bender au poste.

— Tu vas chez Bender ce soir? T'as besoin d'aide? Je peux annuler ma sortie. Au moins, comme ça, j'aurais plus à hésiter pour ma robe. Il faudra bien que tu passes chercher les menottes, alors autant que je vienne avec toi.

— Tu n'as pas vraiment de sortie prévue, hein?

— Je pourrais si je voulais.

— Je suis chez toi dans une demi-heure.

Lula trônait sur le siège passager, Khloune était sur la banquette arrière. Garés devant chez Bender, nous tentions de déterminer quelle serait la meilleure tactique.

— Tu surveilles la porte de derrière, dis-je à Lula. Albert et moi, on passe par la porte de devant.

— J'aime pas ce plan, décréta Lula. Je veux passer par-devant. Et je veux que ce soit moi qui porte les menottes.

— Moi, je pense que c'est Stéphanie qui devrait les tenir, dit Khloune. La chasseuse de primes, c'est elle.

— Han ! fit Lula. Et moi, je compte pour du beurre ? Et, en plus, c'est *mes* menottes. C'est moi qui dois les tenir. Ou je les tiens, ou pas de menottes !

— Bon, d'accord ! lui dis-je. Tu passes par-devant. Et tu gardes les menottes. Mais n'oublie pas de les mettre à Bender.

— Et moi ? demanda Khloune. Je vais par où ? Par-derrière ? Qu'est-ce que je fais ? Je défonce la porte ?

— Non ! On ne défonce pas de porte ! Vous vous postez là-bas, et vous attendez. L'idée, c'est d'empêcher Bender de s'enfuir par-derrière. Alors, si la porte s'ouvre et que Bender tente de s'échapper, vous l'en empêchez.

— Vous pouvez compter sur moi. Il ne passera pas ! Je sais que j'ai l'air méchant, mais je suis encore plus méchant que j'en ai l'air. Je suis *vraiment* méchant.

— C'est sûr, répondis-je en même temps que Lula.

Khloune fit le tour par-derrière, Lula et moi nous dirigeâmes tout droit sur l'entrée de devant. Je frappai. Lula se planta d'un côté de la porte, moi de l'autre. Nous répondit le bruit caractéristique de la fermeture de la culasse d'un fusil. Lula et moi eûmes tout juste le temps d'échanger un regard – *Oh, merde* – avant que Bender ne fasse un beau trou dans le battant de sa porte.

Je pris mes jambes à mon cou, imitée par Lula. Nous plongeâmes dans la voiture la tête la première quand un autre coup de feu retentit. Je m'installai fébrilement au volant, bataillai avec la clé de contact et démarrai, pneus crissant. Je tournai au coin de l'immeuble sur les chapeaux de roue, et dérapai en freinant pour m'arrêter à quelques centimètres de Khloune. Lula l'empoigna par le pan de sa chemise, le tira à l'intérieur de la voiture et je repartis comme une fusée.

— Que se passe-t-il ? demanda-t-il. Pourquoi on s'en va ? Il n'est pas chez lui ?

— On a changé d'avis, on l'arrête plus ce soir, répondit Lula. On pourrait le choper si on le voulait vraiment, mais on veut plus.

— On ne veut plus parce qu'il nous a tiré dessus, expliquai-je à Khloune.

— Je suis quasiment certain que c'est illégal. Vous avez riposté ?

— J'y ai bien pensé, lui dit Lula, seulement faut remplir des tas de papiers quand on tire sur quelqu'un, et j'avais pas envie d'y passer la soirée.

— Au moins, vous avez toujours les menottes, fit remarquer Khloune.

Lula baissa les yeux sur ses mains. Plus de menottes.

— Oh, oh, fit-elle. Elles ont dû m'échapper dans le feu de l'action. C'est pas que j'avais peur, hein, juste que j'étais archi-surexcitée.

Une fois en ville, je fis un crochet par le bar de Soder.

— Je n'en ai que pour une minute, dis-je aux autres. Il faut que je parle à Steven Soder.

— Ça me va, dit Lula. Moi, je boirais bien un pot.

Elle se retourna vers Khloune.

— Et toi, Pufnstuf ?

— Sûr, je boirais bien un verre, moi aussi. On est samedi soir, pas vrai ? Tout le monde va boire un verre le samedi soir.

— Dire que j'aurais pu sortir en amoureux, soupira Lula.

— Moi aussi, renchérit Khloune. Beaucoup de femmes veulent sortir avec moi. Mais ce soir, je n'avais pas envie de me prendre la tête. Des fois, ça fait du bien de couper un peu avec tout ce truc.

— La dernière fois que je suis allée dans ce bar, je me suis fait plus ou moins jeter, dit Lula. À votre avis, ils vont pas remettre ça, hein ?

Soder me vit dès que j'entrai.

— Tiens ! s'exclama-t-il. C'est la petite Miss Perdante, et ses deux has been.

— C'est celui qui dit qui y est ! lui lançai-je du tac au tac.

— Vous avez déjà retrouvé ma gosse ?

Une vanne, pas une question.

Je haussai les épaules, genre *peut-être bien que oui, peut-être bien que non.*

— *Peeeeeeerdante !* claironna Soder.

— Vous devriez revoir vos manières, lui dis-je, être plus aimable avec moi. Comme vous auriez dû être plus agréable avec Dotty tout à l'heure.

Il se redressa d'un bond.

— Comment savez-vous pour Dotty ?

Je remis mes épaules à contribution, en un haussement bien senti.

— Épargnez-moi ça, me dit-il. Ma débilos d'ex-femme a enlevé ma gosse. Alors, si vous avez déniché quelque chose, vous avez intérêt à me le dire.

Je lui laissai le soin de mesurer l'étendue de mes découvertes. Sans doute pas très malin, mais excessivement jubilatoire.

— J'ai changé d'avis, dis-je à Lula et à Khloune. Je n'ai plus envie de boire un verre.

— Ça me va, répondit Lula. De toute façon, j'ai jamais aimé l'ambiance de ce troquet.

Soder regarda Khloune à deux fois.

— Hé, dit-il, je me souviens de vous. Vous êtes le petit branleur d'avocat qui défendait Evelyn.

Le visage de Khloune s'éclaira.

— Vous vous souvenez de moi ? Vous m'en direz tant ! Oh, là, là, c'est génial !

— Evelyn a obtenu la garde de la gosse à cause de vous, dit Soder. Vous avez fait tout un plat de ce bar. Vous avez mis ma gosse entre les mains de son imbécile de mère abrutie par les médocs, espèce de connard incompétent !

— Elle ne m'a pas semblé du tout abrutie par les médicaments, protesta Khloune. Peut-être un peu… ailleurs.

— Et si je vous foutais mon pied au cul histoire de l'avoir ailleurs ? dit Soder en se dirigeant vers le bout du long comptoir en chêne.

Lula plongea la main dans le gros sac en cuir qu'elle portait en bandoulière.

— J'ai un flingue par ici, quelque part. Un Mace.

Je fis pivoter Khloune et l'entraînai vers la sortie.

— *Vite !* lui criai-je dans l'oreille. Foncez à la voiture !

Lula, tête toujours baissée, fouillait dans son sac.

— Je suis sûre que j'ai un flingue là-dedans…

— Laisse tomber ! lui dis-je. Barrons-nous !

— Pas question ! Ce type mérite de prendre une balle. Je lui tirerais bien dessus si je retrouvais mon flingue.

Soder fit le tour du comptoir et s'élança sur Khloune. Je m'interposai, mais il me poussa des deux mains.

— Hé, tu la bouscules pas comme ça, lui dit Lula.

Elle lui flanqua un grand coup de sac sur le coin de la caboche. Il fit volte-face, elle le frappa de nouveau, en plein visage cette fois, le faisant reculer de deux ou trois pas.

— Quoi ? bredouilla Soder, clignant des yeux, tout étourdi, vacillant légèrement.

Deux gorilles se dirigeaient vers nous depuis l'autre extrémité du bar, et la moitié des clients avaient dégainé leur revolver.

— Oh, oh, fit Lula. J'ai dû le laisser dans mon autre sac.

Je l'attrapai par la manche, la tirai vers la porte, et nous partîmes à toutes jambes. Je déverrouillai les portières de ma voiture avec la télécommande, nous sautâmes tous à bord et je mis les gaz.

— Quand j'aurai retrouvé mon flingue, dit Lula, comptez sur moi pour y retourner et lui en tirer une dans les fesses.

Depuis que je connais Lula, je ne l'ai jamais vue « en tirer une » dans les fesses de quiconque. Les menaces en l'air arrivent en tête de liste de nos talents de chasseuses de primes.

— J'ai besoin d'une journée de repos, dis-je. J'ai surtout besoin d'une journée sans Bender.

Un des avantages des hamsters, c'est qu'on peut tout leur dire. Les hamsters ne vous jugent pas, tant qu'on leur donne à manger.

— Je n'ai pas de vie, confiai-je à Rex. Comment en suis-je arrivée là ? Moi qui étais une fille si intéressante. Si drôle. Regarde-moi maintenant. Il est deux heures de l'après-midi, on est dimanche, et j'ai regardé deux fois *Ghostbusters*. Il ne pleut même pas. Je n'ai aucune excuse, à part que je suis ennuyeuse.

Je lançai un coup d'œil en direction de mon répondeur. Il était peut-être cassé ? Je décrochai le téléphone et obtins la tonalité. J'enfonçai le bouton « messages » et la voix de synthèse me signala que je n'en avais aucun. Invention stupide.

— Il faut que je me trouve un hobby, dis-je.

Rex me décocha un regard *Ouais, tu l'as dit*. Le tricot ? Le jardinage ? Les collages ? *Je ne crois pas...*

— Bon, et le sport ? Je pourrais apprendre à jouer au tennis.

Non, j'avais déjà essayé et j'étais nulle. Le golf ? Non, au golf aussi, j'étais nulle.

Je portais un T-shirt et un jean dont je n'avais pu fermer le premier bouton. Trop de crêpes. Je repensai à Soder qui m'avait traitée de perdante. Peut-être avait-il raison, après tout. Je plissai les yeux très fort pour voir si je ne réussirais pas à leur arracher une larme de complaisance sur moi-même. Pas de chance. Je rentrai le ventre et boutonnai mon jean. *Aïe*. Un bourrelet de graisse débordait de la ceinture. Pas très attirant.

Je filai dans ma chambre et me changeai au profit d'un short et de tennis. Non, je n'étais *pas* une perdante. Un petit bourrelet de graisse enlaidissait ma silhouette. Et alors ? Un peu d'exercice lui réglerait son compte. Sans parler de l'avantage supplémentaire de l'apport des endorphines. Je ne sais pas ce que sont les endorphines, au juste, mais j'ai lu quelque part qu'elles sont très bénéfiques pour l'organisme et que le sport favorise leur production.

Je montai dans ma Honda et me rendis au parc d'Hamilton. J'aurais pu y aller en courant depuis chez moi, mais où aurait été le plaisir ? Dans le New Jersey, on ne rate jamais une occasion de faire un trajet en voiture. En outre, conduire me laissait le temps de me préparer mentalement. J'avais besoin de me motiver avant de m'entraîner. J'allais vraiment le faire à fond, cette fois. J'allais courir. J'allais suer. J'allais me sentir superbien. J'allais *être* superbien. J'allais me mettre *sérieusement* à la course à pied.

C'était une sublime journée, le ciel était bleu, le parc plein de monde. Je trouvai une place vers le fond du parking, verrouillai les portières de ma Honda et marchai jusqu'à la piste de jogging. Je fis quelques échauffements, puis commençai à courir lentement. Au bout de cinq cents mètres, il me revint pourquoi je ne cours jamais. *J'ai horreur de ça. J'ai horreur de courir. J'ai horreur de suer. J'ai horreur des grosses tennis moches que je dois mettre aux pieds.*

Je tins bon jusqu'au repère du premier kilomètre où, Dieu merci, je dus m'arrêter à cause d'un point de côté. Je baissai les yeux sur mon bourrelet de graisse. Toujours là.

Je poussai jusqu'à un kilomètre et demi et, là, je m'effondrai sur un banc au bord du lac où des promeneurs faisaient un tour de barque. Des canards barbotaient en famille près du bord. De l'autre côté du lac, je voyais le parking et une buvette. Une buvette où il y avait de l'eau. De l'eau, il n'y en avait pas à proximité de mon banc. Hé, je me moquais de qui, là ? Je n'avais pas envie de boire de l'eau.

J'avais envie d'un Coca. D'un Coca et d'un paquet de Craker Jacks.

Je contemplai les canards en songeant qu'il y avait eu des époques dans l'Histoire où les rondeurs avaient leur charme, où on les trouvait sexy, et qu'il était bien dommage que je n'aie pas vécu en ces temps-là. Une énorme bête orange et broussailleuse me sauta dessus et enfouit sa gueule entre mes jambes. *Hiiiiii !* C'était Bob, le chien de Morelli. Au début, Bob vivait avec moi, mais, après quelques hésitations, il avait décidé qu'il préférait habiter chez Joe.

— Ça l'excite de te voir, dit Morelli en s'asseyant à mes côtés.

— Je pensais que tu lui faisais suivre des cours de dressage.

— Je l'ai fait. Il a appris à s'asseoir et à rester au pied. Le forfait ne comprenait pas la non-reniflette de l'entrejambe.

Il me dévisagea.

— Toute rouge, gouttes de sueur à la naissance des cheveux, coiffée en queue-de-cheval, tennis. Laisse-moi deviner. Tu as fait du jogging.

— Et ?

— Et je trouve ça super. Je suis étonné, c'est tout. La dernière fois qu'on a couru ensemble, tu as pris un raccourci pour aller à la boulangerie.

— J'ai tourné une page.

— Tu n'arrives plus à boutonner ton jean ?

— Pas si je veux aussi pouvoir respirer.

Bob repéra un canard sur la rive et se lança à sa poursuite. Le canard se réfugia dans l'eau, et Bob y plongea jusqu'aux yeux. Il se retourna vers nous, pris de panique, seul retriever au monde, sans doute, qui ne savait pas nager.

Morelli pataugea dans l'eau et le ramena sur la terre ferme. Bob se roula dans l'herbe, s'ébroua et repartit aussi sec à la poursuite d'un écureuil.

— Quel héros tu fais, dis-je à Morelli.

Il retira ses chaussures et retroussa son pantalon jusqu'au genou.

— J'ai entendu dire que, toi aussi, tu t'étais signalée par tes exploits. Butch Dziewisz et Frankie Burlew buvaient un verre dans le bar de Soder hier soir.

— Ce n'était pas de ma faute.

— Bien sûr que si, c'est toujours de ta faute.

Je trouvai la force de lever les yeux au ciel.

— Bob se languit de toi.

— Bob devrait m'appeler un de ces jours. Me laisser un message sur mon répondeur.

Morelli s'affala sur le banc.

— Qu'allais-tu faire dans le bar de Soder ?

— Je voulais lui parler d'Evelyn et d'Annie, mais il n'était pas de très bonne humeur.

— Son humeur s'est-elle détériorée avant ou après avoir reçu un coup de sac en travers de la gueule ?

— En fait, je l'ai trouvé plus calme après que Lula l'eut frappé.

— « Groggy », m'a dit Butch.

— Groggy, peut-être. Nous ne sommes pas restés assez longtemps pour nous en rendre compte.

Bob s'en revint de sa partie de chasse et aboya à l'intention de Morelli.

— Bob s'impatiente, dit Joe. Je lui avais promis qu'on ferait le tour du lac. Tu vas par où ?

Je devrais parcourir un kilomètre et demi si je revenais sur mes pas, et trois fois plus si je continuais autour du lac en compagnie de Morelli. Il était beau comme tout, le bas de son pantalon relevé, et j'étais tentée, terriblement tentée. Par malheur, j'avais une ampoule au talon, mon point de côté m'élançait toujours et je soupçonnais de ne pas être au top de mon pouvoir de séduction.

— Je retourne au parking.

Il s'ensuivit un moment de gêne, j'espérais que Morelli prolongerait notre tête-à-tête. J'aurais bien aimé qu'il me raccompagne à ma voiture. À vrai dire, il me manquait. Sa passion, ses taquineries affectueuses me manquaient. Il ne me tirait plus les cheveux. Il n'essayait plus de regarder dans mon décolleté ou sous ma jupe. Nous nous trouvions dans une impasse, et j'étais bien en peine de savoir comment en sortir.

— Fais attention à toi, me dit Morelli.

Nous nous regardâmes un long moment, puis nous partîmes chacun de notre côté.

LE GRAND HUIT

7 J'atteignis la buvette en traînant la patte et commandai aussitôt un Coca et une boîte de Cracker Jacks – ce n'est pas de la nourriture industrielle, ce sont des biscuits à base de maïs et de cacahuètes qui, nous le savons tous, sont hautement nutritifs. Et en plus, il y a un cadeau à l'intérieur.

Je marchai jusqu'au bord du lac tout proche, ouvris la boîte de Cracker Jacks, une oie se précipita sur moi et me pinça le genou. Je reculai, mais elle continua d'avancer vers moi en cacardant et en donnant des coups de bec. Je lançai un Cracker Jack le plus loin possible, l'oie courut le récupérer en se dandinant. Grossière erreur. Apparemment, jeter un Cracker Jack, en langage d'oie, revient à lancer une invitation à faire ripaille. Tout d'un coup, des oies foncèrent sur moi des quatre coins du parc, sprintant bêtement à l'aide de leurs pattes palmées d'oie, remuant leur gros popotin d'oie, battant de leurs grandes ailes d'oie, leurs petits yeux noirs d'oie fixés sur mes Cracker Jacks. Elles se battaient entre elles en me fonçant dessus, criant, trompetant, claquant méchamment du bec, luttant pour la première place.

— Sauve-toi, trésor ! Donne-leur tes Cracker Jacks ! me cria une vieille dame assise sur le banc d'à côté. Lance-leur la boîte si tu ne veux pas que ces ravagées te mangent toute crue !

Je serrai la boîte contre moi.

— Je n'ai pas eu le petit cadeau, il est toujours dedans.

— Oublie le cadeau !

Des oies volaient au-dessus du lac dans ma direction. Hou là, si ça se trouve, elles venaient peut-être du Canada. L'une d'elles me frappa en pleine poitrine et m'envoya au tapis. Je poussai un cri perçant et la boîte m'échappa des mains. Les oies attaquèrent sans égard pour la vie humaine ou palmipède, dans un vacarme assourdissant. Elles avançaient sur moi en battant des ailes, leurs pattes griffues déchiraient mon T-shirt.

J'eus l'impression que cette frénésie boulimique dura des heures, alors que tout se passa peut-être en moins d'une minute. Les oies partirent aussi vite qu'elles étaient venues, ne laissant derrière elles que quelques plumes et quelques fientes. D'énormes cacas d'oie gélatineux… à perte de vue.

— Vous avez encore beaucoup de choses à apprendre, hein ? dit le vieux monsieur assis sur le banc à côté de la vieille dame.

Je me relevai, me traînai jusqu'à ma voiture, visai la portière avec la télécommande et me coinçai, hébétée, au volant. Le sport, fini pour aujourd'hui. Je sortis du parking en pilotage automatique et réussis à rejoindre Hamilton Avenue. Arrivée à deux pâtés de maisons de chez moi, je perçus un petit mouvement sur le siège passager. Je tournai la tête, et une araignée aussi large qu'une assiette me grimpa dessus.

— *Aaaahouu !* Bon Dieu de merde ! BON DIEU DE MERDE !

J'emboutis une voiture garée, grimpai sur le trottoir et m'arrêtai sur un carré de pelouse. J'ouvris ma portière et me précipitai dehors. À l'arrivée des deux policiers, j'étais toujours en train de sautiller sur place en secouant mes cheveux.

— Si j'ai bien compris, dit l'un d'eux, vous avez failli bousiller la Toyota garée au bord du trottoir, sans parler des dégâts plus importants sur votre Honda, parce que vous vous êtes fait attaquer par une araignée ?

— Pas seulement *une* ! Je vous parle de plusieurs ! Et des grosses. Peut-être des araignées *mutantes*. Tout un troupeau d'araignées mutaaaaaantes !

— J'ai l'impression de vous avoir déjà vue quelque part. Vous ne seriez pas chasseuse de primes ?

— Oui, et, croyez-moi, je suis très courageuse. Mais pas face à des araignées.

Ni face à Eddie Abruzzi. Il sait comment s'y prendre pour traumatiser une femme. Il connaît toutes les bestioles démoralisantes qui provoquent une peur irrationnelle. Les serpents, les araignées, les fantômes sur les escaliers de secours...

Les policiers échangèrent un regard entendu, du genre *Ah, ces nanas...* et roulèrent des mécaniques jusqu'à la Honda. Ils passèrent la tête à l'intérieur et, une fraction de seconde plus tard, deux cris résonnèrent et la portière se referma en claquant.

— Bon Dieu de bon Dieu de bon Dieu ! cria l'un d'eux. Bordel de merde !

Après une brève discussion, il fut décidé que ce cas de figure dépassait les attributions d'un simple exterminateur, alors, une fois encore, nous appelâmes les pompiers. Une heure plus tard, la désinsectisation de ma Honda fut déclarée chose faite. Je récoltai une contravention pour conduite imprudente, et le propriétaire de la voiture garée et moi échangeâmes les coordonnées de nos assurances.

Je terminai le trajet jusque chez moi, me garai au parking et gagnai, chancelante, le hall d'entrée où je tombai sur M. Kleinschmidt.

— Vous en faites une tête, me dit-il. Que vous est-il arrivé ? Ce sont des plumes d'oie, là, accrochées à votre T-shirt ? Et comment se fait-il qu'il soit tout déchiré et plein de taches d'herbe ?

— Je préfère ne pas vous le dire. C'est trop craignos.

— Je parie que vous avez nourri les oies du parc. Il ne faut jamais faire ça. Ces oies-là, ce sont des bêtes féroces.

Je poussai un soupir et entrai dans l'ascenseur. Une fois dans mon appartement, j'eus l'impression que quelque chose était différent. Mais quoi ? Mon répondeur clignotait ! *Ouais ! Enfin !* J'appuyai sur la touche « play » et me penchai vers l'appareil pour mieux entendre.

« Elles t'ont plu, les araignées ? » demanda la voix.

J'étais toujours debout dans ma cuisine, encore sous le coup des événements de la journée, quand Morelli arriva. Il frappa un coup à la porte qui, non verrouillée, s'ouvrit d'elle-même. Bob bondit dans mon appartement et se mit à courir partout, menant sa propre enquête.

— J'ai cru comprendre que tu avais eu un problème avec des araignées, cette fois, me dit Joe.

— C'est un euphémisme.

— J'ai vu ta voiture au parking. Tu as cabossé toute l'aile droite.

Je lui fis écouter le message.

— C'est Abruzzi, dis-je. Ce n'est pas sa voix, mais il est derrière tout ça. Il s'imagine que c'est une sorte de *jeu de guerre*. Quelqu'un a dû me suivre jusqu'au parc, a crocheté ma portière et déversé un tas d'araignées dans ma voiture pendant que je faisais mon jogging.

— Combien d'araignées ?

— Cinq grosses tarentules.

— Je pourrais aller parler à Abruzzi.

— Merci, mais je peux le faire.

Ouais, sûrement. C'est d'ailleurs pour ça que j'ai arraché la portière d'une voiture en stationnement. À vrai dire, j'adorerais que Morelli intervienne et éloigne Abruzzi, seulement ça enverrait un mauvais message : femme stupide ct sans défense a besoin d'un gros bras pour la tirer d'une mauvaise passe.

Morelli me regarda de la tête aux pieds, avisant les taches d'herbe, les plumes d'oie et les déchirures de mon T-shirt.

— J'ai acheté un hot dog à Bob après notre promenade autour du lac, dit-il, et, à la buvette, on ne parlait que d'une femme qui venait de se faire attaquer par un troupeau d'oies.

— Hmm. Tu m'en diras tant.

— Il paraît qu'elle a provoqué cette attaque en donnant un Cracker Jack à une oie.

— Ce n'était pas ma faute ! Elles sont connes, ces oies !

Bob avait baguenaudé dans tout l'appartement. Il entra dans la cuisine et nous regarda, le sourire aux babines auxquelles était accroché un morceau de papier toilette. Il ouvrit la gueule et laissa pendre sa langue.

— *Han !*

Sa gueule s'ouvrit en grand, et il gerba un hot dog, une touffe d'herbe, beaucoup de bave et un rouleau de papier toilette.

Joe et moi regardâmes le tas fumant de dégueulis canin.

— Bon, je vais devoir partir, dit Morelli avec un regard en direction de la porte. Je voulais juste m'assurer que tu allais bien.

— Attends une minute. Qui va nettoyer tout ça ?

— Je t'aiderais bien, mais... oh, putain, ça sent vraiment mauvais.

Il se couvrit le nez et la bouche d'une main.

— Faut que je parte. En retard. Des trucs à faire.

Il était déjà dans le couloir.

— Tu ferais peut-être mieux de partir et de louer un autre appart.

Nouvelle occasion pour moi de lancer mon regard vachard.

Je ne dormis pas très bien... ce qui, je n'en doute pas, est tout à fait normal quand on a été attaquée par des oies tueuses et des araignées mutantes. À six heures, je finis par m'extirper de mon lit, me doucher et m'habiller. Je décidai que j'avais bien besoin d'une compensation après cette nuit merdique, alors je montai dans ma Honda et filai Chez Barry, le café du coin. Il y a toujours du monde Chez Barry, mais ça vaut la peine de faire la queue car il propose quarante-deux sortes de cafés différents, plus toutes les variantes *espresso* exotiques.

Je commandai un double mocacchino au lait écrémé et sirop de caramel et gagnai une place au comptoir devant la vitrine. Je me glissai à côté d'une vieille dame aux cheveux teints en roux flamboyant hérissés sur sa tête en une coupe punk. Elle était petite, grassouillette, des joues et un corps ronds comme une pomme. Elle portait de grosses boucles d'oreilles en turquoise et argent, des bagues sophistiquées à chacun de ses doigts noueux, un survêtement en polyester blanc et des tennis à plate-forme. Un magma de mascara épaississait ses cils. Son rouge à lèvres sombre s'était transféré de sa bouche à sa tasse de cappuccino.

— Salut, trésor, me dit-elle d'une voix deux paquets par jour. C'est un *mocacchino* au caramel ? J'en buvais moi aussi, mais ça me donnait la tremblote. Trop sucré. Si tu continues à en boire, tu vas avoir du diabète. Mon frère est diabétique, on a dû l'amputer d'un pied. Pas joli joli. D'abord, ses orteils sont devenus tout noirs, ensuite ça a été tout son pied, et puis sa peau a commencé de tomber par plaques. C'était comme si un requin lui avait arraché des morceaux de chair.

Je cherchai autour de moi une autre place où boire mon café tranquillement, mais le lieu était bondé.

— Il est dans une maison de repos maintenant parce qu'il n'est plus très valide, reprit-elle. Je lui rends visite quand je peux, mais je suis très prise. Tu verras quand tu auras mon âge, tu n'auras pas envie de perdre du temps en restant assise. Chaque matin, je peux me réveiller morte. C'est pour ça que je garde la forme, que je m'entretiens. Quel âge tu me donnes ?

— Quatre-vingts ans ?

— Soixante-quatorze. Je parais plus ou moins jeune, ça dépend des jours. Comment tu t'appelles, trésor ?

— Stéphanie.

— Moi, c'est Laura. Laura Minello.

— Laura Minello. Votre nom me dit quelque chose. Vous êtes du Bourg ?

— Non. J'ai vécu toute ma vie au nord de Trenton, dans Cherry Street. Je travaillais au bureau d'aide sociale. J'y ai travaillé vingt-trois ans, mais ce n'est pas là que tu m'as connue. Tu es trop jeune.

Laura Minello. J'avais l'impression d'avoir déjà entendu ce nom. Mais où ? Mais quand ?

Elle fit un geste en direction d'une Corvette rouge garée devant Chez Barry.

— Tu vois cette belle voiture ? C'est la mienne. Classe, hein ?

Je considérai l'engin. Puis, je reportai le regard sur Laura Minello, et de nouveau sur la voiture. La vache ! Je cherchai dans ma besace les documents que m'avait donnés Connie.

— Vous l'avez depuis longtemps, cette voiture ?

— Deux ou trois jours.

Je trouvai le dossier et en parcourus la première page. Laura Minello, soixante-quatorze ans, accusée de vol de voiture. Domicile : Cherry Street.

Les voies de Dieu sont impénétrables.

— Vous l'avez volée, cette Corvette, n'est-ce pas ?

— Je l'ai empruntée. Les personnes âgées ont le droit de faire ce genre de choses pour bien profiter de la vie avant de clamser.

Aïe, aïe, aïe. J'aurais dû lire plus attentivement le contrat avant de prendre cette affaire. Ne jamais accepter les personnes âgées. Ça tourne systématiquement au désastre. Cette engeance-là pense toujours comme ça l'arrange. Et nous, on passe pour des salauds quand on les arrête.

— Quelle étrange coïncidence, dis-je. Je travaille pour Vincent Plum, votre agent de cautionnement. Vous ne vous êtes pas présentée au tribunal le jour dit, il faut convenir d'une autre date.

— D'accord, mais pas aujourd'hui. Je dois aller à Atlantic City. Trouve-moi un créneau pour la semaine prochaine.

— Ça ne marche pas comme ça.

Une voiture de police passa dans la rue et s'arrêta juste derrière la Corvette. Deux policiers en descendirent.

— Oh, oh, dit Laura. Ça s'annonce mal.

Un des policiers n'était autre qu'Eddie Gazarra qui avait épousé ma cousine Shirley la Geignarde. Il vérifia le numéro d'immatriculation de la Corvette, fit le tour de la voiture, puis retourna à son véhicule et passa un coup de téléphone.

— Oh, la barbe, ces flics, soupira Laura. C'est à croire qu'ils n'ont rien de mieux à faire que de pourrir la vie des seniors. Il devrait y avoir une loi contre ça.

Je cognai à la vitrine du café et captai l'attention de Gazarra. Je lui souris et lui montrai Laura assise à côté moi. *Elle est là*, articulai-je muettement.

Bientôt midi, j'étais garée devant l'agence de Vinnie et j'essayais de trouver le courage d'entrer. J'avais accompagné Gazarra et Laura Minello au poste, et obtenu les documents afférents à son arrestation qui me permettraient de toucher quinze pour cent de sa caution – pourcentage qui, pour l'essentiel, contribuerait à payer mon loyer du mois. D'habitude, toucher ma part d'une caution constitue un événement heureux. Aujourd'hui, il était gâché par le fait que, lors de mes tentatives d'arrestation d'Andrew Bender, j'avais perdu quatre paires de menottes. Sans parler de toutes les fois où j'avais dû passer pour une triple idiote. Vinnie trônait dans son repaire, impatient de me rappeler tout ça.

Je serrai les dents, empoignai ma besace et me dirigeai vers la porte.

Lula cessa de classer à mon entrée.

— Salut, Dragibus, me lança-t-elle. Quoi de neuf?

Connie, penchée sur son ordinateur, releva la tête.

— Vinnie est dans son bureau, me dit-elle. Casse une gousse d'ail et signe-toi.

— De quelle humeur est-il?

— Tu es venue m'annoncer que tu as capturé Bender? brailla Vinnie à travers sa porte fermée.

— Non!

— Alors, je suis de *mauvaise* humeur.

— Comment peut-il nous entendre alors que sa porte est fermée? demandai-je à Connie.

Elle leva la main, majeur tendu.

— Vue! cria Vinnie.

— Il a fait installé un système de vidéosurveillance pour que rien ne lui échappe, m'expliqua-t-elle.

— Ouais, un truc d'occasion, intervint Lula. Ça vient du sex-shop d'à côté qui a fermé. J'y toucherais pas, même avec des gants.

La porte du bureau de Vinnie s'ouvrit, et il sortit la tête.

— Andy Bender est un ivrogne, sacré nom d'un chien! Le matin, quand il se réveille, il tombe dans une cannette de bière et n'en ressort pas. Ça devrait être simple comme bonjour, pourtant il te fait passer pour une incapable.

— C'est un de ces ivrognes qui sont pas cons, rétorqua Lula. Même soûl, il arrive à courir. Il nous a tiré dessus la dernière fois. Va falloir m'augmenter si tu veux qu'on me tire dessus!

— Vous deux, vous êtes pitoyables, soupira Vinnie. Je pourrais choper ce type une main attachée derrière le dos. Je pourrais le choper les yeux bandés.

— Han! fit Lula.

— Tu ne me crois pas? dit Vinnie. Tu penses que je ne suis pas capable d'amener ce gus au poste?

— Les miracles, ça arrive, dit Lula.

— Sans blague ? Tu crois que ce serait un miracle ? Je vais te montrer ce que c'est, un miracle. Vous, les deux perdantes, soyez ici, ce soir, à neuf heures, et on ira arrêter ce gars.

Vinnie disparut à nouveau dans son bureau et en claqua la porte.

— Espérons qu'il a des menottes, dit Lula.

Je donnai à Connie les documents stipulant l'arrestation de Laura Minello et attendis qu'elle me libelle un chèque. Nous nous retournâmes à l'unisson en entendant la porte de l'agence s'ouvrir.

C'était Maggie Mason. Nous nous étions rencontrées lors d'une enquête précédente. Notre relation avait mal commencé pour bien se terminer.

— Tu fais toujours des combats de boue à La Fosse à Serpents ? lui demanda Lula.

— La Fosse a fermé, répondit Maggie en haussant les épaules d'un air de dire « encore une emmerde ». De toute façon, il était temps que j'arrête. Les combats, ça m'a amusée un moment, mais mon rêve, ça a toujours été d'ouvrir une librairie. Quand La Fosse a mis la clé sous la porte, j'ai convaincu un des propriétaires de s'associer avec moi. C'est pour ça que je suis passée. On va être voisines. Je viens de signer le bail pour le local juste à côté.

J'étais devant l'agence de Vinnie, assise dans ma voiture esquintée, je ne savais pas quoi faire, quand mon téléphone portable sonna.

— Viens vite ! pépia Mamie Mazur. Mabel est encore passée, pour la énième fois. Elle nous fait tourner en bourriques. Pour commencer, elle est aux fourneaux toute la journée, et voilà que maintenant elle nous donne tout parce qu'elle n'a plus de place chez elle. Elle entasse du pain du sol au plafond ! Et, cette fois, elle s'est mise à pleurer. *À pleurer*, tu te rends compte ! Tu sais que, chez nous, nous ne sommes pas très portées là-dessus.

— Elle s'inquiète pour Evelyn et Annie. Elles sont sa seule famille.

— Alors, trouve-les ! Tous ces mokas au café, on ne sait plus quoi en faire !

Je roulai jusqu'à Key Street et me garai en face de chez Evelyn. J'imaginai Annie dormant dans sa chambre à l'étage, jouant dans le petit jardin de derrière, fillette aux cheveux roux et frisés, aux grands yeux tristes, qui avait, pour meilleure amie, ma nièce qui se prenait pour un cheval. Quel genre de gamine pouvait donc se lier avec Mary Alice ? Non que Mary Alice ne soit pas adorable, mais, voyons les choses en face, elle est un peu décalée. Sans doute ces petites filles étaient-elles toutes deux dans leur monde, en attente d'une amitié forte. Et elles s'étaient trouvées.

Parle-moi, murmurai-je à la maison. *Dis-moi ton secret.*

J'attendais toujours que la maison me réponde quand une voiture se gara derrière moi. C'était la grosse Lincoln noire avec deux hommes à l'avant. Je ne dus pas me creuser les méninges trop longtemps pour deviner qu'il s'agissait d'Abruzzi et de Darrow.

La meilleure décision à prendre aurait été de partir sans demander mon reste, mais, fidèle à ma longue expérience de mauvaises décisions, je verrouillai ma portière, entrouvris la vitre et attendis qu'Abruzzi vienne me parler.

— Tu as verrouillé ta portière, dit Abruzzi en arrivant à ma hauteur. Tu as peur de moi ?

— Si j'avais peur de vous, j'aurais fait tourner le moteur. Vous venez souvent ici ?

— J'aime garder l'œil sur mes propriétés. Et toi, qu'est-ce que tu fais là ? Tu ne comptes pas de nouveau commettre une effraction ?

— Non, non. Je visite le quartier, en touriste. Curieuse coïncidence que vous arriviez toujours quand je suis là.

— Ce n'est pas une coïncidence. J'ai des informateurs partout. Je sais tout ce que tu fais.

— Tout ?

Il haussa les épaules.

— Presque tout. Par exemple, je sais que, dimanche, tu es allée au parc. Et que tu as eu un malheureux accident de voiture.

— Un crétin a cru bon de mettre des araignées dans ma voiture.

— Elles t'ont plu, les araignées ?

— Pas mal, mais moins mignonnes que des lapins, par exemple.

— Tu as embouti une voiture en stationnement, il paraît ?

— Une des araignées m'a attaquée par surprise.

— La surprise, c'est un élément très important dans une bataille.

— Ce n'est pas une bataille. J'essaie de rasséréner une vieille dame en retrouvant sa petite-fille.

— Tu me prends pour un idiot ? Tu es une chasseuse de primes. Une mercenaire. Tu sais très bien de quoi il retourne. Tu fais ça pour le fric. Tu connais les enjeux. Tu sais très bien ce que j'essaie de récupérer. Ce que tu ignores, en revanche, c'est à qui tu te frottes. Pour l'instant, je fais joujou avec toi, mais il arrivera un moment où ce petit jeu va m'ennuyer. Et si, entre-temps, tu n'es pas passée dans mon camp, je me vengerai de plus belle, je t'arracherai le cœur encore battant.

Oups.

Il était en costume cravate. Très chic. Très cher. Pas de tache de sauce sur sa cravate. Il était barje mais, au moins, élégant.

— Bon, je crois que je vais partir, dis-je. Vous devez sans doute rentrer chez vous prendre vos calmants ?

— Ravi de savoir que tu aimes les lapins…

Je démarrai. Abruzzi ne bougea pas d'un pouce et me regarda m'éloigner. Je vérifiai dans mon rétroviseur qu'on ne me suivait pas. Personne. Je louvoyai de par les rues. Non : on ne m'avait pas prise en filature. J'avais un poids sur la poitrine : celui de la terreur.

Je passai devant chez mes parents et remarquai la Buick d'oncle Sandor garée dans l'allée. Ma sœur s'en servait en attendant d'avoir suffisamment économisé pour s'acheter une voiture. Mais elle était censée être au travail. Je me garai juste derrière et entrai, d'un pas léger. Mamie Mazur, maman et Valérie étaient toutes trois assises à la table de la cuisine, un café posé devant elles auquel elles ne touchaient pas.

J'optai pour un soda et réquisitionnai la quatrième chaise.

— Que se passe-t-il ?

— Ta sœur s'est fait renvoyer de la banque, dit Mamie Mazur. Elle s'est disputée avec sa supérieure hiérarchique, elle a été virée sur-le-champ.

Valérie se disputant avec quelqu'un ? Sainte Valérie ? La sœur douce comme un agneau ?

Quand nous étions petites, Valérie rendait toujours ses devoirs à temps, faisait son lit avant d'aller à l'école et dégageait, s'étonnait-on, la même sérénité que les statues en plâtre de la Sainte Vierge qu'on trouvait sur les pelouses et dans les églises du Bourg. Sérénité qui gagnait jusqu'à son cycle menstruel qui survenait régulièrement, à la minute près, ses sautes d'humeur la rendant encore plus agréable à vivre.

Moi, j'étais la sœur qui avait des règles douloureuses.

— Que s'est-il passé ? demandai-je. Comment en es-tu arrivée à t'accrocher avec ta chef de service ? Tu venais de commencer ce travail.

— Elle a exagéré, répondit Valérie. Elle est méchante, en plus. J'ai commis une petite erreur, elle l'a montée en épingle, elle s'est mise à m'engueuler devant tout le monde et, avant que j'aie pu me retenir, je lui ai hurlé dessus. Là, je me suis fait virer.

— Toi, tu as *hurlé* ?

— Je ne suis plus moi-même depuis quelque temps.

Sans blague. Le mois dernier, elle avait voulu devenir lesbienne, ce mois-ci, elle hurlait. Quelle serait la prochaine étape ? Des rotations de la tête à trois cent soixante degrés ?

— Quelle erreur as-tu commise ?

— J'ai renversé un peu de soupe, c'est tout, juste un petit peu de soupe.

— C'était une Cup-a-Soup, tu sais, dit Mamie. Il y avait de tout petits vermicelles dedans. Valérie l'a renversée sur un ordinateur et ça a planté tout le système. Ils ont été obligés de fermer l'agence.

Je ne souhaite pas de malheur à Val. N'empêche, ça ne me déplaisait pas de la voir se planter après toute une existence menée à la perfection.

— Je suppose que tu ne te souviens de rien de plus sur Annie, lui dis-je. Mary Alice et elle étaient amies.

— À l'école, oui. Je ne me rappelle pas avoir vu Annie.

Je me tournai vers ma mère.

— Et toi ?

— Evelyn l'amenait quand elle était plus petite, mais elles ne venaient plus depuis deux ou trois ans, quand Evelyn a commencé à avoir des problèmes. Et Mary Alice n'a jamais invité Annie à la maison. En fait, je ne pense pas qu'elle nous ait parlé d'elle.

— Du moins, pas en termes compréhensibles, précisa Mamie Mazur. Elle nous a peut-être dit quelque chose en langage de cheval.

Valérie paraissait déprimée. Du bout du doigt, elle poussait un cookie sur la table. Moi, si j'étais déprimée, je n'en aurais fait qu'une bouchée depuis belle lurette. D'ailleurs...

— Tu vas le manger, ce cookie ? demandai-je à Valérie.

— Ces petits vermicelles devaient ressembler à des vers, dit Mamie, songeuse. Vous vous souvenez quand Stéphanie a eu des vers ? Selon le médecin, c'était à cause de la salade qu'on avait dû mal laver.

J'avais oublié cet épisode. Il ne compte pas parmi mes souvenirs d'enfance préférés. J'en avais vomi des spaghettis et des boulettes de viande sur Anthony Balderri.

Je finis de boire mon soda, mangeai le cookie de Valérie, et passai voir Mabel.

— Du nouveau ? lui demandai-je.

— J'ai encore reçu un appel d'une personne de la société de cautionnement. Ils ne vont quand même pas envoyer quelqu'un ici pour me mettre dehors, dis ?

— Non. Ça devra passer par la voie légale. Cette société a bonne réputation.

— Je n'ai toujours pas de nouvelles d'Evelyn depuis son départ. Je pensais que j'en aurais reçu maintenant.

Je regagnai ma voiture et appelai Dotty.

— C'est Stéphanie Plum. Tout va bien ?

— La femme dont vous m'avez parlé est toujours en faction devant chez moi. J'ai pris une journée de repos, tellement elle me fiche la trouille. J'ai prévenu la police, mais on m'a dit qu'on ne pouvait rien faire.

— Vous avez toujours ma carte avec le numéro de mon pager ?

— Oui.

— Envoyez-moi un message si vous devez aller voir Evelyn. Je vous aiderai à fausser compagnie à Jeanne Ellen.

Je coupai la communication et tournai les paumes vers le ciel, rien que pour moi-même. Que pouvais-je faire de plus ?

Je sursautai en entendant mon téléphone sonner. C'était Dotty qui me rappelait.

— OK, dit-elle, j'ai besoin d'aide. Attention, je ne dis pas que je sais où se trouve Evelyn. Je dis juste que je dois aller quelque part, et qu'il ne faut pas qu'on me suive.

— Compris. J'arrive d'ici trois quarts d'heure.

— Repassez par le jardin.

Finalement, Jeanne Ellen me rendait peut-être service. Elle mettait Dotty dans une situation où elle avait besoin de moi. Bizarreries de la vie...

Première étape : passer chercher Lula à l'agence.

— Ça va être rock'n'roll ! dit Lula. Je vais faire superdiversion pour Jeanne Ellen. Je suis la reine de la diversion.

— Génial. Mais rappelle-toi : pas de coup de feu.

— Pas même dans un pneu ?

— Non, non ! Rien ! *Pas de coup de feu.*

— J'espère que tu te rends compte que ça m'arrange pas pour faire diversion.

Lula portait ses nouvelles bottes et une minijupe en Spandex jaune citron. À mon avis, elle n'aurait aucun problème pour faire diversion.

— Je t'explique le plan, lui dis-je pendant que nous roulions en direction de South River. Je vais me garer à une rue de chez Dotty, et nous passerons par-derrière. Là, tu pourras faire diversion pendant que je conduirai Dotty auprès d'Evelyn.

Je coupai à travers les jardins, puis frappai un coup à la porte de derrière de chez Dotty.

Elle ouvrit et se retint de crier.

— Dieu du ciel ! dit-elle. Je n'attendais pas... deux personnes.

Et surtout pas une Noire taille XXL boudinée dans une mini-jupe jaune.

— Je vous présente mon associée, Lula. Elle est très douée pour faire diversion.

— Sans blague ? commenta Dotty.

Elle-même portait un jean et des tennis. Un sac de provisions était posé sur la table de la cuisine, elle serrait contre elle un gamin de deux ans.

— Voici mon problème, dit-elle. J'ai… une amie qui n'a rien à manger chez elle et qui ne peut pas sortir faire des courses. Il faut que je lui apporte ces provisions.

— Jeanne Ellen est toujours devant chez vous ?

— Elle est partie il y a dix minutes. Elle fait ça souvent. Elle reste là des heures, puis elle s'en va mais, au bout d'un moment, elle revient toujours.

— Pourquoi ne partez-vous pas chez votre « amie » pendant que Jeanne Ellen n'est pas là ?

— C'est vous qui m'avez conseillé de ne pas le faire. Vous m'avez même dit que je ne la verrais pas si elle me suivait.

— Un point pour vous. OK, je vous explique mon plan. Vous et moi, nous partons par-derrière et nous prendrons ma voiture. Lula partira avec votre voiture pour servir de leurre si jamais Jeanne Ellen refait son apparition.

— Mauvaise idée, répondit Dotty. Je dois y aller seule, mais j'ai besoin de quelqu'un pour garder les enfants. Ma baby-sitter vient de me lâcher. Ce que je vais faire, c'est passer par-derrière et prendre votre voiture pendant que vous gardez les enfants. Je n'en ai pas pour longtemps.

— Non !

Lula et moi avions crié d'une seule voix.

— Nous ne sommes pas baby-sitters, dis-je. En fait, les enfants, ce n'est pas trop notre truc.

Je me tournai vers Lula.

— Tu t'y connais, toi, en enfants ?

Lula secoua énergiquement la tête.

— J'y connais rien, rien de rien. Et je veux rien en connaître.

— Si je n'apporte pas de quoi manger à Evelyn, elle sera obligée de sortir faire des courses. Si quelqu'un la reconnaît, elle devra fuir avec Annie.

— Elles ne peuvent pas se cacher éternellement, dis-je.

— Je le sais bien. J'essaie de trouver une solution.

— En discutant avec Soder ?

Sa surprise fut indéniable.

— Vous aussi, vous me surveillez ?

— Soder n'avait pas l'air très content. Sur quoi n'étiez-vous pas d'accord ?

— Je ne peux pas vous le dire. Là, il faut vraiment que je parte. Je vous en prie, laissez-moi y aller.

— Je veux au moins parler à Evelyn par téléphone. J'ai besoin de savoir qu'elle va bien. Si je peux lui parler, je vous laisse partir. Et Lula et moi, nous garderons vos enfants.

— Minute, fit Lula. Moi, ça me paraît pas un bon deal. Les gamins, ça craint.

— D'accord, dit Dotty. Je ne vois pas le tort que ça pourrait faire que vous parliez à Evelyn.

Elle se rendit au salon et composa un numéro de téléphone. Elle eut une brève conversation, puis revint et me tendit l'appareil.

— Votre grand-mère est très inquiète, dis-je à Evelyn. Pour vous et pour Annie.

— Dites-lui que nous allons bien. Et, s'il vous plaît, ne nous cherchez plus. Vous ne faites que compliquer les choses.

— Ce n'est pas de moi qu'il faut vous méfier. Steven a engagé Jeanne Ellen Burrows, et elle est très douée pour retrouver la trace des gens.

— Dotty me l'a dit.

— J'aimerais vous parler.

— Pour le moment, ce n'est pas possible. Je dois d'abord résoudre certaines choses.

— Lesquelles ?

— Je ne peux pas en parler.

Elle raccrocha.

Je tendis mes clés de voiture à Dotty.

— Faites attention à Jeanne Ellen, lui dis-je. Surveillez dans le rétroviseur que personne ne vous suive.

— Et vous, ne laissez pas Scotty boire l'eau des toilettes, dit Dotty en prenant le sac de provisions.

Sur ce, elle partit.

Le gamin de deux ans, debout au milieu de la cuisine, nous regardait, Lula et moi, comme s'il voyait des humains pour la première fois.

— Tu crois que c'est lui, Scotty ? demanda Lula.

Une fillette apparut sur le seuil du couloir menant aux chambres.

— Scotty, c'est le chien, dit-elle. Mon frère, il s'appelle Oliver. Et vous, vous êtes qui ?

— Nous ? fit Lula. On est les baby-sitters.

8

— Elle est où, Bonnie ? demanda la fillette. D'habitude, c'est elle qui nous garde, Oliver et moi.

— Bonnie a jeté l'éponge, répondit Lula. On la remplace.

— Je ne veux pas que tu me gardes. T'es grosse.

— Je suis pas grosse. Je suis une femme ronde. Et je te conseille de faire attention à ce que tu dis parce que si tu parles comme ça à la grande école, on te mettra dehors à coups de pied au cul. Je parie que ça le fait pas, ce genre de langage, à la grande école.

— Je vais le dire à ma mère que tu as dit *cul*. Elle te paiera pas et elle te prendra plus jamais comme baby-sitter.

— Oh, fit Lula. Et c'est quoi la mauvaise nouvelle ?

— Elle, c'est Lula, intervins-je. Moi, je suis Stéphanie. Et toi, comment tu t'appelles ?

— Amanda. J'ai sept ans. Toi non plus, je ne t'aime pas.

— Ah, s'écria Lula, ce sera pas un cadeau, celle-là, quand elle aura ses SPM !

— Ta maman n'en a pas pour très longtemps, dis-je à Amanda. Si on regardait la télévision ?

— Oliver n'aime pas regarder la télé.

— Oliver ? dis-je. La télévision, ça te dit ?

— NON ! cria-t-il en secouant la tête. NON, NON, NON, NON !

Il se mit à pleurer. Très fort.

— Bravo, t'as tout gagné, me dit Lula. Pourquoi il pleure ? Bon sang, je m'entends plus penser ! Fais-le taire !

Je me penchai à la hauteur d'Oliver.

— Qu'est-ce qui ne va pas ?

— NON, NON, NON !

Il avait le visage congestionné par la colère.

— S'il continue à plisser le front comme ça, va falloir lui faire des injections de Botox, dit Lula.

Je palpai sa couche. Elle n'était pas mouillée. Il n'avait pas de cuiller enfoncée dans la narine, pas de blessure apparente.

— Je ne sais pas ce qu'il veut, soupirai-je. Je m'y connais davantage en hamsters.

— Pas la peine de me regarder comme ça, dit Lula. Les gamins, c'est pas mon rayon. Moi, j'ai même jamais été gamine. Je suis née dans un repaire de crack. Être gamin, y avait pas moyen dans mon quartier.

— Il a faim, dit Amanda. Il va crier jusqu'à ce que vous lui donniez à manger.

Je trouvai un paquet de biscuits dans le placard et en tendis un à Oliver.

— NON ! cria-t-il encore.

Il tapa dans le biscuit qui m'échappa des mains.

Un chien au pelage rêche déboula d'une chambre et goba le biscuit avant qu'il ne touche terre.

— Oliver ne mange pas de biscuits, me dit Amanda.

— Je vais devenir sourde s'il arrête pas de brailler, dit Lula en se bouchant les oreilles. Il me donne mal au crâne.

Je pris une bouteille de jus de fruit dans le frigo.

— Tu en veux ?

— NON !

J'essayai avec de la glace.

— NON !

— Et le gigot d'agneau ? demanda Lula. J'en mangerais bien un morceau.

Oliver s'était couché par terre et tapait des pieds sur le carrelage.

— NON, NON, NON !

— Là, il pète carrément les plombs, dit Lula. Ce gamin a besoin de faire un break.

— Je vais le dire à ma mère que, Oliver, il a pleuré à cause de vous, dit Amanda.

— Hé, tu me lâches, d'accord? lui dis-je. Je fais de mon mieux. Tu es sa grande sœur. Aide-moi sur ce coup.

— Il a envie d'un sandwich chaud au fromage, expliqua Amanda. C'est ce qu'il préfère.

— Une bonne chose qu'il veuille pas de gigot d'agneau, dit Lula. On saurait même pas le faire cuire.

Je trouvai une poêle, du beurre, du fromage, et mis le pain à griller. Oliver hurlait toujours à pleins poumons, et le chien s'était mis à aboyer en tournant autour de lui.

On sonna à la porte et je me dis que, avec la chance que j'avais, ce serait sans doute Jeanne Ellen. J'abandonnai la préparation du sandwich aux bons soins de Lula, et allai ouvrir. Je m'étais trompée au sujet de Jeanne Ellen, mais pas au sujet de ma chance. C'était Steven Soder.

— Oh, bordel, dit-il. Qu'est-ce que vous foutez ici ?

— En visite.

— Où est Dotty ? Je veux lui parler.

— Hé ! cria Lula de la cuisine. Il me faut un avis sur ce sandwich !

— Qui c'est ? demanda Soder. On ne dirait pas Dotty, mais plutôt la grosse dondon qui m'a frappé avec son sac.

Il força le barrage que je lui opposai et fonça à la cuisine.

— Ah, c'est elle ! cria-t-il. Je vais la buter !

— Pas devant la « g-o-s-s-e », dit Lula. Faut pas employer des mots violents. Après, ça fait remonter toutes sortes de conneries latentes à l'adolescence.

— Je ne suis pas bête, dit Amanda. Je sais épeler, moi aussi. Et je vais dire à ma mère que tu as dit *conneries*.

— Tout le monde dit *conneries*, rétorqua Lula.

Elle se tourna vers moi.

— Hein que tout le monde dit *conneries* ? C'est quoi, le problème, avec *conneries* ?

Le sandwich chaud paraissait parfait dans la poêle, je le fis glisser sur une assiette à l'aide d'une spatule et le donnai à Oliver.

Le chien arrêta brusquement de tourner en rond, faucha le sandwich et n'en fit qu'une bouchée. Oliver hurla de plus belle.

— Oliver doit manger à table, dit Amanda.

— Faut se souvenir de tas de trucs dans cette baraque, fit remarquer Lula.

— Je veux parler à Dotty, dit Soder.

— *Elle n'est pas là !* hurlai-je pour dominer les cris d'Oliver. Vous n'avez qu'à me parler à moi.

— Pas même en rêve, dit Soder. Bon Dieu, faites-le taire, ce gosse !

— Le chien a mangé son sandwich, dit Lula, c'est de ta faute parce que tu nous as distraites.

— Alors, fais-lui ta mixture « Aunt Jemina »*, ça le calmera, dit Soder.

Les yeux de Lula faillirent jaillir de leurs orbites.

— Quoi ? Qu'est-ce t'as dis ? Aunt Jemina ?

Elle colla son visage contre celui de Soder, poings sur les hanches. Dans une main, elle tenait encore la poêle à frire.

— Écoute-moi bien, petit merdeux, tu m'appelles plus Aunt Jemina sinon Aunt Jemina, elle va te la jouer à coups de poêle à frire dans ta petite gueule de Blanc. Tout ce qui me retient, c'est que je veux pas te t-u-e-r devant les m-a-r-m-o-t-s.

Je comprenais le point de vue de Lula, mais en tant que Blanche moyenne, j'ai une vision toute différente d'Aunt Jemina. Pour moi, Aunt Jemina n'évoque que de bons souvenirs de crêpes fumantes dégoulinantes de sirop. Aunt Jemina, je t'aime !

— Toc, toc, dit Jeanne Ellen depuis la porte ouverte. On peut se joindre à la fête ?

Jeanne Ellen avait remis sa panoplie en cuir noir.

— Wouah ! s'écria Amanda. Vous êtes Catwoman ?

— Non, Catwoman, c'est Michelle Pfeiffer, lui répondit Jeanne Ellen.

Elle baissa les yeux sur Oliver qui hurlait de nouveau les quatre fers en l'air.

* Préparation pour crêpes dont l'image publicitaire s'inspirait de Nancy Green, une esclave noire. *(N.d.T.)*

— Tu arrêtes ça tout de suite, lui dit-elle.

Oliver cligna les yeux à deux reprises, et se mit à sucer son pouce.

Jeanne Ellen se tourna vers moi, souriante.

— Vous faites du baby-sitting ?

— Ouais.

— Sympa.

— Votre client se fait envahissant.

— Toutes mes excuses, dit-elle. Nous partons.

Amanda, Oliver, Lula et moi demeurâmes immobiles comme des statues jusqu'à ce que la porte se referme derrière eux. Alors, Oliver se remit à hurler.

Lula essaya la formule magique « Tu arrêtes ça tout de suite », mais Oliver cria encore plus fort. Nous en fûmes quittes pour lui préparer un autre sandwich chaud au fromage.

Oliver finissait de le manger quand Dotty revint.

— Comment ça s'est passé ? demanda-t-elle.

Amanda regarda sa mère, nous considéra longuement Lula et moi, et finit par dire :

— Bien. Je peux regarder la télé maintenant ?

— Steven Soder est passé, dis-je à Dotty.

Elle devint blanche comme un linge.

— Soder ? Ici ?

— Il voulait vous parler.

Ses joues s'empourprèrent. Elle serra Oliver contre elle en un geste de protection maternelle, et lissa en arrière ses cheveux soyeux de bébé.

— J'espère qu'Oliver a été sage, dit-elle.

— Il a été un amour, lui assurai-je. Il nous a fallu un peu de temps pour comprendre qu'il voulait un sandwich chaud au fromage, mais après, il a été super.

— Parfois, quand on est mère célibataire, on se laisse déborder par les responsabilités. Ça va tant que tout se passe bien, mais il y a des jours où on aurait envie qu'il y ait un autre adulte à la maison.

— Vous avez peur de Soder, dis-je.

— C'est un homme affreux.

— Racontez-moi ce qui se passe. Je pourrais vous aider. *Du moins, je l'espère...*

— J'apprécie votre offre, dit Dotty, mais je dois y réfléchir.

— Je repasserai demain matin pour m'assurer que tout va bien, lui dis-je. Nous pourrons peut-être éclaircir tout ça.

Ce ne fut qu'à mi-chemin de Trenton que Lula rompit le silence.

— La vie devient carrément bizarre bizarre, soupira-t-elle.

Ce qui, trouvais-je, résumait assez bien la situation. Je considérais avoir fait des progrès : j'avais parlé à Evelyn, je savais qu'elle allait bien et qu'elle se trouvait dans les parages étant donné que Dotty ne s'était pas absentée plus d'une heure.

Soder m'ennuyait, mais je comprenais ses démarches. C'était un con, soit, mais aussi un père bouleversé. À mon avis, Dotty servait d'intermédiaire et tentait de négocier une sorte de trêve entre Evelyn et lui.

Ce que je ne comprenais pas, en revanche, c'était Jeanne Ellen. Qu'elle reste en planque devenait inutile maintenant que Dotty était au courant. Alors pourquoi était-elle restée garée en face de chez elle après notre départ ? Il était possible qu'elle tente de mettre la pression sur Dotty en exerçant sur elle une forme de harcèlement. Lui pourrir la vie pour la faire craquer. Il existait une autre éventualité qui me semblait un peu tirée par les cheveux, mais qu'il ne fallait pas exclure pour autant. La protection. Jeanne Ellen restait-elle postée là comme un soldat de la garde de la Reine d'Angleterre pour protéger le lien qui menait à Evelyn et à Annie ? Ce qui soulevait un tas d'autres questions auxquelles je ne pouvais pas répondre, telles que : De qui Jeanne Ellen protégeait-elle Dotty ? D'Abruzzi ?

— Tu comptes venir à neuf heures ? me demanda Lula.

— Je pense que oui. Et toi ?

— Moi ? Je raterais ça pour rien au monde.

En rentrant chez moi, je m'arrêtai à l'épicerie où je fis quelques emplettes. Quand j'entrai dans mon immeuble, il était l'heure de dîner, et ça sentait bon des odeurs de cuisine. Minestrone mijotant derrière la porte de Mme Karwatt, burritos à l'autre bout du couloir.

Arrivée devant ma porte, au moment où j'allais glisser la clé dans la serrure, je me figeai. Si Abruzzi était capable de crocheter la portière de ma voiture, il pouvait s'introduire dans mon appartement sans peine. *Sois prudente, Stéph.* J'enfonçai la clé dans la serrure et je la tournai… je poussai le battant, mais je restai immobile sur le seuil, m'imprégnant de l'atmosphère de mon appartement, écoutant le silence, rassurée par le rythme des battements de mon cœur et par le fait qu'une meute de chiens enragés ne s'était pas précipitée sur moi pour me dévorer.

Je franchis le seuil, ne refermai pas la porte et passai d'une pièce à l'autre, ouvrant prudemment mes tiroirs et les portes des penderies et des placards… Aucune surprise, Dieu merci. N'empêche, j'avais un nœud à l'estomac. Je ne parvenais pas à oublier la menace d'Abruzzi.

— Toc, toc ! cria une voix depuis le couloir.

Khloune.

— Je passais dans le quartier, dit-il, alors je suis venu vous dire un petit bonjour. J'ai apporté des plats chinois. Je les avais achetés pour moi, mais j'en ai pris trop, alors j'ai pensé qu'on pourrait partager. Il ne faut surtout pas vous forcer si vous n'en avez pas envie, mais bon, si ça vous dit, ce serait super. Je ne sais pas si vous aimez la cuisine chinoise… ou si vous préférez manger seule… ou…

Je l'empoignai par le col de sa chemise et le tirai dans mon appartement.

— Kézako ? demanda Vinnie lorsque j'arrivai flanquée de Khloune.

— Albert Khloune, lui dis-je, avocat.

— Et ?

— Et il m'a apporté mon dîner, alors je lui ai proposé de venir.

— On dirait le petit bonhomme Pillsbury. Qu'est-ce qu'il t'a acheté, des beignets ?

— Chinois, dit Khloune. Une envie de dernière minute.

— Je ne suis pas très chaud à l'idée qu'un avocat nous accompagne pour une capture, dit Vinnie.

— Je ne vous intenterai pas de procès, assura Khloune. Je le jure devant Dieu ! Regardez : j'ai une torche électrique, une bombe d'autodéfense et tout et tout. J'envisage aussi de m'acheter un revolver, mais j'hésite entre un six coups ou un semi-automatique.

— Prends un semi-automatique, lui conseilla Lula. Il contient plus de balles. Et des balles, on n'en a jamais trop.

— Je veux un gilet pare-balles, dis-je à Vinnie. La dernière fois que j'ai fait une arrestation avec toi, tu as tiré sur tout ce qui bougeait.

— J'avais des circonstances atténuantes, dit Vinnie.

Ouais, c'est ça.

Je me harnachai de Kevlar, aidai Khloune à en faire autant, et nous nous entassâmes tous dans la Cadillac de Vinnie.

Une demi-heure plus tard, nous nous garions à l'angle de la rue de Bender.

— Maintenant, vous allez voir comment opère un pro, nous annonça Vinnie. J'ai un plan, et je compte sur chacun de vous pour tenir son rôle. Alors, écoutez bien.

— Oh, là, là, fit Lula. Un plan.

— Stéphanie et moi, on passe par-devant, commença Vinnie. Lula et le clown, par la porte de derrière. On entre tous en même temps et on maîtrise cet enfoiré.

— Tu parles d'un plan ! s'exclama Lula. J'y aurais jamais pensé.

— K-h-l-o-u-n-e, rectifia Albert.

— Tout ce que vous aurez à faire, c'est attendre que je crie : « agent de cautionnement ! », reprit Vinnie. À ce signal, on défonce les portes et on se précipite à l'intérieur en hurlant « personne ne bouge… agent de cautionnement ».

— Ne compte pas sur moi, dis-je. Je me sentirais ridicule. On ne voit ça qu'à la télé.

— Moi, ça me plaît bien, dit Lula. J'ai toujours eu envie d'enfoncer une porte en hurlant.

— Je peux me tromper, intervint Khloune, mais défoncer une porte, je crois bien que c'est illégal.

— Seulement si ce n'est pas celle de la bonne maison, répondit Vinnie en se sanglant dans un ceinturon en nylon noir.

Lula sortit un Glock de son sac et le coinça dans la ceinture de sa minijupe en Spandex.

— Je suis prête, dit-elle. Dommage qu'on n'ait pas une équipe de télé avec nous. Ma jupe jaune rendrait hyperbien à l'image.

— Moi aussi, je suis prêt, dit Khloune. J'ai prévu une lampe torche au cas où la lumière serait coupée.

Je ne voulais pas l'inquiéter, mais ce n'est pas du tout pour ça que les chasseurs de primes s'embarrassent de Mag-Lite d'un kilo.

— Quelqu'un a pris la peine de vérifier que Bender est chez lui ? demandai-je. Quelqu'un a parlé à sa femme ?

— On va écouter à la fenêtre, dit Vinnie. Apparemment, la télé est allumée.

Nous traversâmes la pelouse sur la pointe des pieds et nous plaquâmes contre la façade de l'immeuble, de part et d'autre de la fenêtre, pour écouter ce qui se passait dans l'appartement.

— Un film, on dirait, dit Khloune. Un film *porno*.

— Alors, Bender est chez lui, dit Vinnie. Sa femme ne regarderait pas un film porno toute seule.

Lula et Khloune contournèrent l'immeuble vers la porte de derrière ; Vinnie et moi gagnâmes celle de devant. Vinnie dégaina son revolver et frappa à la porte rafistolée avec une plaque de contreplaqué.

— Ouvrez ! cria-t-il. Agent de cautionnement !

Il recula d'un pas et, au moment où il s'apprêtait à flanquer un grand coup de pied dans la porte, nous entendîmes Lula débouler dans l'appartement par l'autre côté en hurlant à tue-tête.

Avant que nous ayons eu le temps de réagir, la porte de devant s'ouvrit d'un coup et un homme nu fonça dehors, me renversant presque au passage. Dans l'appartement, la confusion régnait. Des hommes, nus pour certains, habillés pour d'autres, se démenaient pour partir au plus vite. Tous agitaient un revolver en criant :

— Dégage, grosse pouffe !

— Hé ! cria Lula au beau milieu de ce maelström. C'est une arrestation ! Plus personne ne bouge !

Vinnie et moi nous frayâmes un chemin jusqu'au centre de la pièce, mais point de Bender à l'horizon. Trop d'hommes dans trop peu d'espace, et tous essayaient de filer en se fichant pas mal que Vinnie ait dégainé son arme. D'ailleurs, je ne suis pas sûre qu'ils l'aient remarqué dans la panique générale.

Vinnie tira en l'air et un morceau de plâtre tomba du plafond. Tout de suite après, plus personne ne bougea dans la pièce car il ne restait plus que Vinnie, Lula, Khloune et moi.

— C'était quoi, ce plan ? demanda Lula. C'était quoi, ce plan, ici ?

— Je n'ai pas vu Bender, dit Vinnie. C'est le bon appart ?

— Vinnie ? cria une femme depuis la chambre. Vinnie, c'est toi ?

Vinnie écarquilla les yeux.

— Candy ?

Une femme nue entre vingt et cinquante ans surgit de la chambre. Elle arborait une poitrine monumentale et des poils pubiens rasés en forme d'éclair. Elle ouvrit les bras à l'intention de Vinnie.

— Ça fait un bail ! Qu'est-ce que tu deviens ?

Une autre femme émergea de la chambre.

— Vinnie ? s'écria-t-elle. C'est pas vrai ! Qu'est-ce que tu fiches ici ?

Je me faufilai derrière les deux femmes, puis dans la chambre, à la recherche de Bender. Je n'y trouvai qu'une enfilade de projecteurs et une caméra. Ils ne regardaient pas un film porno… ils en tournaient un.

— Bender n'est ni dans la chambre, ni dans la salle de bains, dis-je à Vinnie. L'appartement ne compte pas d'autres pièces.

— Vous cherchez Andy ? demanda Candy. Il s'est barré très tôt. Il nous a dit qu'il avait un travail à faire. C'est pour ça qu'on lui a loué son appart. Sympa et tranquille. Du moins, avant votre arrivée.

— On a cru qu'on venait nous arrêter, dit l'autre femme. On vous a pris pour des flics.

— Albert Khloune, avocat, dit ce dernier en donnant sa carte à chacune des deux femmes. Si jamais vous avez besoin de mes services…

Une heure plus tard, je m'engageais dans mon parking, Khloune soliloquait à côté de moi.

— Oh, là, là, ça, c'était quelque chose, disait-il. Je n'avais encore jamais vu de près des stars de cinéma. Nues, surtout. Je n'ai pas trop regardé, hein ? Faut dire, on ne pouvait pas s'en empêcher, pas vrai ? Même vous, vous ne pouviez pas vous en empêcher, pas vrai ?

Oui, c'est vrai. Mais moi, je ne me suis pas agenouillée pour voir de plus près l'éclair en poils pubiens.

Je me garai et accompagnai Khloune à sa voiture pour être sûre qu'il sorte du parking sans encombre. Je me tournai pour gagner mon immeuble et poussai un cri en bousculant quelqu'un. Ranger.

Il se tenait tout près de moi, il souriait.

— Une importante sortie à deux ?

— Ça a été une journée bizarre.

— Bizarre en quoi ?

Je lui racontai pour Vinnie et le film porno.

Ranger renversa la tête en arrière et rit aux éclats. Un spectacle que je voyais très rarement.

— Tu me faisais une visite de politesse ? demandai-je.

— La politesse et moi, tu sais… Je reviens de mission, je regagne mes pénates.

— Batman retourne dans sa grotte mystérieuse ?

— Ouais, dans sa grotte mystérieuse…

— J'aimerais bien la voir, ta grotte mystérieuse, un de ces jours…

Nos regards se croisèrent.

— Un jour, peut-être, dit Ranger. On dirait bien que ta voiture a besoin d'un bon carrossier.

Je lui parlai des araignées, et de la menace d'Abruzzi de m'arracher le cœur quand il se serait lassé de ce petit jeu.

— Donc, dit Ranger, tu repartais en voiture après avoir été attaquée par un troupeau d'oies quand une araignée t'a sauté dessus et tu as embouti une voiture en stationnement, c'est ça ?

— Pas la peine de sourire. Ce n'est pas drôle. J'ai *horreur* des araignées.

— Je le sais bien, *baby*, dit-il en me passant un bras autour des épaules. Et tu crains qu'Abruzzi mette sa menace à exécution.

— Oui.

— Tu fréquentes trop d'hommes dangereux.

Je lui lançai un regard en biais.

— Tu as une suggestion à me faire pour que je réduise cette liste ?

— Tuer Abruzzi.

Mes sourcils se haussèrent d'eux-mêmes.

— Personne ne s'en souciera, dit-il. Il n'est pas très apprécié.

— *Quid* des autres hommes dangereux de ma vie ?

— Ils ne te menacent pas de mort, eux. Ils te briseront peut-être le cœur, mais ils ne te l'arracheront pas encore battant.

Aïe, aïe, aïe. C'est censé devoir me rassurer ?

— À part ton idée de tuer Abruzzi, je ne vois vraiment pas comment faire pour qu'il arrête, repris-je. Soder cherche à récupérer sa fille, mais Abruzzi veut autre chose. Et, quoi que ce soit, il s'imagine que je le veux moi aussi.

Je levai la tête vers les fenêtres de chez moi. Je n'avais pas une envie folle de rentrer seule. La perspective qu'on m'arrache le cœur me flanquait toujours la frousse et, par moments, je sentais des araignées imaginaires me grimper sur le corps.

— Dis donc, dis-je à Ranger, puisque tu es là, ça ne te dirait pas, par hasard, de monter boire un verre de vin ?

— Tu m'invites seulement pour le vin ?

— Va savoir…

— Laisse-moi deviner : tu veux t'assurer que tu ne risques rien dans ton appartement.

— *Moui.*

Il verrouilla sa voiture avec sa télécommande et, lorsque nous arrivâmes à mon étage, il prit ma clé et ouvrit la porte de mon appartement. Il alluma la lumière et regarda autour de lui. Rex, comme à son habitude, sprintait dans sa roue.

— Tu devrais peut-être lui apprendre à aboyer, suggéra Ranger.

Il inspecta mon salon, ma chambre, alluma toutes les lumières, regarda partout, souleva les volants du couvre-lit et vérifia sous le sommier.

— Ça a besoin d'un bon coup de balai, là-dessous, *baby*.

Il ouvrit tous les tiroirs de la commode. Rien n'en bondit. Il passa la tête dans la salle de bains. La voie était libre.

— Pas de serpents, pas d'araignées, pas de loubards, dit Ranger.

Il m'empoigna par le col de mon blouson en jean et m'attira contre lui. Ses doigts me caressaient la nuque.

— Tu allonges ton ardoise, *baby*, chuchota-t-il. Tu me diras quand tu te sentiras prête pour régler ta dette.

— Oui, bien sûr, absolument. Tu en seras le premier informé.

Mon Dieu, ce que je peux être nouille !

Ranger me regardait en souriant.

— Tu as des menottes ?

Oups.

— Heu… en fait, non. En ce moment, je suis sans.

— Comment comptes-tu capturer les délinquants si tu n'as pas de menottes ?

— C'est problématique, je sais.

— Moi, j'en ai toujours sur moi, des menottes, chuchota Ranger en effleurant mon genou avec le sien.

Mon cœur battait à deux cents pulsations par minute. Je ne suis pas vraiment du genre à me faire menotter à mon lit. Moi, je suis plutôt pour éteindre toutes les lampes et vogue la galère !

— Je crois… je crois que je fais un peu de tachycardie…, dis-je. Si jamais je perds connaissance, mets-moi un sac en papier sur le nez et la bouche, d'accord ?

— *Baby*, ce n'est pas la fin du monde de coucher avec moi.

— Il y a d'autres paramètres.

— Quels paramètres ?

— Eh bien… en fait… une relation suivie.

— Tu as une relation suivie ?

— Non. Et toi ?

— Mon style de vie ne me le permet pas, dit Ranger.

— Tu sais ce qu'il nous reste à faire ?

— Quoi ?

— Trinquer.

Il lâcha le col de mon blouson et me suivit jusqu'à la cuisine. Il s'adossa au comptoir et moi, je pris deux verres à vin dans le placard et la bouteille de merlot que je venais d'acheter. Je fis le service, tendis un verre à Ranger, gardai l'autre pour moi.

— Santé, dis-je.

Je bus le verre d'un trait.

— Ça va mieux ? demanda Ranger en buvant une gorgée.

— Je suis en bonne voie. Je n'ai plus l'impression que je vais m'évanouir, et je n'ai presque plus la nausée.

Je me servis un autre verre et portai la bouteille au salon.

— Bon..., dis-je. Tu as envie de regarder la télévision ?

Il prit la télécommande et s'avachit sur le canapé.

— Préviens-moi quand tu n'auras plus de nausée.

— Je crois que c'est cette histoire de menottes qui m'a déstabilisée.

— Je suis déçu. Je pensais que c'était la perspective de me voir nu.

Il zappa parmi les chaînes de sport et s'arrêta sur un match de basket.

— Ça te va, ou tu préfères un film violent ? demanda-t-il.

— Le basket, pourquoi pas...

Bon, d'accord, je sais, c'est *moi* qui ai proposé d'allumer la télévision, mais maintenant que Ranger était sur mon canapé, ça me faisait trop bizarre. Ses cheveux noirs étaient lissés en arrière et noués en catogan, il portait sa tenue noire SWAT, son ceinturon chargé à bloc, un petit 9 mm dans le creux de ses reins, une montre Navy SEAL* au poignet, il était vautré sur mon canapé et... il regardait la télé...

* SEa, Air, Land : unité d'élite chargée de missions spéciales, entraînée à combattre sur tous les terrains : mer, air, terre. *(N.d.T.)*

Je remarquai que mon verre de vin était vide. Je m'en servis un troisième.

— Ça fait bizarre, dis-je. Tu regardes la télé dans ta grotte de Batman ?

— Je n'ai pas beaucoup de temps libre à consacrer à la télévision.

— Mais tu as la télé dans ta grotte ?

— Ouais, j'ai la télé.

— Simple curiosité, précisai-je.

Il but une gorgée de vin en m'observant. Il était très différent de Morelli. Joe, c'était un ressort tendu à l'extrême. Je sentais toujours son énergie retenue. Ranger, lui, c'était un félin. Tous ses muscles se relâchaient sur commande. Il devait faire du yoga. Si ça se trouve, ce n'était pas un être humain.

— À quoi penses-tu ?

— Je me demandais si tu étais un être humain.

— Quelles seraient les autres possibilités ?

Je bus mon verre de vin d'un trait.

— Je ne pensais à rien de très précis.

Je me réveillai avec un mal de crâne carabiné et l'impression que ma langue collait à mon palais. J'étais allongée sur mon canapé, couverte par la couette de mon lit. La télévision était éteinte, Ranger n'était plus là. D'après mes souvenirs, j'avais vu cinq ou six minutes de basket, puis je m'étais endormie. Je ne tiens vraiment pas l'alcool. Deux verres de vin, et je suis comateuse.

Je restai sous une douche chaude jusqu'à ce que ma peau soit fripée comme celle d'un pruneau et que la barre derrière mon œil se soit partiellement estompée. Je m'habillai et fonçai au McDonald's. Au McDrive, j'achetai un Coca et une grande part de frites que je mangeai au parking. Méthode anti-gueule de bois de Stéphanie Plum. Je n'avais pas encore terminé mes frites que mon téléphone portable sonnait.

— Tu es au courant pour l'incendie ? me cria Mamie Mazur dans l'oreille. Tu sais quelque chose ?

— Quel incendie ?

— Le bar de Steven Soder a brûlé hier soir. Dans les faits, plutôt ce matin puisque le feu s'est déclaré après la fermeture. Lorraine Zupek vient de m'appeler. Son petit-fils est pompier. Il paraît que les camions de toutes les brigades de la ville sont intervenus, mais ils n'ont rien pu faire. Ils pensent que c'est un incendie criminel.

— Des blessés ?

— Lorraine n'a pas su me dire.

J'enfournai une poignée de frites et démarrai. Je voulais me rendre sur les lieux, sans trop savoir pourquoi. Curiosité malsaine ? Si Soder avait des « associés », alors cet incendie n'était pas tout à fait surprenant. On sait bien qu'il arrive, dans certains commerces, que des « associés » vident la caisse avant de les détruire.

Il me fallut une vingtaine de minutes pour traverser la ville. La rue de La Renardière était fermée à la circulation, alors je me garai deux pâtés de maisons plus loin et m'y rendis à pied. Un camion de pompiers se trouvait toujours sur les lieux, et deux voitures de police stationnaient en biais sur la chaussée. Un photographe du *Trenton Times* prenait des clichés. Le cordon de protection n'avait pas encore été dressé, mais la police tenait les badauds à distance.

La façade en brique était toute carbonisée. Il n'y avait plus de vitres. Les deux étages d'appartements au-dessus du bar paraissaient complètement détruits. De l'eau noircie de suie formait des flaques sur le trottoir et dans la rue. La lance à incendie du dernier camion resté sur place serpentait jusque dans le bâtiment, inutilisée.

— Il y a des blessés ? demandai-je à un passant.

— Il paraît que non. Le bar était fermé, et il n'y avait personne dans les appartements. Ils sont en rénovation pour une remise aux normes.

— Vous savez comment le feu a démarré ?

— Personne ne l'a dit.

Je ne vis aucun policier ni aucun pompier de ma connaissance. Pas de Soder à l'horizon. Je lançai un dernier regard sur les dégâts, puis partis. Un crochet par l'agence serait ma prochaine étape. Connie devait disposer de compléments d'informations sur Evelyn à présent.

— Pfff, soupira Lula à mon entrée, t'en fais une tête.

— Gueule de bois. J'ai croisé Ranger en déposant Khloune, on a bu deux ou trois verres de vin ensemble.

Connie et Lula se figèrent et braquèrent leur regard sur moi.

— Alors ? demanda Lula. Tu ne vas pas en rester là, quand même ? Qu'est-ce qu'il s'est passé ?

— Rien. Je trouillais un peu à cause des tarentules et tout ça, du coup, Ranger a bien voulu monter chez moi pour s'assurer que tout allait bien. On a bu un verre, et il est parti.

— Ouais, fit Lula, mais entre le « bu un verre » et le « il est parti », il s'est passé quoi ?

— Rien du tout.

— Minute, insista-t-elle. T'es en train de nous dire que Ranger était chez toi, en tête à tête avec toi, que vous avez juste bu un verre et qu'il s'est rien passé ? Pas de câlins du tout ?

— Ça ne tient pas, renchérit Connie. Chaque fois que vous vous trouvez dans ce bureau tous les deux, il te dévore des yeux. Il doit y avoir une explication. Ta grand-mère était là, c'est ça ?

— Non, il n'y avait que nous deux. Ranger et moi.

— Tu l'as repoussé ? demanda Lula. Giflé ou autre ?

— Mais non, c'était purement amical.

Dans une ambiance curieusement gênée et tendue tout de même.

— Amical ? fit Lula. Han !

— Et alors ? demanda Connie. Comment tu l'as ressenti ?

— Je ne sais pas. Je suppose que c'est bien de rester sur ce terrain-là.

— Ouais, intervint Lula, sauf que tout nus et tout en sueur, ce serait pas mal non plus.

Ce qui nous plongea toutes les trois dans un abîme de réflexion qui se prolongea quelques secondes, puis Connie s'empara d'un bloc-notes et s'éventa.

— Wouah, dit-elle. Bouffée de chaleur…

Je réprimai l'envie de baisser les yeux vers mes tétons pour voir s'ils avaient durci.

Connie fouilla dans une pile de chemises sur son bureau et m'en tendit une.

— Je viens de la recevoir ce matin.

Je la pris et lus la première page, puis passai à la seconde.

— Pas grand-chose à signaler, dit Connie. Evelyn n'a jamais trop bougé d'ici, même gamine.

Je fourrai les documents dans ma besace et levai la tête vers la caméra vidéo.

— Vinnie, tu es là ? demandai-je.

— Il est pas encore arrivé, dit Lula. Il doit être en train de se faire regonfler son ego par Candy.

LE GRAND HUIT

9 Une fois dans ma voiture, je relus in extenso le dossier d'Evelyn. Certaines informations me semblaient s'apparenter à une atteinte à la vie privée, mais il faut dire que nous vivons à l'époque des données disponibles pour tous. Pour ce qui la concernait, je disposais de ses comptes de cartes de crédit et d'une partie de son dossier médical. Rien ne me parut d'une extrême utilité.

Un coup frappé à la vitre du côté passager m'arracha à ma lecture. C'était Morelli. Je déverrouillai la portière et il se glissa sur le siège à côté de moi.

— Gueule de bois ?

Plus une constatation qu'une question.

— Comment l'as-tu deviné ?

Il poussa d'une chiquenaude l'emballage de fast-food.

— Frites et Coca de chez McDo en guise de petit déjeuner… cernes noirâtres autour des yeux… cheveux en bataille.

Je vérifiai ma coiffure dans le rétroviseur. *Hou là !*

— J'ai un peu forcé sur le vin hier soir.

Il accusa le coup. Nous ne dîmes rien de plus pendant un long moment. Je ne lui donnai aucune explication. Il ne m'en demanda aucune.

Il avisa le dossier dans ma main.

— Tu as localisé Evelyn ?

— Je progresse.

— Tu es au courant pour le bar de Soder ?

— J'en viens. Pas joli joli. Une chance que l'immeuble ait été vide à ce moment-là.

— Ouais, mais on n'a pas encore retrouvé Soder. Selon sa petite amie, il n'est pas rentré.

— Tu penses qu'il aurait pu se trouver dans le bar quand l'incendie s'est déclaré ?

— Les équipes sur place sont en train de le vérifier. Elles ont d'abord attendu que l'immeuble refroidisse. Aucun signe de lui jusqu'à présent. Je te tiendrai au courant.

Il posa la main sur la poignée de la portière.

— Attends, dis-je. J'ai une question purement théorique. Suppose qu'on regarde la télé ensemble, en tête à tête, chez moi, j'ai bu deux ou trois verres de vin et je commence à m'endormir. Essaierais-tu quand même de me faire l'amour ? Tenterais-tu de petits *travaux d'approche* avant que je ne sombre dans les bras de Morphée ?

— On regarde quoi ? Du foot ? Les prolongations ?

— C'est bon, j'ai compris, tu peux partir.

Sourire de Morelli, puis il descendit de voiture.

J'appelai Dotty de mon portable, impatiente de lui annoncer la nouvelle à propos du bar et de la disparition de Soder. Je laissai sonner plusieurs fois, puis le répondeur prit la relève. Je lui laissai un message lui demandant de me rappeler et j'essayai de la joindre à son travail. Je tombai sur sa boîte vocale. Dotty était en congé pour deux semaines.

Ce message me noua étrangement l'estomac. Je tentai de mettre un nom sur la sensation qui m'étreignait. Angoisse fut le mot qui me vint.

Moins d'une heure plus tard, j'étais garée devant chez elle. Aucun signe de Jeanne Ellen, ni de présence à l'intérieur de la maison. Pas de voiture dans l'allée. Pas de portes ou de fenêtres ouvertes. Rien d'anormal à cela, songeai-je. Les enfants doivent être à l'école et à la crèche à cette heure-ci, Dotty est sans doute partie faire des courses.

J'allai sonner à la porte. Personne ne vint m'ouvrir. Je regardai par la fenêtre côté rue. La maison semblait en sommeil, lampes éteintes, télévision muette, pas de chahut des enfants. Mon mauvais pressentiment m'assaillit encore. Quelque chose clochait. Je fis le tour de la maison et regardai à la fenêtre côté jardin. L'ordre régnait dans la cuisine. Pas de traces de vestiges de petit déjeuner. Pas de bols dans l'évier. Pas de boîtes de céréales sur la table. Je tournai la poignée de la porte. Fermée à clé. Je frappai. Pas de réponse. Alors, ça fit tilt. Pas de chien. Scotty aurait dû accourir en aboyant. C'était un pavillon de plain-pied. Je le contournai en m'arrêtant devant chaque fenêtre. Toujours pas de chien.

OK, elle est peut-être sortie le promener ? Ou bien elle l'a emmené chez le vétérinaire ? Je m'adressai à ses voisins les plus proches, ni l'un ni l'autre ne savait où étaient passés Dotty et Scotty. Ils avaient bien remarqué leur absence, en se levant ce matin ; pour eux, Dotty et sa petite famille étaient partis pendant la nuit.

Pas de Dotty. Pas de Scotty. Pas de Jeanne Ellen. À présent, d'autres mots me venaient pour désigner mon malaise : panique, peur – nappées d'un zeste de nausée due à ma gueule de bois.

Je regagnai ma voiture et je restai un long moment en faction devant la maison, m'imprégnant de l'ambiance des lieux. À un moment, je baissai les yeux sur ma montre et je me rendis compte que j'étais là depuis bientôt une heure. J'espérais sans doute le retour de Dotty. Et je sentais qu'il n'aurait pas lieu.

Quand j'avais neuf ans, j'avais réussi à convaincre ma mère de me permettre d'acheter un perroquet. En rentrant de l'animalerie, la porte de la cage s'était ouverte par accident et l'oiseau s'était envolé. J'éprouvais la même sensation. Comme si j'avais laissé la porte ouverte.

Je démarrai, regagnai le Bourg et me rendis tout droit chez les parents de Dotty. Mme Palowski m'ouvrit, et le chien de Dotty déboula de la cuisine en jappant.

J'adressai à Mme Palowski le sourire le plus grand et le plus faux-cul que je pus composer.

— Bonjour ! pépiai-je. Je cherche Dotty.

— Vous venez de la rater. Elle est passée déposer Scotty très tôt ce matin. Nous le gardons pendant que Dotty et les enfants sont en vacances.

— Il faut absolument que je lui parle. Vous avez un numéro de téléphone où je pourrais la joindre ?

— Non. Elle m'a simplement dit qu'elle partait avec une amie, qu'elles avaient loué un chalet dans les bois, je ne sais où. Elle devrait m'appeler. Voulez-vous que je lui transmette un message ?

— Dites-lui que j'ai des informations très importantes à lui communiquer, répondis-je en lui tendant ma carte. Demandez-lui de me téléphoner.

— Dotty n'a pas d'ennuis, au moins ?

— Non. C'est au sujet d'une de ses amies.

— Evelyn, n'est-ce pas ? J'ai appris que sa fille et elle avaient disparu. Quel gâchis ! Dotty et elle étaient très proches.

— Elles se voient toujours ?

— Plus depuis des années. Après son mariage, Evelyn s'est repliée sur elle-même. Je pense que Steven l'empêchait de voir des amies.

Je la remerciai de m'avoir accordé un peu de temps et regagnai ma voiture. Jc relus le rapport sur Evelyn. Aucune allusion à un chalet niché au fond des bois.

Mon portable sonna, je ne savais trop de quoi j'avais envie… une sortie en amoureux occupait le haut de ma liste, suivie de près par des nouvelles de Soder et/ou un appel cordial d'Evelyn.

Un appel de ma mère, en revanche, figurait plutôt dans le bas de ma liste.

— À l'aide, dit-elle.

Puis, ma grand-mère prit l'appareil.

— Viens vite, il faut que tu voies ça !

— Que je voie quoi ?

— Il faut que tu le voies de tes propres yeux.

Je me trouvais à moins de cinq minutes de chez mes parents. Ma mère et ma grand-mère m'attendaient à la porte, côte à côte. Elles s'écartèrent en me faisant signe de me dépêcher d'entrer. Je vis ma sœur avachie dans le fauteuil de mon père. Elle portait une chemise de nuit en flanelle toute froissée et des pantoufles en fourrure. Sa nuit de sommeil avait étalé son mascara de la veille. Ses cheveux emmêlés étaient tout ébouriffés. Meg Ryan en version féminine de Beetlejuice. La minette californienne au retour d'un séjour en Transylvanie. Elle tenait la télécommande à la main et son regard restait scotché sur un jeu télévisé. Autour d'elle, le sol était jonché d'emballages de barres chocolatées et de cannettes de soda vides. Elle ne réagit pas à notre présence. Elle rota, se gratta un sein, changea de chaîne.

Était-ce vraiment ma sœur que j'avais devant moi, sainte Valérie ?

— J'ai bien vu ton petit sourire, me dit ma mère. Ce n'est pas drôle. Elle est comme ça depuis qu'elle a perdu son emploi.

— Oui, renchérit ma grand-mère, ce matin, j'ai dû passer l'aspirateur autour d'elle. J'ai failli aspirer un de ses « chaussons lapin ».

— Elle est très déprimée, dit ma mère.

Sans blague !

— On a pensé que tu pourrais peut-être l'aider à retrouver du travail, dit Mamie. Quelque chose qui lui permettrait de prendre l'air, parce que, maintenant, c'est nous qui commençons à déprimer de la voir comme ça. Dans le genre, ton père nous suffit.

— C'est toi qui as toujours des idées pour du travail, dis-je à ma mère. Tu sais toujours quand la fabrique de boutons embauche, non ?

— Elle a épuisé tous mes contacts, répondit-elle. Je n'ai plus d'idées. Et puis, le chômage est en hausse. Je ne peux pas me résoudre à la faire engager pour empaqueter des tampons hygiéniques.

— Et si tu l'emmenais avec toi faire une capture, me suggéra Mamie Mazur. Ça lui remonterait peut-être le moral.

— Hors de question. Elle a déjà essayé de devenir chasseuse de primes, elle s'est évanouie la première fois qu'on lui a plaqué un revolver contre la tempe.

Ma mère se signa.

— Dieu du ciel ! soupira-t-elle.

— Fais quelque chose, insista ma grand-mère. Je rate toutes mes émissions de télé. Quand j'ai voulu changer de chaîne, elle a essayé de me mordre.

— De te mordre ?

— Ça m'a fait peur.

— Valérie ? dis-je. Il y a un problème ?

Pas de réponse.

— J'ai une idée, s'écria Mamie. Et si on la grillait avec ton pistolet paralysant ?

Il était dans ma besace. Pourquoi pas ? Ça ne me déplairait pas outre mesure de le tester sur Valérie. À vrai dire, cela faisait des années que j'avais secrètement envie de lui envoyer une décharge électrique. Je coulai un regard en direction de ma mère et en fus aussitôt découragée.

— J'ai peut-être une piste, dis-je à Valérie. Ça te dirait de travailler pour un avocat ?

— Il est marié ? demanda-t-elle sans quitter l'écran de télévision des yeux.

— Non.

— Gay ?

— Je ne crois pas.

— Quel âge ?

— Je ne sais pas trop. Seize ans, si ça se trouve.

Je pêchai mon téléphone portable dans le fond de ma besace et appelai Khloune.

— Wouah, ce serait génial que votre sœur travaille pour moi. Elle pourrait prendre autant de temps qu'elle veut pour déjeuner, et, en plus, laver son linge pendant ses heures de travail.

Je coupai la communication et me tournai vers Valérie.

— Je t'ai trouvé un job.

— Oh flûte ! dit-elle. Je commençais tout juste à bien gérer ma dépression. Tu crois qu'il acceptera de m'épouser ?

Je m'accordai le temps de lever les yeux au ciel intérieurement plusieurs fois de suite, puis écrivis les coordonnées de Khloune sur un bout de papier que je tendis à ma sœur.

— Tu peux commencer dès demain à neuf heures. S'il est en retard, attends-le à la laverie automatique. Tu n'auras aucune difficulté à le reconnaître, il a les deux yeux au beurre noir.

Ma mère se signa derechef.

Je barbotai deux tranches de mortadelle et une de fromage

dans le réfrigérateur et m'éloignai vers la porte, désireuse de partir avant de devoir répondre à d'autres questions sur Albert Khloune.

Le téléphone sonna.

— Attends ! me cria ma grand-mère. C'est Florence Szuch, elle dit qu'elle est au centre commercial et qu'Evelyn Soder est en train d'y déjeuner.

Je me mis à courir, talonnée par Mamie Mazur.

— Je t'accompagne ! souffla-t-elle. J'en ai bien le droit, c'est mon indic qui nous a prévenues.

Nous sautâmes en voiture et je démarrai en trombe. Le centre commercial se trouvait à une vingtaine de minutes de là – les jours où ça roulait bien. J'espérais qu'Evelyn mangeait lentement.

— C'était Evelyn, elle en est sûre ?

— Ouais. Evelyn, Annie, ainsi qu'une autre femme et deux enfants.

Dotty et ses rejetons.

— Zut ! s'écria Mamie. J'ai oublié de prendre mon sac. Je n'ai pas mon revolver. Quelle déception s'il y avait une fusillade et que je sois la seule sans arme.

Si ma mère savait que ma grand-mère possédait un revolver, elle beuglerait comme une vache.

— Primo, même moi, je n'ai pas de revolver, et deuzio, il n'y aura pas de fusillade.

Une fois sur la Route 1, je mis le pied au plancher, ce qui nous propulsa dans le flot de la circulation. Dans le New Jersey, nous estimons que la limitation de vitesse constitue un simple conseil. Il ne viendrait à l'idée de personne de la respecter.

— Tu devrais être pilote de course, me dit Mamie. Tu serais très douée. Tu pourrais participer aux championnats NASCAR. Moi, ça me dirait bien, mais je suppose qu'il faut avoir un permis de conduire spécial, et celui-là, je ne l'ai pas.

Je vis le panneau pour le centre commercial, pris la bretelle de sortie en croisant les doigts. Le petit service que j'avais voulu rendre à Mabel se transformait en véritable croisade. Je devais *absolument* parler à Evelyn. Elle était indispensable pour mettre un terme à ce jeu de guerre de dingue. Et y mettre un terme était plus qu'indispensable pour qu'on ne m'arrache pas le cœur.

Je connaissais le centre commercial comme ma poche, et je me garai devant l'entrée du self. Je faillis dire à ma grand-mère de m'attendre dans la voiture, mais c'eût été une perte de temps et d'énergie.

— Si Evelyn est encore là, je veux lui parler seule, dis-je. Tu devras ne pas te montrer.

— Compte sur moi. J'en suis capable.

Nous entrâmes dans le centre et nous dirigeâmes d'un bon pas vers le self. Je parcourais la foule du regard, cherchant Evelyn et Dotty. Il n'y avait pas trop de monde, ce n'était pas comme le week-end, mais tout de même assez pour devoir me faire discrète. Je retins mon souffle en apercevant Dotty et ses enfants. J'avais mémorisé la photo d'Evelyn et d'Annie, et elles aussi, étaient là.

— Quitte à être venue, je mangerais bien un gros bretzel, dit Mamie.

— Va t'en chercher un, pendant que moi je vais parler à Evelyn. Mais ne t'éloigne pas du self.

Comme je me détournai pour abandonner Mamie à sa gourmandise, la lumière s'obscurcit soudain devant moi, et je me retrouvai dans l'ombre de Martin Paulson. Il avait à peu près la même allure qu'au poste de police quand il roulait par terre, troussé dans ses fers et ses menottes. Je suppose que les choix vestimentaires sont assez limités quand on est bâti comme lui.

— Tiens, regardez-moi qui est là, fit-il. La petite Miss Emmerde.

— Pas le temps, dis-je en voulant le contourner.

Il me bloqua le passage.

— On a un compte à régler nous deux.

Quelle ironie du sort, tout de même ! Au moment où je retrouvais enfin Evelyn, il fallait que je tombe sur Paulson, prêt à en découdre.

— Laissez tomber, dis-je. Qu'est-ce que vous faites ici, d'ailleurs ?

— Je travaille ici. Au drugstore. C'est l'heure de ma pause-déjeuner. On m'a accusé à tort, vous savez.

Ouais, bien sûr.

— Poussez-vous de mon chemin.

— Poussez-moi.

Je sortis mon pistolet paralysant de ma besace, l'enfonçai dans le gros bide de Paulson et appuyai à fond sur le bouton. Rien ne se produisit.

Paulson baissa les yeux.

— C'est quoi ce joujou ?

— Un pistolet paralysant.

Un pistolet paralysant de merde qui ne sert à rien.

Paulson me le prit des mains et l'examina.

— Cool, dit-il.

Il le retourna contre moi et le plaqua contre mon bras. Je vis trente-six chandelles, puis tout devint noir.

Avant que la lumière ne reprenne ses droits sur les ténèbres, j'entendis des voix, au loin. Je luttai pour m'en rapprocher, elles devinrent plus fortes, plus distinctes. Je parvins enfin à ouvrir les yeux, des visages flottèrent devant moi. Je battis des paupières dans l'espoir de chasser le bourdonnement ambiant, et je pris la mesure de la situation. Étalée par terre de tout mon long. Des urgentistes s'affairant autour de moi. Un masque à oxygène sur mon nez. Un tensiomètre autour de mon bras. Mamie, l'air inquiète. Paulson, derrière elle, me regardait par-dessus son épaule. *Paulson !* Tout me revenait à présent. Ce salaud m'avait mise K.-O. avec MON pistolet paralysant !

Je bondis sur mes pieds et voulus lui sauter à la gorge, mais mes jambes me trahirent, et je tombai à genoux.

— Paulson, enfoirééééé ! criai-je.

Paulson battit en retraite et disparut.

J'essayais de me débarrasser du masque à oxygène tandis que les urgentistes m'en empêchaient. Je revivais l'attaque des oies.

— Je te croyais morte, dit Mamie.

— Pas de risque. Je suis entrée involontairement en contact avec mon pistolet paralysant alors qu'il fonctionnait.

— Ah, mais je vous reconnais maintenant, s'exclama un urgentiste. Vous êtes la chasseuse de primes qui a mis le feu au salon funéraire.

— Moi aussi, j'y étais, dit Mamie. Si vous aviez vu ça ! Un vrai feu d'artifice !

Je me relevai et vérifiai ma capacité à marcher. Je flageolais sur mes jambes, mais je tenais debout. Plutôt bon signe, non ?

Mamie me tendit ma besace.

— Un gros monsieur très gentil m'a donné ton pistolet paralysant. Il a dû tomber par terre dans l'affolement. Je l'ai remis dans ton sac.

À la première occasion, j'irais jeter ce fichu pistolet dans la rivière Delaware. Je regardai autour de moi, mais Evelyn avait disparu.

— Tu n'aurais pas vu Evelyn ou Annie, par hasard ? demandai-je à Mamie.

— Non. J'étais allée m'acheter un bretzel bien moelleux trempé dans du chocolat fondu.

Je raccompagnai Mamie Mazur chez mes parents et rentrai chez moi. Je m'immobilisai un moment sur mon paillasson avant d'insérer la clé dans la serrure. J'inspirai à fond, tournai la clé, ouvris la porte et pénétrai dans ma petite entrée en chantonnant *Qui a peur du grand méchant loup...* Je risquai un coup d'œil dans ma cuisine et fis ouf. Tout était normal. Je passai au salon et la comptine se coinça dans ma gorge. Steven Soder était là, assis sur mon canapé, légèrement incliné sur le côté, la télécommande en main. Pourtant, il ne regardait pas la télévision. Et pour cause : il était mort. Mort de chez mort. Ses yeux laiteux regardaient fixement dans le vide, ses lèvres entrouvertes paraissaient exprimer de la surprise, sa peau était exsangue, son teint cadavérique, une balle de revolver avait laissé un trou entre ses deux yeux. Il portait un pull-over informe et un pantalon kaki. Il était pieds nus.

Bonté divine, n'était-ce pas suffisant de trouver un cadavre sur mon canapé ? Fallait-il absolument qu'il ait les orteils à l'air ?

Je reculai hors de la pièce en silence, puis sortis de mon appartement. Dans le couloir, je voulus appeler la police de mon portable ; mes mains tremblaient tellement que je dus m'y reprendre à plusieurs fois avant d'y parvenir.

J'attendis l'arrivée de la police dans le couloir. Une fois que mon appartement fut grouillant de flics, je me faufilai dans ma cuisine, enroulai les bras autour de la cage de Rex et ressortis avec lui dans le couloir.

C'est là, la cage serrée contre moi, que Morelli me trouva. Mme Karwatt, ma voisine de palier, et Irma Brown, ma voisine du dessus, me tenaient compagnie. Derrière la porte de M. Wolesky retentissait la bande-son de *Live with Regis and Kelly*. Pour rien au monde, pas même pour un meurtre, M. Wolesky ne raterait ce talk-show. Même une rediffusion.

J'étais assise par terre, adossée au mur, la cage de mon hamster sur les genoux. Morelli s'accroupit à côté de moi et considéra Rex.

— Il va bien ?

Je fis oui de la tête.

— Et toi ? Tu vas bien ?

Mes yeux s'emplirent de larmes. Non, je n'allais *pas* bien.

— Il était assis sur son canapé, dit Irma à Morelli. Vous imaginez ? Assis, là, avec la télécommande à la main.

Elle hocha la tête.

— Ce canapé est plein de microbes de mort maintenant, reprit-elle. Moi aussi, je pleurerais si j'avais des microbes de mort sur mon canapé.

— La mort ne transmet pas de microbes, dit Mme Karwatt.

Irma se tourna vers elle.

— Vous vous assoiriez sur ce canapé, vous ?

Mme Karwatt pinça les lèvres.

— Alors ? insista Irma.

— Oui, une fois qu'il aurait été bien nettoyé.

— Les microbes de mort, ça ne se nettoie pas, décréta Irma.

Fin de la discussion. Verdict de l'experte.

Morelli s'assit à côté de moi, s'adossant lui aussi au mur. Mme Karwatt nous laissa, puis Irma fit de même. Il ne restait plus que Joe, Rex et moi.

— Alors, ton opinion sur les microbes transmis par la mort ? demanda Joe.

— Je n'en ai aucune, je ne sais même pas de quoi elle parle, mais j'ai suffisamment peur pour me débarrasser de ce canapé, et la télécommande, je vais la plonger dans l'eau bouillante et la mettre à tremper dans de l'eau de Javel.

— C'est grave, là, dit Joe. Ce n'est plus de la rigolade, ce n'est plus un jeu. Mme Karwatt a-t-elle vu ou entendu quelque chose d'inhabituel ?

Je fis non de la tête.

— Chez soi, on est censé se sentir en sécurité, dis-je à Morelli. Où aller quand ce n'est plus le cas ?

— Je ne sais pas. Je n'ai jamais été confronté à ça.

Il faudrait des heures avant que le corps soit évacué et l'appartement mis sous scellés.

— Et maintenant ? demanda Joe. Tu ne peux pas rester ici ce soir.

Nos regards se croisèrent, nous pensions tous les deux à la même chose. Quelques semaines plus tôt, il ne m'aurait pas posé cette question. Les choses étaient différentes alors.

— Je vais aller dormir chez mes parents, répondis-je. Juste cette nuit, jusqu'à ce que j'y voie plus clair.

Morelli alla me chercher quelques vêtements ainsi que mes affaires de toilette qu'il fourra dans un sac de sport. Il nous installa, Rex et moi, dans son pick-up et nous conduisit au Bourg.

Valérie et les filles occupaient mon ancienne chambre, alors je dormis dans le canapé, avec Rex posé par terre à côté de moi. J'en connais qui prennent du Xanax pour dormir, moi, c'est des gnocchis au fromage. Et quand c'est ma mère qui les prépare, c'est Byzance.

Je pris des gnocchis à onze heures du soir, puis sombrai dans un sommeil très agité. Je repris des gnocchis à deux heures du matin, et de nouveau à quatre heures et demie. Le four à micro-ondes est une merveilleuse invention.

À sept heures et demie, je fus réveillée par des cris à l'étage. Mon père provoquait l'habituel embouteillage matinal devant la salle de bains.

— Je dois me brosser les dents, dit Angie. Je vais être en retard à l'école.

— Et moi, alors ? cria Mamie en tambourinant à la porte. Je suis vieille. Je ne peux pas me retenir éternellement. Mais qu'est-ce que vous fabriquez là-dedans ?

Mary Alice, elle, galopait sur place en hennissant et en frappant le sol du pied.

— Arrête ça ! lui ordonna Mamie. Tu me donnes la migraine. Va à la cuisine nous faire des crêpes.

— À l'avoine, alors, dit Mary Alice. Les chevaux mangent de l'avoine. Et moi aussi, je suis en retard, je dois me laver les dents, les caries, c'est très grave pour un cheval.

Le bruit de la chasse d'eau retentit et la porte de la salle de bains s'ouvrit. Il s'ensuivit une brève querelle, puis la porte se referma en claquant. Valérie et les filles gémirent à l'unisson. Mamie avait emporté le morceau.

Une heure plus tard, mon père partait travailler, les filles partaient à l'école et Valérie partait dans son délire.

— Je ne fais pas trop sexy ? demanda-t-elle, campée devant moi dans une petite robe à fleurs semi-transparente, en chaussures à bride et talons hauts.

Moi, je lisais le journal, y cherchant un article sur Soder.

— Aucune importance, répondis-je. Porte ce que tu veux.

— J'ai besoin d'un conseil, geignit-elle en levant les bras au ciel. Je n'arrive pas à me décider toute seule pour ces choses-là. Ces escarpins roses, ça va ? Ou tu crois que je devrais mettre mes Stuart Weitzman ?

— Mets les roses, et n'oublie pas de prendre de la monnaie si tu en as. Khloune en aura toujours l'utilité.

Le téléphone sonna, Mamie Mazur se précipita dessus pour répondre. Début des appels qui dureraient toute la journée. Au Bourg, on adore les bons meurtres.

— Ma fille trouve des morts sur son canapé, dit ma mère. Mais qu'est-ce que j'ai fait au bon Dieu pour mériter ça ! La fille de Lois Seltzman ne trouve jamais de cadavres sur *son* canapé, elle !

— Alors, là, chapeau ! dit Mamie Mazur. Déjà trois appels, et il n'est même pas neuf heures. On fera peut-être mieux que la fois où ta voiture s'était fait aplatir par le camion poubelle.

Valérie me déposa chez moi en se rendant à son travail. Je devais récupérer ma voiture au parking. On avait placé mon appartement sous scellés. Cela me convenait parfaitement. Je n'étais pas hyperpressée d'y remettre les pieds.

Je montai dans ma Honda et demeurai immobile un moment, profitant du silence. Le silence, c'est une denrée rare chez mes parents.

M. Kleinschmidt, qui allait à sa voiture, passa à côté de moi.

— Félicitations, poulette, me dit-il. On peut toujours compter sur vous pour mettre un peu d'ambiance. C'est vrai que vous avez trouvé un mort sur votre canapé ?

Je fis oui de la tête.

— Ah, ça devait être quelque chose. Je regrette de ne pas avoir été là.

Son enthousiasme m'arracha un sourire.

— La prochaine fois, peut-être...

— Ouais ! s'écria-t-il, tout guilleret. Appelez-moi tout de suite si ça se reproduit.

OK, voilà donc un certain point de vue sur les morts. Un mort, ça peut être marrant. Je cogitai là-dessus durant quelques minutes, mais j'eus bien du mal à souscrire à ce concept. Le mieux que je pus faire, ce fut d'admettre que la mort de Soder me facilitait la tâche. Evelyn n'avait plus de raison de fuir avec sa fille maintenant que son ex-mari n'était plus. Mabel conserverait sa maison. Annie retournerait en classe. Evelyn reprendrait sa vie en main.

Sauf si Eddie Abruzzi comptait parmi les raisons pour lesquelles elle se cachait. Si elle fuyait parce qu'elle possédait quelque chose que voulait Abruzzi, alors rien ne changerait.

Je regardai la voiture de police et la camionnette des techniciens en identification criminelle garées au parking. La bonne nouvelle dans tout ça, c'était que, contrairement aux serpents et autres tarentules, il s'agissait d'un homicide et que la police mettrait tout en œuvre pour le résoudre. Serait-il difficile à élucider? On avait traîné le cadavre d'un homme dans le hall de mon immeuble, dans l'escalier, dans le couloir de mon étage et dans mon appartement... en plein jour.

J'appelai Morelli de mon téléphone portable.

— Je me pose des questions, lui dis-je tout de go. Comment s'y sont-ils pris pour introduire Soder chez moi?

— Autant que tu ne le saches pas.

— Je veux savoir!

— Allons boire un pot. Je te retrouve dans le nouveau coffee shop juste en face de l'hôpital.

Je commandai un café, un croissant puis allai m'asseoir en face de Morelli.

— Raconte, lui dis-je.

— Ils ont scié Soder en deux.

— Paaaaaardon?

— À la scie électrique. Puis ils ont rassemblé les deux moitiés sur ton canapé. Le pull masquait les collures au gros Scotch.

J'eus des fourmis dans les lèvres et je sentis que ma tasse de café m'échappait des mains.

Morelli la rattrapa, puis m'empoigna la tête et la courba en avant, entre mes jambes.

— Respire à fond, dit-il.

Les cloches cessèrent de carillonner dans ma tête et les points noirs qui dansaient devant mes yeux s'estompèrent. Je me redressai et bus une gorgée de café.

— Ça va mieux, merci.

Soupir morellien.

— Si seulement je pouvais le croire.

— Bon. Donc, ils l'ont scié en deux. Et ensuite?

— On suppose qu'ils l'ont transporté dans deux gros sacs, genre sacs de hockey. Maintenant que tu sais le plus macabre, la suite est plutôt ingénieuse. Deux types déguisés qui portaient des grands sacs et des ballons ont été vus entrant dans ton immeuble et prenant l'ascenseur. Deux locataires se trouvaient dans le hall à ce moment-là. Ils ont déclaré avoir pensé que c'était pour un cadeau d'anniversaire surprise. M. Kleinschmidt a fêté ses quatre-vingts ans la semaine dernière, et quelqu'un lui avait envoyé deux strip-teaseuses.

— Ces types étaient déguisés en quoi ?

— Un en ours, et l'autre en lapin. On ne voyait pas leur visage. Plus d'un mètre quatre-vingts, mais difficile à dire à cause des déguisements. On a retrouvé les ballons dans ta penderie. Ils n'ont pas laissé les sacs.

— Quelqu'un les a vus partir ?

— Dans ton immeuble, non. L'enquête de voisinage est en cours. On fait aussi les vérifications d'usage auprès des boutiques de location de costumes. Pour l'instant, ça n'a rien donné.

— C'est Abruzzi. Les serpents et les araignées, c'est lui. La silhouette en carton sur mon escalier de secours, c'est encore lui.

— Tu peux le prouver ?

— Non.

— C'est ça, le problème. Je suppose qu'Abruzzi aura pris soin de ne pas se salir les mains.

— Il existe un lien entre Soder et lui. Abruzzi était son associé et il a repris son bar, c'est ça ?

— Soder a perdu son bar au poker. Il jouait avec de gros flambeurs, et il avait besoin d'argent. Il en avait emprunté à Ziggy Zimmerli, or Zimmerli est sous la coupe d'Abruzzi. Soder a perdu gros lors de cette partie de cartes, il n'a pas pu rembourser Zimmerli, du coup, Abruzzi lui a pris son bar.

— Alors, pourquoi avoir mis le feu au bar et tué Soder ?

— Je l'ignore. Sans doute Soder et son bar sont-ils passés de la colonne actif à la colonne passif, et ils ont été liquidés.

— On a relevé des empreintes chez moi ?

— Aucune de personnes extérieures. À part celles de Ranger.

— On travaille ensemble.

— Ouais, dit Morelli. Je sais.

— Je suppose qu'Evelyn ne fait pas partie des suspects ?

— Tout le monde peut louer les services d'un ours et d'un lapin pour découper quelqu'un. On n'exclut personne.

Je picorai mon croissant. Morelli avait sa tête de flic : expression indéchiffrable. N'empêche, je sentais bien qu'il gardait quelque chose pour lui.

— Qu'est-ce que tu me caches ?

— Il y a un détail que nous ne communiquons pas à la presse.

— Un détail monstrueux ?

— Plutôt.

— Laisse-moi deviner. Soder avait le cœur arraché ?

Morelli me dévisagea longuement.

— Ce type est complètement fou, finit-il par dire. Je voudrais te protéger, mais je ne vois pas comment. Je pourrais t'enchaîner à mon poignet, t'enfermer dans un placard, chez moi, ou alors tu pourrais partir en vacances prolongées. Malheureusement, je pense que tu ne seras d'accord avec aucune de ces solutions.

En réalité, toutes m'attiraient. Mais Morelli avait raison, je ne pouvais en accepter aucune.

10

Je bus une autre gorgée de café et regardai autour de moi. La salle était joliment décorée : sol carrelé neuf en damier noir et blanc, guéridons et tabourets de bar en fer forgé. Morelli et moi étions les seuls clients. Au Bourg, les gens ont toujours besoin d'une période d'adaptation avant d'apprécier la nouveauté.

— Merci pour ta compréhension, hier soir, dis-je à Joe.

Il se détendit sur son siège.

— Malgré moi, je t'aime.

Moi qui portais ma tasse de café à ma bouche, j'arrêtai mon geste, et mon cœur fit un triple saut périlleux arrière.

— Ne te monte pas le bourrichon, me dit Morelli. Ce n'est pas pour autant que j'ai envie de ressortir avec toi.

— Tu pourrais tomber plus mal.

— Avec qui ? Lizzie Borden* ?

— Toi *aussi*, tu es loin d'être parfait, je te signale !

— Je ne trouve pas de cadavres sur mon canapé, moi.

— Mais moi, je n'ai pas le sourcil barré d'une cicatrice due à un coup de couteau reçu pendant une bagarre dans un bar !

— C'est de l'histoire ancienne.

— Et alors ?

Le mort sur mon canapé, ça remonte à hier. Ça fait vingt-quatre heures qu'il ne m'est rien arrivé de spécial.

* Lizzie Borden (1860-1927), accusée en 1892 d'avoir tué son père et sa belle-mère à coups de hache, acquittée au terme d'un procès retentissant. *(N.d.T.)*

— Je dois retourner au boulot, dit Morelli en repoussant son tabouret en arrière. Essaie de ne pas t'attirer d'autres ennuis.

Et le voilà parti guerroyer contre la criminalité. Moi, de mon côté, je ne devais lutter contre aucun crime. Bender était ma seule affaire en cours, et j'étais bien décidée à faire comme s'il n'existait pas. Alors que j'envisageais de prendre un second croissant, Lewis Sebring m'appela sur mon téléphone mobile.

— Vous pourriez passer me voir au bureau ? me demanda-t-il. J'aimerais vous parler.

Je traversai la ville et reçus un autre appel pendant que je cherchais une place dans la rue de l'agence de Sebring.

— C'est un vrai blaireau, me dit Valérie. Tu ne m'avais pas dit que c'était un blaireau.

— Qui ?

— Albert Khloune. Il n'arrête pas de me tournicoter autour. Des fois, je sens même son souffle dans mon cou.

— Il manque d'assurance. Considère-le comme un animal de compagnie.

— Un chien ?

— Plutôt un hamster géant.

— Moi qui espérais qu'il m'épouserait. Je l'imaginais plus grand.

— Val, il ne s'agit pas de sortir avec lui, mais de travailler avec lui. Où est-il en ce moment ?

— Il est allé à côté. Un problème avec le distributeur de lessive.

— C'est un chic type. Un peu collant, parfois, mais il ne va pas te virer si tu renverses ta soupe. Lui, il est du genre à te commander un autre plateau-repas. Réfléchis.

— Je n'aurais jamais dû mettre ces escarpins… ni m'habiller comme ça.

Je coupai la communication et trouvai une place juste en face de chez Sebring. Je glissai une pièce dans le parcmètre et m'assurai de la validité du reçu. Je n'avais nul besoin d'une autre contredanse. Je n'avais pas encore payé la précédente.

La secrétaire m'invita à la suivre et me précéda jusqu'au

bureau de son patron. Sebring m'attendait. En compagnie de Jeanne Ellen Burrows.

Je tendis la main à Sebring.

— Ravie de vous revoir.

J'adressai un petit signe de tête à Jeanne Ellen. Elle me sourit en retour.

— Vous êtes sans emploi, je suppose, dis-je à Jeanne Ellen.

— Oui. Et je prends l'avion tout à l'heure à destination de Porto Rico pour capturer un DDC pour Lewis, mais avant mon départ je voulais vous parler de Soder. Selon lui, Annie était en danger. Il n'a jamais pu en préciser la raison, mais il pensait qu'Evelyn n'était pas capable de protéger sa fille. Je n'ai pas réussi à la localiser, mais je me suis rendu compte que Dotty était le lien… le maillon faible. Alors, je l'ai surveillée.

— Et la porte de derrière ? Vous ne l'avez pas surveillée.

— J'avais placé des micros chez elle. Je savais que vous étiez là.

— La maison était sur écoute, et vous n'avez pas pu retrouver Evelyn ?

— L'endroit où elle se cache n'a jamais été mentionné. Vous m'avez balancée avant que j'aie pu suivre Dotty jusqu'à Evelyn.

— Et Soder ? La scène au coffee shop et chez Evelyn ?

— Il était naïf. Il s'imaginait pouvoir intimider Dotty pour la faire parler.

— Pourquoi me racontez-vous tout ça ?

Jeanne Ellen haussa les épaules.

— Solidarité professionnelle.

Je me tournai vers Sebring.

— Vous êtes toujours concerné par cette affaire ?

— Non, à moins que Soder ne revienne d'entre les morts.

— Quelle est votre opinion ? Pensez-vous qu'Annie soit réellement en danger ?

— Quelqu'un a tué son père. Ce n'est pas bon signe. Sauf, bien sûr, si c'est sa mère qui a commandité le meurtre. Dans ce cas-là, tout baigne.

— L'un de vous sait-il le rôle que joue Eddie Abruzzi dans cette affaire ?

— Le bar de Soder lui appartenait, répondit Jeanne Ellen. Et Soder avait peur de lui. Si Annie est réellement en danger, je pense que la menace qui pèse sur elle pourrait bien être liée à Abruzzi. Rien de concret, juste une intuition.

— J'ai appris que vous aviez trouvé Soder installé sur votre canapé, me dit Sebring. Vous savez ce que ça veut dire ?

— Que mon canapé a des microbes de mort ?

Sebring sourit et ses dents étincelantes m'aveuglèrent presque.

— On a beau nettoyer, les microbes de mort ne partent jamais, dit-il. Une fois qu'on en a sur son canapé, impossible de s'en débarrasser.

Je partis de l'agence sur cette note plutôt réjouissante, regagnai ma voiture et réfléchis à ces nouvelles données. Qu'en conclure ? Pas grand-chose. Elles renforçaient mes craintes qu'Evelyn et sa fille fuyaient non seulement Soder mais aussi Abruzzi.

Nouvel appel de Valérie.

— Si j'accepte d'aller déjeuner avec Albert, ce serait comme si j'acceptais de sortir avec lui ?

— Seulement si tu le laisses t'arracher tes vêtements.

Je raccrochai et démarrai. J'avais décidé de retourner au Bourg pour avoir une conversation avec la mère de Dotty. Elle était mon seul lien avec Evelyn. Si elle me disait que Dotty et Evelyn allaient superbien et rentraient bientôt, je considérerais que mon enquête serait close… et j'irais aussitôt au centre commercial me faire manucurer.

Mme Palowski m'ouvrit et eut le souffle coupé en me voyant sur son perron.

— Hou, là, là, dit-elle, comme si les microbes de mort étaient contagieux.

Je lui adressai un message rassurant : grand sourire et bonjour en remuant le petit doigt.

— Bonjour ! J'espère que je ne vous dérange pas.

— Pas du tout, ma chère. Je suis au courant pour Steven Soder, et je ne sais pas quoi en penser.

— Moi non plus. Je me demande pourquoi on l'a mis sur mon canapé.

Je grimaçai.

— Allez comprendre, repris-je. Au moins, il n'est pas mort chez moi. On l'y a déposé.

Tout en le disant, je me rendis compte que ça sonnait creux. Déposer un cadavre coupé en deux chez une fille, c'est rarement un effet du hasard.

— Madame Palowski, il faut absolument que nous parlions de Dotty. J'espérais qu'elle aurait appris pour Steven Soder et qu'elle vous aurait contactée.

— Justement, c'est ce qu'elle a fait. Elle m'a appelée ce matin, je lui ai dit que vous désiriez avoir de ses nouvelles.

— A-t-elle précisé quand elle rentrait ?

— Elle m'a dit qu'elle serait absente encore un moment. C'est tout.

Bye, bye, la manucure.

Mme Palowski plaqua ses bras autour de son buste.

— C'est Evelyn qui a entraîné Dotty dans cette histoire, n'est-ce pas ? Ça ne ressemble pas du tout à Dotty de partir en congé du jour au lendemain et de faire manquer l'école à Amanda pour aller camper. Je pense qu'il se passe quelque chose de pas très net. Quand j'ai appris pour Steven Soder, je suis allée tout droit à la messe. Pas pour prier pour lui, il peut aller en enfer, je m'en fiche.

Elle se signa.

— J'ai prié pour Dotty.

— Vous avez une idée de l'endroit où elle pourrait être ? Si elle essaie d'aider Evelyn, où aurait-elle pu l'emmener ?

— Je n'en sais rien. J'y ai réfléchi, mais je ne vois vraiment pas. Je doute qu'Evelyn ait beaucoup d'argent, et Dotty a un budget serré, je n'imagine pas qu'elles aient pris l'avion. Dotty m'a dit qu'elles avaient acheté du matériel de camping au centre commercial hier, alors elles campent peut-être vraiment. Avant son divorce, Dotty et son mari allaient parfois faire du camping vers Washington's Crossing. Je ne me souviens pas du nom, mais je sais qu'il est au bord de la rivière et qu'on peut y louer des mobile homes.

Je connaissais ce terrain de camping. J'étais passée devant des milliers de fois en me rendant à New Hope.

OK, maintenant, je bouillais d'impatience, j'avais enfin une piste. Je pouvais mener mon enquête au terrain de camping. Seulement, je n'avais pas envie d'y aller toute seule. L'endroit était trop désert à cette époque de l'année. Trop facile pour Abruzzi de me tendre une embuscade. Alors, je pris mon courage à deux mains et appelai Ranger.

— Yo, dit-il.

— J'ai une piste concernant Evelyn, et j'aurais besoin de renfort.

Vingt minutes plus tard, Ranger se garait derrière moi au parking de Washington's Crossing, au volant d'un pick-up noir rutilant doté de pneus hypertrophiés et de phares globuleux incorporés dans la calandre. Je verrouillai mes portières et me hissai sur le siège passager à côté de lui. La cabine de son pick-up donnait l'impression que Ranger se fournissait régulièrement sur Mars.

— Comment va ta santé mentale ? demanda-t-il. J'ai appris pour Soder.

— Je suis à fleur de peau.

— J'ai un remède contre ça aussi.

Aïe, aïe, aïe.

Il démarra et mit le cap sur la sortie.

— Je sais ce que tu imagines, dit-il. Et ce n'est pas ce que je sous-entendais. Je pensais au travail, plutôt.

— J'avais parfaitement compris.

Il me lança un regard de biais, rieur.

— Tu me désires à mort.

Oui. Aaargh, mon Dieu...

— Prends vers le nord, dis-je. Evelyn et Dotty auraient loué un mobile home au camping.

— OK.

La route, deux voies serpentant à travers la campagne de Pennsylvanie le long de la rivière Delaware, était déserte à cette heure de la journée. Des bosquets et des groupes de jolies maisons se succédaient. Ranger conduisait en silence. Son pager bipa deux fois, et, chaque fois, Ranger lut le message mais ne téléphona pas et garda le message pour lui. Attitude normale pour Ranger. Il mène une vie secrète.

Le pager résonna une troisième fois. Ranger le détacha de sa ceinture, regarda l'écran, l'effaça, fixa le pager à sa ceinture puis reporta le regard sur la route.

— Coucou ! dis-je.

Il me lança un coup d'œil.

Ranger et moi, c'est le principe de l'eau et du feu. Lui, c'est Mister Mystère, et moi, Miss Curiosité. Nous le savions tous les deux. Il le tolérait avec un certain amusement. Moi, je le supportais en rongeant mon frein.

— Jeanne Ellen ? demandai-je en dardant un regard en direction du pager à sa ceinture.

Je n'avais pas pu me retenir.

— Elle est partie à Porto Rico.

Nos regards se croisèrent, puis il fixa de nouveau la route. Fin de la conversation.

— Tu as la chance d'avoir un joli petit cul, lui dis-je. Parce que, sinon, ce que tu peux être barbant !

— Mon cul n'est pas ce que j'ai de mieux, dit-il en souriant.

Là, ce fut vraiment la fin de notre conversation. J'étais à court de reparties.

Dix minutes plus tard, nous approchions du terrain de camping. Situé en contrebas de la route, il passait facilement inaperçu. Aucun panneau ne l'indiquait. À ma connaissance, il n'avait même pas de nom. Un chemin de terre descendait jusqu'au champ où de petits bungalows délabrés et des mobile homes, dotés chacun d'une table de pique-nique et d'un barbecue, s'échelonnaient au bord de la rivière. On l'aurait cru à l'abandon en cette période de l'année, et il paraissait à la fois infréquentable et intrigant, un peu comme un campement de gitans.

Ranger s'arrêta à l'entrée et scruta les lieux, imité par moi.

— Aucune voiture, dit-il.

Il laissa le pick-up finir de descendre en roue libre et se gara. Il tendit la main sous le tableau de bord, y prit un Glock et nous descendîmes du véhicule.

Nous passâmes systématiquement en revue tous les bungalows et tous les mobile homes, essayant d'en ouvrir les portes, regardant aux fenêtres, vérifiant si, récemment, on s'était servi des barbecues. La serrure du quatrième bungalow était forcée. Ranger frappa une fois et ouvrit la porte.

La première pièce disposait d'une kitchenette dans un coin. Rien de très high-tech. Évier, four, réfrigérateur des années cinquante. Sol recouvert d'un lino éraflé. Canapé, table carrée, quatre chaises. La seule autre pièce était la chambre meublée de deux paires de lits superposés. Les matelas n'étaient recouverts ni de draps ni de couvertures. La salle de bains était minuscule : lavabo et toilettes. Pas de douche, pas de baignoire. Les traces de dentifrice dans le lavabo paraissaient récentes.

Ranger ramassa par terre une barrette en plastique rose pour petite fille.

— Elles sont parties, dit-il.

J'ouvris le réfrigérateur. Vide. Nous ressortîmes et vérifiâmes les bungalows et mobile homes restants – tous fermés à clé –, sans oublier la benne à ordures qui contenait un seul petit sac-poubelle.

— Tu aurais d'autres pistes, par hasard ? me demanda Ranger.

— Non.

— Allons faire un tour chez elles.

Je récupérai ma voiture à Washington's Crossing, puis franchis la rivière. Je me garai devant chez mes parents et remontai dans le pick-up de Ranger. Première escale : chez Dotty. Ranger se gara dans l'allée, reprit son Glock et nous gagnâmes la porte d'entrée.

Ranger avait une main sur la poignée et, de l'autre, tenait son jeu de passe-partout servant à crocheter les serrures. Mais la porte s'ouvrit d'elle-même sous la simple pression de ses doigts. Apparemment, nous n'étions pas les premiers arrivés de la course à l'effraction.

— Reste ici, me dit Ranger.

Il entra dans le salon qu'il scanna du regard, puis visita le reste de la maison, revolver au poing. Il regagna le salon et me fit signe de le suivre.

Ce que je fis, en refermant la porte derrière moi.

— Il n'y a personne ?

— Non. Les tiroirs sont ouverts et des papiers sont éparpillés sur le comptoir de la cuisine. Soit quelqu'un a fouillé la maison, soit Dotty est partie précipitamment.

— Je suis passée ici après son départ. J'ai regardé par les fenêtres et tout semblait en ordre. Tu crois qu'il a pu y avoir un cambriolage ?

Je savais en mon for intérieur qu'il n'en était rien, mais on peut toujours espérer, non ?

— Je ne crois pas que le mobile soit le vol. Il y a un ordinateur dans la chambre de la petite et, dans celle de sa mère, une bague de fiançailles en diamant dans le coffret à bijoux. La télé est toujours là. À mon avis, nous ne sommes pas les seuls à rechercher Evelyn et Annie.

— Jeanne Ellen, peut-être ? Elle avait placé des micros ici, si ça se trouve, elle est venue les récupérer avant de s'envoler pour Porto Rico.

— Jeanne Ellen fait du travail soigné, elle ne laisserait pas la porte ouverte et autant de traces de son passage.

— Elle était peut-être dans un mauvais jour ? dis-je sans pouvoir empêcher ma voix de grimper d'une octave.

Nom d'un chien, elle n'a jamais de mauvais jours, cette Jeanne Ellen ?

Ranger me considéra, tout sourires.

— Oh, bon, d'accord, admis-je. Je commence à en avoir assez de Jeanne Ellen la Parfaite.

— Elle n'est pas parfaite. Elle est juste très pro.

Il me passa un bras autour des épaules et m'embrassa sous l'oreille.

— Je suis sûr qu'on devrait pouvoir trouver un terrain sur lequel tu la battrais à plates coutures, murmura-t-il.

Je fermai les yeux à demi.

— Tu penses à quelque chose de précis ?

— Rien que je puisse approfondir pour le moment, répondit-il en me lâchant et en sortant une paire de gants jetables de sa poche. Je veux faire une fouille complète. Elle n'a pas emporté grand-chose. La plupart de ses vêtements sont encore là.

Il alla dans la chambre, alluma l'ordinateur et ouvrit des dossiers qui lui paraissaient prometteurs.

— Rien qui puisse nous aider, conclut-il en éteignant l'engin.

Le téléphone n'avait pas l'option d'apparition des numéros, et il n'y avait pas de message sur le répondeur. Factures et listes de courses étaient éparpillées sur le comptoir de la cuisine. Nous y regardâmes de plus près, peine perdue. De toute façon, si Dotty avait laissé quelque chose d'intéressant, notre prédécesseur l'aurait pris.

— Et maintenant ? demandai-je.

— Maintenant, on va chez Evelyn.

Oups.

— Problème, dis-je. Abruzzi la fait surveiller par un de ses sbires. Chaque fois que j'y ai fait une planque, Abruzzi a débarqué dix minutes plus tard.

— Pourquoi se soucie-t-il tant de savoir si tu y entres ?

— La dernière fois que j'ai croisé ce monsieur, il a soutenu que je m'occupais de cette affaire pour l'argent, que j'en connaissais les enjeux et que je savais ce qu'il essayait de récupérer – et qui serait lié à la disparition d'Evelyn. Il est possible qu'il pense que *son bien* est caché dans la maison, et il ne veut pas que j'aille y mettre mon nez.

— Tu as une idée de ce que c'est ?

— Aucune. J'ai fouillé partout, et je n'ai rien vu de particulier. Tu me diras, je ne cherchais pas de cachette secrète, mais un indice qui me conduirait jusqu'à Evelyn.

Ranger s'assura de bien refermer la porte derrière nous.

Le soleil était bas à l'horizon lorsque nous arrivâmes chez Evelyn. Ranger dépassa la maison.

— Tu connais les riverains ? demanda-t-il.

— Presque tous. Certains mieux que d'autres. Je connais sa voisine d'à côté, Linda Clark, qui habite deux maisons plus loin, les Rojack à l'angle de la rue, et Betty et Arnold Lando juste en face de chez elle. Les Lando sont locataires, et je ne connais pas leurs voisins. Si j'avais besoin des services d'un indic, je tenterais le coup avec quelqu'un d'une des familles d'à côté. Il y a un vieux monsieur qui ne sort jamais. On le voit souvent assis sur la véranda. C'est à croire qu'il gagnait sa vie en se tournant les pouces il y a une centaine d'années.

Ranger se gara devant la partie de la maison habitée par Carol Nadich. Puis, il la contourna et entra chez Evelyn par la porte de derrière. Il n'eut pas besoin de briser une vitre, il se contenta d'insérer un petit passe-partout dans la serrure et, dix secondes plus tard, la porte s'ouvrait.

L'intérieur de la maison était exactement comme dans mon souvenir. Des assiettes dans l'évier, du courrier empilé avec soin, les tiroirs bien fermés. Aucune trace de fouille comme chez Dotty.

Ranger fit le tour du propriétaire selon sa méthode, commençant par la cuisine, puis montant dans la chambre d'Evelyn à l'étage. Je le suivais dans l'escalier quand, tout à coup, j'eus un flash-back. Je réentendis Khloune me parler des dessins d'Annie, les qualifier d'effrayants, de gore.

J'entrai dans la chambre d'Annie et feuilletai le bloc posé sur son bureau. Sur la première page figurait le dessin d'une maison identique à celui scotché dans la cuisine. La page suivante était pleine de griffonnages et de gribouillages. Venait ensuite la représentation enfantine d'un homme. Il gisait par terre. Autour de lui, le sol était tout rouge. Du rouge jaillissait aussi de son corps.

— Ranger ! Viens voir.

Il me rejoignit et considéra le dessin. Il tourna la page. Un deuxième dessin représentait deux hommes gisant dans du rouge, un troisième homme pointait un revolver sur eux. On voyait de nombreuses traces de gomme autour du revolver. Je suppose qu'ils ne sont pas faciles à dessiner.

Échange de regards entre Ranger et moi.

— C'est peut-être juste à cause de la télévision, dis-je.

— Emportons tout de même ce bloc, on ne sait jamais.

Ranger finit de fouiller la chambre d'Evelyn, enchaîna avec celle d'Annie, puis avec la salle de bains.

— S'il y a quelque chose ici, dit-il, poings sur les hanches, une fois qu'il en eut terminé, c'est très bien caché. Ça me faciliterait la tâche de savoir ce que nous cherchons.

Nous repartîmes par où nous étions venus. Abruzzi ne nous attendait pas sur la véranda côté jardin, ni adossé au pick-up de Ranger. Je pris place sur le siège passager, et regardai des deux côtés de la rue. Aucun signe de lui. Pour un peu, j'en aurais été déçue.

Ranger démarra, me ramena chez mes parents et se gara derrière ma voiture. Le soleil s'était couché, il faisait sombre dans la rue. Ranger coupa les phares, et se tourna vers moi pour mieux me voir.

— Tu passes encore la nuit ici ?

— Oui. Il y a toujours les scellés sur mon appart. Je suppose que je le récupérerai demain.

Et ensuite ?

Un frisson me parcourut le creux des reins. Mon canapé et ses microbes de mort !

— Tu ne sembles pas très pressée d'y retourner, dit Ranger.

— J'aviserai. Merci pour ton aide aujourd'hui.

— Je suis frustré. D'habitude, avec toi, une voiture explose ou un immeuble prend feu.

— Navrée de te décevoir.

— Chienne de vie.

Il me prit par les manches de mon blouson, m'attira par-dessus l'espace entre nos deux sièges… et m'embrassa.

— Un baiser, maintenant ? dis-je après coup. Et quand nous étions seuls chez moi, rien. Tu peux m'expliquer ?

— Tu avais bu trois verres de vin, et tu t'étais assoupie.

— Oh oui, bien sûr, je me souviens.

— En plus, tu paniquais à l'idée de coucher avec moi.

J'étais toujours étalée entre les deux sièges, coincée entre le volant et Ranger, à moitié assise sur ses genoux. Il effleurait mes lèvres avec les siennes tout en parlant, je sentais la chaleur de ses mains contre mon T-shirt.

— Tu n'étais pas seul responsable de mon moment de panique, lui dis-je. La journée avait été plutôt désastreuse.

— Bon nombre de tes journées sont désastreuses, *baby*.

— On croirait entendre Morelli.

— Morelli est un type bien. Il t'aime.

— Et toi ?

Sourire de Ranger.

Nouveau frisson qui me secoua la colonne vertébrale.

La lumière du perron s'alluma, et Mamie Mazur nous regarda de la fenêtre du salon.

— Sauvée par ta grand-mère, dit Ranger en me lâchant. Je vais attendre que tu sois rentrée. Je ne voudrais surtout pas qu'on te kidnappe sous mon escorte.

J'ouvris la portière et bondis sur le trottoir. Je grimaçai mentalement car me faire kidnapper et/ou tuer n'était pas totalement exclu du champ du radar.

Mamie m'attendait derrière la porte.

— C'est qui ce garçon dans ce beau pick-up ?

— Ranger.

— Cet homme, c'est de la bombe, soupira Mamie. Si j'avais vingt ans de moins…

— Si vous aviez vingt ans de moins, vous auriez toujours vingt ans de trop, lança mon père.

Valérie, dans la cuisine, aidait ma mère à mettre des muffins au congélateur. Je me servis un verre de lait, pris un gâteau et m'attablai.

— Comment ça s'est passé au travail aujourd'hui, Val ?

— Je ne me suis pas fait virer.

— Super. Avant que tu le voies venir, il te demandera en mariage.

— Tu crois ?

Je lui lançai un regard de biais.

— Je plaisante, précisai-je.

— Ça pourrait arriver, dit Valérie en saupoudrant les muffins de paillettes de sucre.

— Valérie, tu ne vas pas épouser le premier venu.

— Si. Du moment qu'il a une maison avec deux salles de bains. Je t'assure, et même si c'est Jack l'Éventreur, je m'en fiche.

— Moi, je crois que je vais m'acheter un ordinateur pour le cybersexe, dit Mamie Mazur. L'une de vous connaît le principe ?

— On se connecte à une *chatroom*, répondit Valérie, on contacte quelqu'un, puis on se dit des cochonneries par mails interposés.

— C'est rigolo, dit Mamie. Mais… et la partie sexe, dans tout ça ?

— Pour la partie sexe, tu dois te débrouiller toute seule.

— Je savais bien que c'était trop beau pour être vrai, soupira Mamie. Il faut toujours qu'il y ait un hic quelque part.

Le lendemain matin, je fus la dernière à pouvoir utiliser la salle de bains, et j'en vins à apprécier le point de vue de Valérie. Confrontée au choix de continuer à habiter chez mes parents, d'épouser Jack l'Éventreur ou de retrouver mon canapé et les microbes de mort, je devais bien admettre que Jack ne manquait pas de charme. Bon, d'accord, peut-être pas Jack l'Éventreur, mais disons que Mister Bean ferait l'affaire.

J'avais revêtu ma tenue habituelle – jean, boots et T-shirt ajusté –, bouclé mes cheveux et réglé mon mascara sur « max ». Quand je me sens *vraiment* angoissée, j'ajoute de l'eye-liner. C'était un jour eye-liner. En prime, je me vernis les ongles des orteils. *Stéphanie Plum sort la grosse artillerie.* Il faut dire que Morelli m'avait appelée un peu plus tôt pour m'avertir qu'on avait retiré les cordons de protection de mon appartement. Il avait pris les dispositions pour qu'une équipe de nettoyage professionnelle le récure de fond en comble à grand renfort de désinfectant industriel. Ils devaient avoir terminé aux alentours de midi. En ce qui me concernait, ils pouvaient tout à fait avoir fini à la saint-glinglin.

J'étais dans la cuisine, je sirotais une dernière tasse de café avant d'affronter ma journée quand Mabel apparut à la porte de derrière.

— Evelyn vient de me donner des nouvelles, m'annonça-t-elle. Elle m'a téléphoné pour me dire qu'elles allaient très bien. Elle passe quelques jours chez une amie, elle m'a dit de ne pas m'inquiéter. Ouf ! soupira-t-elle en portant la main à son cœur. Je me sens tellement soulagée. Et ça me rassurait de savoir que tu la cherchais, tu sais, ça me tranquillisait. Merci beaucoup.

— Evelyn vous a dit quand elle rentrait ?

— Non, seulement qu'elle ne viendrait pas pour les obsèques de Steven. Je suppose qu'elle lui en veut toujours.

— Elle vous a dit où elle se trouvait ? Le nom de son amie ?

— Non. Elle était pressée. J'ai eu l'impression qu'elle m'appelait d'un magasin ou d'un restaurant. Il y avait beaucoup de bruit autour d'elle.

— Si jamais elle vous retéléphonait, dites-lui que j'aimerais lui parler.

— Il n'y a plus de problèmes, n'est-ce pas ? Maintenant que Steven n'est plus là, tout est rentré dans l'ordre.

— Je souhaiterais lui parler de son propriétaire.

— Vous cherchez une maison à louer ?

— Ça se peut.

En plus, c'était vrai.

Le téléphona sonna, Mamie Mazur courut décrocher.

— C'est pour toi ! dit-elle en me tendant l'appareil. C'est ta sœur.

— J'ai besoin de ton aide, me dit Valérie. Il faut que tu viennes. Vite !

Elle raccrocha.

— Je dois y aller, annonçai-je. Val a un problème.

— Elle qui était si intelligente, soupira ma grand-mère. Il a fallu qu'elle déménage sur la côte Ouest. Je crois que tout ce soleil californien lui a ramolli le cerveau.

À quel point son problème est-il grave ? songeai-je. Aurait-elle encore renversé de la soupe au poulet sur un ordinateur ? Qu'importait à Khloune, de toute façon ? Il ne pouvait perdre aucun dossier puisqu'il n'avait aucun client.

Je me garai au parking devant le cabinet de Khloune. Je regardai à travers la vitrine mais ne vis pas Valérie. Je descendis de voiture, Valérie déboula en courant de la laverie automatique adjacente.

— Par ici ! Il est dans le tambour !

— Qui ?

— Albert !

Une rangée de chaises en plastique bleu turquoise se trouvait contre le mur face aux séchoirs. Deux vieilles dames, assises côte à côte, fumaient en suivant Valérie des yeux, n'en perdant pas une miette.

— Où ? demandai-je. Je ne le vois pas.

Valérie retint un sanglot et montra un séchoir industriel du doigt.

— Il est là-dedans !

Je m'approchai pour regarder. Effectivement. Albert Khloune était bel et bien dans le séchoir, tout recroquevillé sur lui-même, les fesses aplaties contre le hublot en verre, un peu comme Winnie l'Ourson coincé dans l'entrée du terrier du lapin.

— Il est vivant ? demandai-je.

— Oui, bien sûr ! s'écria Valérie en tapotant à la vitre. Du moins, je *crois*.

— Qu'est-ce qu'il fabrique là-dedans ?

— La dame en tricot bleu a fait tomber son alliance dans le séchoir, elle s'est coincée au fond du tambour. Albert est entré dedans pour la récupérer. La porte s'est refermée et on n'arrive plus à l'ouvrir.

— Pfff. Pourquoi n'avez-vous pas appelé les pompiers ou la police ?

Khloune s'agita dans le tambour et émit des *non, non, non* étouffés.

— Je crois qu'il se sentirait gêné, dit Valérie. C'est vrai, de quoi aurait-il l'air ? Imagine que quelqu'un prenne une photo et qu'elle soit publiée dans le journal ? Plus personne ne ferait appel à lui, il se retrouverait sans travail.

— Déjà que personne ne fait appel à lui, fis-je remarquer.

J'essayai d'ouvrir la porte, appuyai sur tous les boutons, cherchai un système de verrouillage de sécurité.

— C'est zéro partout pour moi, là, dis-je.

— Il y a un problème avec ce séchoir, dit la dame en tricot bleu. Il se coince sans arrêt. J'ai écrit une réclamation à ce sujet la semaine dernière, mais personne ne s'occupe jamais de rien ici. Le distributeur de lessive ne marche pas non plus.

— Il nous faut vraiment de l'aide, dis-je à Valérie. Je pense que nous devrions appeler la police.

Autres mouvements frénétiques et autres *non, non, non* derrière le hublot. Il devait certainement y avoir un système d'ouverture à l'intérieur, mais Khloune était coincé et dans l'incapacité de se retourner.

Je fouillai dans le fond de ma besace et trouvai de la monnaie. Je glissai une pièce dans la fente, réglai la chaleur au minimum et fit tourner le séchoir.

Les marmonnements de Khloune se muèrent en cris perçants, il tournoya sur lui-même, ballotté d'un côté et de l'autre, mais pas trop violemment. Au bout de cinq minutes, le séchoir s'arrêta. On n'en a plus pour son argent avec une seule pièce de nos jours.

— Vous savez quoi ? dit la dame en bleu. J'ai retrouvé mon alliance ! Elle n'était pas dans le séchoir, je l'avais mise dans ma poche et j'avais complètement oublié.

— Sympa, dit Khloune, les yeux hagards, de la bave aux commissures des lèvres.

Valérie et moi le maintenions par les aisselles.

— On va aller au bureau maintenant, lui dis-je. Essayez de marcher.

— Tout tourne encore. Je suis sorti du séchoir, là ? Je suis juste étourdi, c'est ça ? J'entends encore le moteur. J'ai le bruit dans la tête.

Khloune marchait comme le monstre de Frankenstein.

— Je ne sens plus mes pieds, dit-il. Ils sont tout engourdis.

Nous le traînions à moitié et, finalement, nous le poussâmes dans son bureau et le fîmes asseoir dans son fauteuil.

— C'était comme à la grande roue, dit-il. Vous avez vu comme je tournais là-dedans ? Comme à la fête foraine. Ah, j'adore toutes ces attractions. J'y vais souvent. Je m'assois toujours devant.

— C'est vrai, ça ?

— Ben… non. Mais c'est dans mes projets.

— Ce qu'il est mi-mi, soupira Valérie.

Et elle déposa un baiser sur ses cheveux tout ébouriffés.

— Hmmm, fit Khloune avec un grand sourire. Wouah !

11

Je déclinai l'invitation à déjeuner de Khloune, préférant me rendre à l'agence.

— Du nouveau ? demandai-je à Connie. Je suis à cours de DDC.

— Et Bender ?

— Je ne voudrais pas couper l'herbe sous les pieds de Vinnie.

— Il ne veut plus s'en occuper.

— Ce n'est pas ça ! cria Vinnie de son bureau. J'ai plein de choses à faire. Des choses plus importantes.

— Ouais, chuchota Lula, comme faire prendre l'air à sa zigounette.

— Tu as intérêt à choper ce gars ! me cria Vinnie. Je l'aurais mauvaise si je perds le montant de sa caution !

— Moi, je pense que Bender, il a un truc, reprit Lula. Il est protégé des dieux comme tous les ivrognes, il est en contact direct avec le Seigneur, c'est pas possible. Dieu protège les faibles et les laissés-pour-compte, c'est bien connu.

— Dieu ne protège pas Bender ! brailla Vinnie. Si Bender court toujours, c'est parce que j'emploie deux empotées incompétentes.

— Bon, d'accord, dis-je. On va s'occuper de Bender.

— On ?

— Ouais, toi et moi.

— J'ai déjà donné. Je te dis que Dieu l'a pris sous Sa protection. Et je mets pas mon nez dans les affaires de Dieu, moi.

— On déjeunera ensemble, c'est moi qui t'invite.

— Bon, d'accord, je vais chercher mon sac, dit Lula.

— À propos, dis-je à Connie. J'ai besoin de menottes.

— PLUS de menottes ! cria Vinnie. Qu'est-ce que tu t'imagines, qu'il en pousse sur les arbres ?

— Comment veux-tu que je l'arrête sans menottes ?

— Improvise !

— Hé ! fit Lula, les yeux braqués sur la rue, matez la grosse bagnole noire qui s'est arrêtée à côté de celle de Stéphanie. Y a un lapin et un ours géants à l'intérieur. C'est l'ours qui conduit.

Connie et moi suivîmes son regard.

— Oh, oh, dit Lula, j'ai l'impression que le lapin a lancé quelque chose sur la voiture de Stéphanie…

Cette remarque fut bientôt suivie d'un BOUUUUUUUM retentissant, ma Honda fit un bond d'un mètre et fut la proie des flammes.

— Ça devait être une bombe, en conclut Lula.

Vinnie sortit de son bureau en courant.

— Putain de merde ! dit-il. C'était quoi, ça ?

Il se figea, bouche bée, considérant le brasier devant l'agence.

— C'est rien, dit Lula. Encore une voiture de Stéphanie qui a sauté. Cette fois, c'est un lapin qui a jeté la bombe.

— Ah, les boules, commenta Vinnie en regagnant son bureau.

Lula, Connie et moi sortîmes sur le trottoir pour regarder ma Honda brûler. Deux voitures de police arrivèrent sur les lieux, sirènes hurlantes, suivies de peu par la camionnette des urgentistes, puis par deux camions de pompiers.

Carl Costanza émergea de la voiture de police.

— Des blessés ?

— Non.

— Parfait, dit-il en se fendant d'un sourire. Cette fois, je vais pouvoir en profiter. J'avais raté les araignées et le macchab sur ton canapé.

Son partenaire, Bouledogue, s'avança en roulant des mécaniques.

— Chapeau, Stéph, dit-il. On se demandait tous quand tu

bousillerais une autre voiture. C'est tout juste si je me souviens de la première explosion.

Costanza opina d'un signe de tête.

— Ça fait des mois.

Je vis Morelli se garer derrière un camion de pompiers. Il sauta au bas de son pick-up et s'avança vers nous.

— Pfff, fit-il en considérant ce qui devenait très vite un tas de ferraille carbonisée.

— C'était la voiture de Stéphanie, lui dit Lula. Attentat à la bombe par un lapin géant.

Morelli serra les dents et me regarda.

— C'est vrai ?

— Lula a tout vu.

— Je suppose que tu n'envisages toujours pas de prendre des vacances ? me dit-il. Si tu allais en Floride un mois ou deux ?

— Je vais y réfléchir. Dès que j'aurai capturé Bender.

Morelli n'avait toujours pas desserré les dents.

— J'y parviendrais plus facilement si j'avais des menottes, dis-je.

Il glissa la main sous son polo et en sortit une paire. Il me la tendit sans un mot, sans changer d'expression.

— Tu peux leur dire adieu, à tes menottes, lui souffla Lula dans mon dos.

En général, une Pontiac Firebird rouge, ce n'est pas l'idéal pour une planque. Par chance, les cheveux de Lula récemment teints en jaune poussin et mon mascara dosage maximum nous faisaient passer pour deux femmes faisant leurs petites affaires dans une Firebird rouge en face de chez Bender.

— Bon, et maintenant ? demanda Lula. Tu as des idées ?

J'avais braqué mes jumelles sur les fenêtres de l'appartement de Bender.

— Je crois qu'il y a quelqu'un, dis-je, mais je n'arrive pas à l'identifier.

— On pourrait téléphoner et voir qui décroche ? Sauf que,

comme j'ai pas pu payer ma note de portable, on me l'a coupé, et que le tien a brûlé avec ta bagnole.

— On peut toujours aller frapper à la porte.

— Ouais, bonne idée, ça. Avec un peu de chance, il va encore nous tirer dessus. Ça tomberait bien, remarque, parce que depuis ce matin j'ai une superenvie qu'on me tire dessus. C'est la première idée qui m'est venue en me réveillant : pourvu qu'on me canarde aujourd'hui !

— Il ne nous a tiré dessus qu'une seule fois.

— Ça me soulage, tu peux pas savoir.

— Alors, quelle est ton idée ?

— Mon idée, c'est de rentrer chez moi. Je vais te dire, Dieu, Il veut pas qu'on chope ce type. Il est allé jusqu'à envoyer un lapin pour faire sauter ta bagnole.

— Dieu n'a pas envoyé de lapin !

— C'est quoi, ton explication, alors ? Tu penses vraiment que des lapins conduisant des voitures dans les rues, on en voit tous les jours ?

J'ouvris la portière d'un coup d'épaule et descendis de la Firebird, les menottes dans une main et la bombe lacrymogène dans l'autre.

— Je suis de *mauvaise humeur*, dis-je à Lula. J'en ai jusque-là des serpents, des araignées et des cadavres. Je n'ai même plus de voiture ! Je vais rentrer chez Bender, le traîner par la peau des fesses jusqu'au poste, après quoi je passerai chez le concessionnaire Chevrolet, puis j'irai boire une double margarita !

— Han ! s'exclama Lula. Et tu voudrais que je t'accompagne, je suppose ?

J'avais déjà traversé la moitié de la cour.

— Fais ce que tu veux, rien à battre !

Je l'entendais courir, haletante, dans mon dos.

— Hé, prends pas tes grands airs avec moi, dit-elle. Me dis pas à moi que je peux faire ce que je veux et que t'en as rien à battre ! Je t'ai dit ce que je voulais. Ça compte pour du beurre, alors ? Ah, non !

J'arrivai devant la porte de chez Bender et tournai la poignée. Fermée à clé. Je frappai fort, trois fois de suite. Pas de réponse, alors je tapai du poing.

— Ouvrez ! criai-je. Agent de cautionnement !

La porte s'ouvrit et la femme de Bender me considéra.

— Ce n'est pas le moment, me dit-elle.

Je la poussai sans ménagement.

— Ce n'est jamais le moment.

— Vous ne comprenez pas. Andy est malade.

— Vous espérez qu'on va gober ça ? dit Lula. On a des têtes d'idiotes ?

Bender surgit dans la pièce, hirsute, les yeux mi-clos, en haut de pyjama et pantalon de bleu de travail.

— Je vais mourir, gémit-il. Je meurs…

— Ce n'est qu'une grippe, lui dit sa femme. Va te recoucher.

Bender tendit les deux bras.

— Menottez-moi. Arrêtez-moi. Emmenez-moi au poste. Un médecin fait des visites, là-bas, non ?

Je lui passai les menottes et lançai un coup d'œil à Lula.

— Ils ont un médecin ?

— Y a un service pénitentiaire à l'hôpital St. François.

— Je suis sûr que j'ai été exposé à de l'anthrax, dit Bender. Ou que j'ai la variole.

— En tout cas, quoi que ce soit, ça sent mauvais.

— J'ai la diarrhée, je vomis, j'ai le nez qui coule, mal à la gorge, et j'ai de la fièvre. Touchez mon front.

— Ouais, c'est ça, fit Lula. J'en rêve depuis si longtemps.

Il s'essuya le nez d'un revers de manche, laissant une traînée de morve sur son haut de pyjama. Il renversa la tête en arrière et éternua, postillonnant aux quatre coins de la pièce.

— Hé ! brailla Lula. Mettez la main ! Les mouchoirs, vous connaissez pas ?

— Je me sens pas bien, dit Bender. Je crois que je vais de nouveau dégueuler.

— Va aux toilettes ! cria sa femme.

Elle prit un seau en plastique bleu posé par terre et le lui tendit.

— Dans le seau ! cria-t-elle.

Bender mit la tête dans le seau et vomit.

— Bordel ! s'écria Lula. C'est un vrai sana, ici ! Moi, je me casse.

Se tournant vers moi, elle ajouta :

— Pas question que tu le fasses monter dans ma voiture ! Si tu veux l'emmener au poste, appelle un taxi !

Bender sortit la tête du seau et tendit vers moi ses mains menottées.

— OK, soupira-t-il. Ça va mieux. Je suis prêt, on peut y aller.

— Lula, attends-moi ! criai-je. Tu avais raison sur Dieu.

— Quelle histoire pour arriver jusqu'ici, mais ça valait le coup, dit Lula en léchant le sel fin sur le rebord de son verre. C'est la reine des margaritas.

— Et en plus, c'est bon pour la santé. L'alcool va tuer tous les germes que Bender a dû nous refiler.

— Génial, dit Lula.

Je bus une gorgée de mon cocktail et regardai autour de nous. Une foule de gens qui sortaient de leur travail emplissait le bar. Ils avaient mon âge et, pour la plupart, ils paraissaient plus heureux que moi.

— Ma vie, ça craint, dis-je à Lula.

— Tu penses ça parce que t'as vu Bender vomir dans un seau.

C'était en partie vrai. Cette vision ne faisait rien pour me remonter le moral.

— J'envisage de me recycler, repris-je. Je veux travailler avec des gens comme eux. Ils ont tous l'air si heureux…

— C'est juste parce qu'ils sont arrivés ici avant nous, et qu'ils sont tous pompettes.

Et aussi, peut-être, parce qu'aucun d'entre eux n'est harcelé par un fou furieux.

— J'ai encore perdu une paire de menottes, dis-je à Lula. J'ai dû les oublier chez Bender.

Lula renversa la tête en arrière et rit aux éclats.

— Et tu voudrais te recycler ? s'écria-t-elle. Pourquoi ça ? T'es si douée pour ce boulot-là !

Onze heures. Dans la rue de mes parents, presque toutes les maisons étaient plongées dans l'obscurité. Au Bourg, on se couche comme les poules et on se lève aux aurores.

— Dommage pour Bender, dit Lula qui avait arrêté la Firebird au bord du trottoir mais sans couper le moteur. Si on disait à Vinnie qu'il était mort ? On pourrait lui raconter qu'on était sur le point d'emmener Bender au poste quand, tout d'un coup, il est mort. Boum. Raide mort.

— Encore mieux, pourquoi ne pas retourner chez lui et le tuer ?

J'ouvris la portière pour descendre, me pris le pied dans le tapis de sol et m'étalai par terre, la tête la première. Je roulai sur moi-même pour contempler les étoiles.

— Je suis bien là, dis-je. Je vais peut-être dormir ici cette nuit.

Ranger apparut dans mon champ de vision, il m'empoigna par mon blouson en jean et me remit debout.

— Mauvaise idée, *baby*.

Il se tourna vers Lula.

— Tu peux partir maintenant.

Elle mit la gomme, la Firebird s'éloigna et disparut.

— Je ne suis *pas* soûle, précisai-je à Ranger. Je n'ai bu *qu'une* margarita.

Ses doigts étaient toujours enroulés dans le tissu de mon blouson, mais il avait desserré son étreinte.

— Alors, il paraît qu'un lapin te cherche des noises ?

— Enfoiré de lapin.

Sourire de Ranger.

— Tu es complètement soûle.

— *Non !* Je nage dans le bonheur.

La tête ne me tournait pas vraiment, mais le monde ne me paraissait pas tout à fait stable non plus. Je m'appuyai sur Ranger pour garder l'équilibre.

Il lâcha mon blouson et m'enlaça.

— Il fallait que je te parle, dit-il.

— Tu aurais pu m'appeler.

— J'ai essayé. Ton portable sonne dans le vide.

— Ah oui, c'est vrai, j'avais oublié. Il a brûlé avec la voiture.

— J'ai enquêté sur Dotty et j'ai trouvé les noms de quelques personnes à aller voir.

— Maintenant ?

— Demain. Je passe te chercher à huit heures.

— Je ne peux pas utiliser la salle de bains avant *neuf* heures.

— OK. Je passerai à neuf heures et demie.

— Tu ris ? Je sens que tu ris. Ma vie n'est pas drôle !

— Ta vie devrait être une sitcom en prime time, *baby*.

À neuf heures trente précises, je franchis la porte en titubant et m'arrêtai, éblouie par le soleil. J'avais quand même réussi à me doucher et à m'habiller complètement, mais ça n'allait pas plus loin. Une demi-heure, ce n'est pas beaucoup de temps pour qu'une fille se fasse une beauté. Surtout quand ladite fille a la gueule de bois. J'avais noué mes cheveux en queue-de-cheval et glissé mon tube de rouge dans la poche de mon blouson en jean. Quand mes mains ne trembleraient plus et quand mes yeux cesseraient de me picoter, j'essaierais de me farder les lèvres.

Ranger arriva au volant d'une Mercedes noire rutilante et s'arrêta au bord du trottoir. Mamie Mazur se tenait en faction derrière moi, de l'autre côté de la porte.

— Ça me dirait bien de le voir tout nu, celui-là, dit-elle.

Je me coulai dans le siège passager au côté de Ranger, fermai les yeux et souris. Ce que cette voiture sentait bon ! Le cuir et la frite.

— Dieu te bénisse, dis-je à Ranger.

Une part de frites et un Coca étaient posés sur le tableau de bord, à mon intention.

— J'ai demandé à Tank et Lester de visiter les campings de la Pennsylvanie et du New Jersey. Ils vont commencer par les plus proches puis élargir leurs recherches. Ils ont les caractéristiques des deux voitures et questionneront les gens si possible. Nous avons aussi ta liste des membres de la famille d'Evelyn, mais je pense que ce serait peine perdue. Evelyn ne les aura sans doute pas contactés de crainte qu'ils ne renseignent Mabel. Idem pour les proches de Dotty. J'ai les noms et adresses de quatre femmes avec qui Dotty s'est liée d'amitié au travail. Je te propose de commencer par là.

— C'est hypersympa de ta part de m'aider sur ce coup. D'autant que personne ne nous a embauchés. Le problème, c'est la sécurité d'Annie.

— Je ne le fais pas pour la sécurité d'Annie, mais pour la *tienne*. Nous devons mettre Abruzzi derrière les barreaux. Pour l'instant, il s'amuse avec toi, mais quand il se sera lassé de faire joujou, il passera aux choses sérieuses. Si la police ne réussit pas à faire le lien entre Soder et lui, Annie pourra peut-être faire le lien entre lui et autre chose. Des meurtres multiples, peut-être, si ses dessins sont inspirés de faits réels.

— Si nous ramenons Annie, pourrons-nous garantir sa sécurité ?

— Je le pourrai jusqu'à ce qu'Abruzzi soit condamné. Garantir la tienne, en revanche, c'est beaucoup moins facile. Tant qu'Abruzzi est en liberté, tu ne seras jamais en sécurité à moins de rester enfermée dans la grotte de Batman pour le restant de tes jours.

Hmmmmm. La grotte de Batman pour le restant de mes jours…

— Tu m'as bien dit qu'il y avait la télé dans la grotte de Batman ?

Ranger me regarda de biais.

— Mange tes frites.

Barbara Ann Guzman figurait en tête de liste. Elle vivait à East Brunswick dans une maison en préfabriqué au cœur d'un quartier sympa investi par des familles de la classe moyenne. Kathy Snyder, également sur la liste, habitait deux maisons plus loin. Aucune fenêtre à leur garage attenant.

Ranger se gara en face de chez les Guzman.

— Toutes les deux doivent être au travail, dit-il.

— On tente une effraction ?

— Non, on frappe à la porte en espérant entendre des gamins à l'intérieur.

Nous frappâmes deux fois. Pas d'échos d'enfants. Je me glissai derrière une azalée et risquai un coup d'œil par la fenêtre côté rue. Lumières éteintes, télévision éteinte, pas de petites chaussures éparpillées çà et là.

Nous nous rendîmes chez Kathy Snyder. Une vieille dame répondit à notre coup de sonnette.

— Je viens voir Kathy, lui dis-je.

— Elle est à son travail. Je suis sa mère. Je peux vous aider ?

— Avez-vous déjà vu ces personnes ? demanda Ranger en lui tendant un paquet de photographies.

— C'est Dotty et son amie, répondit-elle. Barbara Ann les a hébergées une nuit.

— Barbara Ann Guzman ? dit Ranger.

— Oui. Ce n'était pas la nuit dernière, mais celle d'avant. On peut dire que Barbara Ann a fait salle comble !

— Savez-vous où elles sont maintenant ?

Elle regarda de nouveau les photographies et secoua la tête.

— Non. Kathy le sait, peut-être. Je les ai juste croisées en sortant me promener. Je fais le tour du pâté de maisons tous les soirs pour me dégourdir les jambes. Je les ai vues arriver en voiture.

— Quelle voiture, vous vous en souvenez ? demanda Ranger.

— Une voiture ordinaire. Bleue, je crois.

Son regard passa de Ranger à moi.

— Il y a un problème ?

— Cette amie de Dotty traverse une mauvaise passe et nous essayons de l'aider à arranger les choses, dis-je.

La troisième femme de la liste habitait aussi à New Brunswick, dans un immeuble. Nous nous engageâmes dans le parking souterrain en passant méthodiquement chaque allée en revue à la recherche de la Honda bleue de Dotty ou de la Sentra grise d'Evelyn. Zéro pointé sur toute la ligne. Ranger gara la voiture, puis nous prîmes l'ascenseur jusqu'au cinquième étage. Nous frappâmes chez Pauline Wood. Pas de réponse. Nous essayâmes chez les voisins mais sans obtenir de meilleurs résultats. Ranger frappa une dernière fois chez Pauline, puis s'introduisit dans l'appartement. Moi, je restai dehors pour faire le guet. Cinq minutes plus tard, Ranger ressortait dans le couloir en refermant la porte de Pauline derrière lui. Ni vu, ni connu.

— Rien à signaler dans l'appart, dit-il. Rien n'indique que Dotty soit passée par ici. Pas de nouvelle adresse laissée en évidence.

Nous sortîmes du parking et nous prîmes la direction de Highland Park. New Brunswick est une ville universitaire, avec l'université Rotgers à un bout de la ville et Douglass College, son annexe pour femmes, à l'autre bout. Je suis diplômée de Douglass College – sans mention. J'étais dans la bonne moyenne comme quatre-vingt-dix-huit pour cent des élèves de ma promotion, et j'étais ravie de ce classement. Je m'endormais à la bibliothèque et rêvassais pendant les cours d'histoire. J'ai raté deux fois mon UV de maths, mais il faut dire que je n'ai jamais vraiment compris les théories de la probabilité. D'ailleurs, primo, qui se soucie de savoir si la balle qu'on va sortir d'un sac est noire ou blanche ? Et deuzio, si vraiment on fait une fixette sur la couleur, alors autant ne pas se fier au hasard, regarder dans ce fichu sac et choisir la balle qu'on veut.

Quand je fus en âge d'aller à l'université, j'avais abandonné tout espoir de voler comme Superman, mais sans pour autant être capable de développer un désir ardent de pratiquer une autre activité. Quand j'étais petite, je lisais les bandes dessinées de Donald Duck et d'Onc' Picsou. Onc' Picsou partait toujours chercher de l'or dans des lieux exotiques. Une fois qu'il en avait trouvé, il le ramenait dans son coffre et empilait toutes ses pièces à l'aide d'un bulldozer. Maintenant, c'est ça l'idée que je me fais d'un bon boulot. Se lancer dans une aventure. Ramener de l'or. Le stocker au bulldozer. Ça, c'est super. Alors, vous comprenez bien mon manque de motivation pour les études. Est-il vraiment nécessaire d'obtenir de bons résultats scolaires pour conduire un bulldozer ?

— C'est ici que je suis allée en fac, dis-je à Ranger. Ça fait pas mal d'années, mais je me sens toujours une âme d'étudiante quand je passe par là en voiture.

— Tu étais douée pour les études ?

— J'étais nulle. Mais l'État a tout de même réussi à m'instruire malgré moi. Et toi, tu es allé en fac ?

— Rutgers, Newark. Je me suis engagé dans l'armée au bout de deux ans.

Au début que je connaissais Ranger, tout cela m'aurait étonnée. Maintenant, plus rien ne me surprenait de sa part.

— La dernière femme de notre liste est à son travail, mais son mari devrait être chez eux, dit Ranger. Il bosse au self de la fac et commence à quatre heures. Il s'appelle Harold Bailey. Sa femme, c'est Louise.

Nous roulâmes dans un quartier de vieilles maisons en bardeaux d'un étage dotées d'une véranda se prolongeant sur la largeur de la façade et, derrière, d'un garage indépendant. Elles n'étaient ni trop grandes ni trop petites. Beaucoup d'entre elles étaient retapées avec plus ou moins de bonheur : les murs en fausse brique le disputaient à de petits salons ajoutés en vitrant la véranda.

Ranger se gara, nous allâmes sonner chez les Bailey et, ainsi que nous nous y attendions, un homme nous ouvrit. Ranger se présenta et lui montra les photos.

— Nous recherchons Evelyn Soder, dit Ranger. Nous espérions que vous pourriez peut-être nous aider. Auriez-vous vu une de ces personnes ces jours-ci ?

— Pourquoi recherchez-vous cette Soder ?

— Son ex-mari s'est fait tuer. Evelyn Soder a pas mal bougé ces derniers temps, et sa grand-mère a perdu contact avec elle. Elle voudrait la prévenir de ce décès.

— Elle est venue hier avec Dotty. Elles sont arrivées au moment où je partais. Elles ont dormi ici, elles sont reparties dans la matinée. Je les ai à peine croisées, et je ne sais pas où elles sont allées. Je crois qu'elles emmenaient les petites faire une excursion à la campagne, visiter les lieux historiques, ce genre de choses.

Louise en sait peut-être plus que moi. Essayez de la contacter à son travail.

Nous regagnâmes la voiture, et Ranger nous fit quitter le quartier.

— Elles ont encore une longueur d'avance sur nous, fis-je remarquer.

— Comme toujours dans les disparitions d'enfants. J'ai souvent bossé sur des affaires d'enlèvement parental, les fuyards bougent beaucoup. En général, ils partent loin de chez eux et ne passent pas plus d'une nuit au même endroit. Le schéma reste le même. Quand des informations sur eux nous parviennent, ils ne sont déjà plus là.

— Comment les arrête-t-on ?

— Avec de la ténacité et de la patience. Si on ne se décourage pas, on finit par les retrouver. Parfois, ça peut prendre des années.

— Omondieu, je n'ai pas des années devant moi. Je vais devoir chercher refuge dans la grotte de Batman.

— Une fois que tu seras entrée dans ma grotte, c'est pour la vie, *baby*.

Hou là !

— Essaie de joindre les deux femmes, dit Ranger. Leur numéro au travail est dans le dossier.

Barbara Ann et Kathy jouèrent la carte de la prudence. Toutes deux admirent avoir vu Dotty et Evelyn et savoir qu'elles étaient venues voir Louise. Toutes deux affirmèrent avec insistance qu'elles ignoraient où elles s'étaient rendues ensuite. Je les soupçonnais de dire la vérité. Il était tout à fait possible qu'Evelyn et Dotty improvisent au jour le jour. Si ça se trouve, elles avaient réellement eu l'intention de camper et, pour une raison ou une autre, ça n'avait pas été possible. Du coup, elles faisaient des pieds et des mains pour se cacher.

Pauline n'avait pas paru trop concernée.

Louise s'était montrée la plus loquace des deux, sans doute parce qu'elle était aussi la plus inquiète.

— Elles n'ont voulu rester qu'une seule nuit. Ce que vous me dites au sujet du mari d'Evelyn est vrai, je le sais, mais je suis sûre qu'il y a autre chose. Les petites étaient épuisées et voulaient rentrer. Evelyn et Dotty semblaient très fatiguées, elles aussi. Elles n'ont pas voulu en parler, mais je suis sûre qu'elles fuyaient quelqu'un. Je croyais que c'était le mari d'Evelyn, mais je pense que ce n'est pas tout. Sainte Marie mère de Dieu, vous ne pensez pas qu'elles l'ont tué !

— Non, répondis-je, il a été tué par un lapin. Au fait, auriez-vous vu leur voiture ? Avaient-elles une seule voiture ?

— C'était celle de Dotty. La Honda bleue. D'après ce que j'ai compris, Evelyn avait pris sa voiture, mais on la lui a volée au camping. Elle nous a raconté qu'elles étaient allées faire des courses à l'épicerie et que, à leur retour, la voiture et toutes leurs affaires avaient disparu. Vous vous rendez compte ?

Je lui donnai mon numéro de téléphone personnel en lui disant ne pas hésiter à m'appeler si jamais elle repensait à un détail qui pourrait nous être utile.

— Impasse, dis-je à Ranger. Mais j'ai appris pourquoi elles n'étaient pas restées au camping.

Je lui racontai le vol de la voiture.

— Le scénario le plus probable est que Dotty et Evelyn, au retour des courses, ont vu une voiture inconnue garée à côté de celle d'Evelyn et qu'elles ont décidé d'abandonner leurs affaires, dit Ranger.

— Et, ne les voyant pas revenir, Abruzzi aurait tout mis à sac.

— Moi, c'est ce que j'aurais fait. Tout pour les ralentir et ne pas leur faciliter la tâche.

Nous roulions dans Highland Park, approchant du pont qui enjambait la rivière Raritan. Nous nous retrouvions une fois de plus à court de pistes, mais, au moins, nous avions glané quelques informations. Nous ne savions pas où se trouvait Evelyn, mais nous savions par où elle était passée. Et qu'elle n'avait plus la Sentra.

Ranger s'arrêta à un feu et se tourna vers moi.

— Quand t'es-tu servie d'un revolver pour la dernière fois ? demanda-t-il.

— Il y a deux jours. J'ai tué un serpent. C'est une question piège ?

— Non. C'est une question de vie ou de mort. Tu devrais toujours avoir un revolver sur toi. Et te sentir à l'aise en le manipulant.

— OK, je te promets de prendre mon revolver la prochaine fois que je sors.

— Tu le chargeras ?

J'hésitai.

Coup d'œil de Ranger.

— Tu le chargeras, compris ?

— Oui, oui.

Il ouvrit la boîte à gants et en sortit un Smith & Wesson calibre .38 Spécial à cinq coups. On aurait dit le mien.

— Je suis passé chez toi ce matin et j'ai pris ça pour toi, dit Ranger. Je l'ai trouvé dans une boîte à biscuits.

— Les vrais durs rangent toujours leurs revolvers dans une boîte à biscuits.

— Nomme-m'en un.

— Jim Rockford*.

Sourire de Ranger.

— Un point pour toi.

Il prit une route qui bordait la rivière et, à environ un kilomètre, s'engagea dans un parking qui jouxtait une sorte de grand entrepôt.

— C'est quoi, ça ? demandai-je.

— Un stand de tir. Je veux que tu t'entraînes au maniement de ton revolver.

Il le fallait, je le savais, mais j'ai horreur des détonations et du mécanisme d'une arme à feu. Je n'aime pas l'idée de manipuler un engin créé avant tout pour provoquer de petites explosions. Je m'attends toujours à ce qu'un truc se coince et à m'arracher le pouce.

Ranger plaça le casque antibruit sur mes oreilles et les lunettes de protection sur mes yeux. Il aligna les balles à côté du

* Héros de la série télévisée des années 70-80 *Deux cents dollars plus les frais*. *(N.d.T.)*

revolver sur l'étagère de mon poste de tir. Il positionna la cible de papier à cinquante mètres. Si, un jour, je devais tirer sur quelqu'un, il y avait de fortes chances qu'il soit près de moi.

— OK, *baby*, dit-il, voyons ce que tu sais faire.

Je chargeai et tirai.

— Pas mal, dit Ranger. Maintenant, essaie en gardant les yeux ouverts.

Il corrigea la position de ma main et de mon corps. Je refis une tentative.

— C'est mieux, commenta-t-il.

Je m'entraînai jusqu'à en avoir mal au bras et ne plus avoir la force d'appuyer sur la détente.

— Comment tu te sens avec un revolver maintenant ? demanda Ranger.

— Plus à l'aise, mais je déteste toujours autant.

— Personne ne te demande d'aimer.

Lorsque nous repartîmes, l'après-midi touchait à sa fin et nous fûmes pris dans le flot des voitures qui regagnaient la ville à l'heure de pointe. Je manque de patience quand ça n'avance pas. Si j'avais conduit, j'aurais pesté, je me serais tapé la tête contre le volant. Ranger, lui, restait de marbre, dans son monde. Zen. À plusieurs reprises, j'aurais juré le voir arrêter de respirer.

Alors que nous atteignions l'embouteillage à l'entrée de Trenton, Ranger prit une bretelle de sortie, coupa par une rue transversale et se gara dans un petit parking coincé entre des boutiques à la façade en brique et des maisons jumelées de deux étages. La rue était étroite et obscure, même en plein jour. Les boutiques, sales, proposaient tout un bric-à-brac en vitrine. Des graffitis à la peinture aérosol noire recouvraient les murs des maisons à hauteur du rez-de-chaussée.

Si, à cet instant, un homme en avait surgi, en sang et le corps criblé de balles, je n'aurais même pas été surprise.

Je regardai à travers le pare-brise en me mordillant la lèvre inférieure.

— On ne va pas dans la cave de Batman, dis ?

— Non, *baby*. On va Chez Shorty, pour une pizza.

Une petite enseigne au néon surmontait la porte du bâtiment d'un côté du parking. Chez Shorty, proclamait-elle, effectivement. Les deux petites fenêtres donnant sur la rue étaient noircies de peinture. La porte, non vitrée, était en bois massif.

Je me tournai vers Ranger.

— Elles sont bonnes les pizzas, ici ?

J'avais tout fait pour empêcher ma voix de trembler, mais elle me paraissait coincée dans ma gorge et venir de très loin d'un recoin de ma tête. C'était la voix de la peur. Peur, le mot est sans doute trop fort. Après la semaine que je venais de passer, j'aurais peut-être dû le réserver à des situations où je suis en danger de mort. Mais, d'un autre côté, la peur, il y avait de ça…

— Superbonnes, répondit Ranger.

Il ouvrit ma portière.

L'afflux soudain de bruits et d'odeurs de pizza faillit me faire tomber à genoux. L'obscurité régnait dans la pizzeria. Des compartiments s'alignaient contre les murs et des tables encombraient le centre de la salle comble. Un juke-box démodé crachait de la musique dans un coin du fond. Chez Shorty, il y avait surtout des hommes. Les quelques femmes qui s'y trouvaient donnaient l'impression de pouvoir faire le poids. Les hommes portaient des bottes et des jeans de travail, il y avait des vieux et des jeunes au visage buriné par des années d'exposition au soleil et à la cigarette. Ils donnaient l'impression de ne pas avoir besoin d'un mode d'emploi pour se servir d'une arme.

Nous nous installâmes dans un coin assez sombre pour ne pas voir d'éventuelles taches de sang ou des cafards. Ranger paraissait à l'aise, dos contre le mur, sa chemise noire se fondant dans l'obscurité ambiante.

La serveuse était vêtue d'un T-shirt blanc et d'une minijupe noire « Chez Shorty ». Elle avait de gros lolos, des cheveux bruns bouclés et plus de mascara que je n'avais jamais réussi à en mettre, même mes jours de très forte angoisse. Elle sourit à Ranger comme si elle le connaissait mieux que moi.

— Qu'est-ce que je vous sers ? demanda-t-elle.

— Pizza et bière, répondit Ranger.

— Tu viens souvent ici ? lui demandai-je.

— Assez souvent. C'est un peu notre repaire. La moitié des clients sont du coin, et l'autre moitié des routiers de passage.

La serveuse posa des dessous de verre en carton sur le plateau éraflé de la table, puis un verre de bière fraîche sur chacun d'eux.

— Je croyais que tu ne buvais jamais, dis-je à Ranger. Tu sais, le trip hygiène du corps ? Et maintenant, du vin chez moi, de la bière ici…

— Je ne bois jamais pendant le travail. Et je ne prends jamais de cuite. Et côté hygiène du corps, quatre jours par semaine, ça le fait.

— Wouah, tu cours tout droit en enfer si tu manges des pizzas et si tu picoles les trois autres jours. Je me disais bien que j'avais remarqué un petit bourrelet de graisse au niveau de ton ventre.

Ranger haussa le sourcil.

— Un petit bourrelet de graisse au niveau de mon ventre. Et ailleurs, autre chose ?

— Peut-être le début d'un double menton.

En réalité, Ranger n'avait pas une once de gras sur sa personne. Il était la perfection faite corps. Il le savait aussi bien que moi.

Il but une gorgée de bière et me dévisagea.

— Tu ne crois pas que tu prends des risques en me chambrant alors que je suis le seul à pouvoir me dresser entre toi et le type, au bar, qui a un serpent tatoué sur le front ?

Je regardai le type en question.

— Il a l'air sympa.

Pour un tueur en série potentiel.

Sourire de Ranger.

— Il travaille pour moi.

12

À notre départ, le soleil rougeoyait au couchant.

— Je crois bien que c'est la meilleure pizza que j'aie jamais mangée de ma vie, dis-je à Ranger. Dans l'ensemble, cette expérience a été assez angoissante, mais la pizza superbonne.

— Shorty les fait lui-même.

— Lui aussi travaille pour toi ?

— Ouais. C'est mon traiteur pour tous mes cocktails.

Encore de l'humour à la Ranger. Du moins, je l'aurais juré.

— Où dors-tu cette nuit ? me demanda-t-il lorsque nous atteignîmes Hamilton Avenue.

— Toujours chez mes parents.

Il s'engagea dans le Bourg.

— Je vais demander à Tank de te livrer une nouvelle voiture. Tu la garderas jusqu'à ce que tu aies pu remplacer ta Honda. Ou que tu la bousilles encore une fois.

— Mais où te procures-tu toutes ces voitures ?

— Tu tiens vraiment à le savoir ?

Je réfléchis un quart de seconde.

— Non, répondis-je. Finalement, non. Si je le savais, tu serais obligé de me supprimer, c'est ça ?

— Plus ou moins.

Il s'arrêta devant chez mes parents, et nos regards se tournèrent vers la porte d'entrée. Ma mère et ma grand-mère s'y trouvaient, côte à côte, elles nous regardaient.

— C'est curieux, dit Ranger, j'ai toujours l'impression que ta grand-mère me lorgne d'un air bizarre.

— Elle aimerait te voir tout nu.

— J'aurais préféré ne pas le savoir, *baby*.

— Toutes les femmes que je connais veulent te voir nu.

— Et toi ?

— Moi ? Ça ne m'a jamais effleurée !

Je retins mon souffle, espérant que Dieu n'allait pas me foudroyer sur place pour avoir proféré ce gros mensonge.

Je bondis hors de la voiture et courus à l'intérieur de la maison.

Mamie Mazur m'attendait dans l'entrée.

— Il m'est arrivé un truc absolument dingue aujourd'hui, dit-elle. Je rentrais de chez le boulanger, une voiture m'a dépassée, et figure-toi qu'elle était conduite par un lapin. Et tiens-toi bien, ce n'est pas tout : le lapin m'a tendu une enveloppe de réexpédition de la poste en me disant de te la remettre. Ça s'est passé très vite. Une fois qu'il a été parti, je me suis souvenue que c'était un lapin qui avait fait sauter ta voiture. Tu crois que ça pourrait être le même ?

D'ordinaire, je l'aurais questionnée. Quelle marque de voiture était-ce? As-tu relevé le numéro d'immatriculation? Là, c'était inutile. Les voitures n'étaient jamais les mêmes, et toujours volées.

Je pris l'enveloppe cachetée qu'elle me tendait, l'ouvris prudemment et regardai à l'intérieur. Des photos. Des photos de moi endormie dans le canapé de mes parents. Elles avaient été prises la veille au soir. Quelqu'un s'était introduit dans la maison, m'avait observée pendant mon sommeil et photographiée. Le tout, à mon insu. L'intrus avait bien choisi son moment : je dormais comme une souche grâce à la mégamargarita et à ma nuit blanche de la veille.

— C'est quoi, dans l'enveloppe? demanda Mamie. Des photos, c'est ça ?

— Rien d'intéressant. Tu as dû tomber sur un lapin farceur.

Ma mère paraissait plus soupçonneuse, mais elle garda le silence. D'ici la fin de la soirée, nous aurions droit à une fournée de cookies frais et elle aurait fait tout le repassage. Sa façon à elle de gérer le stress.

J'empruntai la Buick, et me rendis chez Morelli. Il n'habitait pas très loin de chez mes parents, dans un quartier qui ressemblait au Bourg comme deux gouttes d'eau. Il avait hérité de la maison de sa tante, et, à l'usage, elle lui convenait parfaitement. La vie est pleine de surprises. Joe Morelli, le fléau de Trenton High, le motard, le tombeur de ces dames, le bagarreur de bar, était devenu un propriétaire respectable. Avec les années, Morelli avait même réussi à mûrir. Pas un petit exploit pour un homme de cette famille-là.

Bob courut vers moi en me voyant à la porte. Ses yeux brillaient de joie, il me sautait dessus en remuant la queue. Morelli se montra moins expansif.

— Que t'arrive-t-il ? me demanda-t-il en jaugeant mon T-shirt.

— Un truc horrible.

— Tu parles d'une surprise.

— Plus horrible que d'habitude.

— Alors, il vaut mieux que je boive un verre avant que tu me racontes ?

Je lui tendis les photos.

— Jolies, commenta-t-il, mais je t'ai déjà vue dormir en maintes occasions.

— Elles ont été prises la nuit dernière à mon insu. Un lapin géant a arrêté Mamie dans la rue en lui disant de me les remettre.

Haussement de sourcils morellien.

— Es-tu en train de me dire que quelqu'un s'est introduit chez tes parents et a pris ces photos de toi pendant que tu dormais ?

— Oui.

Je m'efforçais de rester calme mais, au fond de moi, j'étais effondrée. L'idée que quelqu'un, Abruzzi en personne ou l'un de ses sbires, se soit planté près de moi et m'ait regardée dormir me rendait extrêmement nerveuse. Je me sentais violée dans mon intimité, vulnérable.

— Ce type ne manque pas d'air, dit Morelli.

Il s'était exprimé d'une voix calme, mais les mâchoires crispées. Le connaissant, je savais qu'il luttait pour dominer sa colère. Plus jeune, il aurait sûrement jeté une chaise par la fenêtre.

— Je ne voudrais pas critiquer la police de Trenton, dis-je, mais ne crois-tu pas qu'elle pourrait capturer ce foutu lapin ? Il va où bon lui semble et distribue des photos de moi à la ronde.

— Vous aviez fermé toutes les portes hier soir ?

— Oui.

— Quel genre de verrou ?

— À bouton.

— Un expert ne met pas beaucoup de temps à forcer un tel verrou. Tu pourrais peut-être convaincre tes parents de faire poser une chaînette de sécurité ?

— Je peux toujours essayer. Je ne voudrais pas les alarmer avec ces photos. Ils aiment leur maison, et s'y sentent en sécurité. Je ne tiens pas à leur retirer ça.

— Oui, seulement un fou te harcèle.

Nous nous trouvions toujours dans l'entrée, et Bob pressait son museau contre ma jambe. Je baissai les yeux et avisai sur mon jean une grosse tache de bave au-dessus du genou. Je gratouillai la tête du chien et lui tiraillai les oreilles.

— Je ne peux plus rester chez mes parents, dis-je. Je ne veux leur faire courir aucun risque.

— Tu sais où tu peux rester.

— Et te mettre en danger ?

— Le danger, j'y suis habitué.

C'était vrai. Mais c'était aussi le point de départ de presque toutes nos querelles, et la raison principale de notre rupture. Ça, plus mon incapacité à trancher. Morelli ne voulait pas d'une chasseuse de primes pour épouse. Il ne voulait pas que la mère de ses enfants passe son temps à éviter la trajectoire de balles. Je ne pouvais lui en vouloir.

— Je te remercie, lui dis-je. Je vais peut-être te prendre au mot. Je pourrais aussi demander à Ranger de m'installer dans une de ses planques, ou réintégrer mon appart mais, dans ce cas-là, il faudrait que je fasse installer un système de sécurité. Je n'ai plus envie de trouver de mauvaises surprises en rentrant.

Malheureusement, c'était au-dessus de mes moyens. De toute façon, cela n'avait aucune importance car je ne pouvais me résoudre à m'approcher à moins de cinquante mètres de mon canapé plein de microbes de mort.

— Que comptes-tu faire pour cette nuit ?

— Je vais rester chez mes parents pour m'assurer qu'ils ne reçoivent pas de visites inopportunes. Demain, j'irai ailleurs. Je pense qu'ils ne courront aucun danger une fois que je ne serai plus là.

— Tu comptes veiller toute la nuit ?

— Ouais. Tu pourras me rejoindre plus tard si tu veux, on jouera au Monopoly.

Morelli me sourit.

— Au Monopoly, hein ? Comment refuser ça ? À quelle heure ta grand-mère va-t-elle se coucher ?

— Après les infos de onze heures.

— Je passerai vers minuit.

Je me remis à gratouiller l'oreille de Bob.

— Qu'y a-t-il ? demanda Joe.

— Il y a *nous*.

— Il n'y a pas de *nous*.

— Moi, j'ai l'impression que si, un peu.

— Je vais te dire ce que je pense. Je pense qu'il y a toi et moi et que, de temps en temps, on est ensemble. Mais il n'y a pas de *nous*.

— Ça fait un peu seul, tout ça.

— Ne complique pas les choses.

Je montai dans la Buick, et partis à la recherche d'un magasin de jouets. Une heure plus tard, j'avais fini mon shopping et reprenais tranquillement le chemin de chez mes parents. Dans Hamilton Avenue, je m'arrêtai à un feu et, dans la seconde, on m'emboutissait à l'arrière. Pas une forte collision. Plutôt une petite secousse suffisante pour faire vibrer la Buick, mais pas pour me projeter vers l'avant. Ma première réaction fut celle de ma mère face à tout ce qui pouvait lui compliquer la vie : *Pourquoi moi ?* Il ne devait pas y avoir de gros dégâts, mais ça allait tout de même être enquiquinant au possible. Je mis le frein à main, passai au point mort et, prête à descendre pour inspecter l'état de la carrosserie, soupirai en lançant un coup d'œil dans le rétroviseur.

Dans l'obscurité, je ne voyais pas grand-chose, mais le peu que je distinguais ne me disait rien de bon. Des oreilles. De longues oreilles de lapin de part et d'autre de la tête du conducteur. Je me retournai dans mon siège et scrutai intensément à travers le pare-brise arrière. Le lapin fit reculer sa voiture de trois ou quatre mètres, et vlan, il m'emboutit de nouveau. Plus fort, cette fois. Assez fort pour que la Buick fasse un soubresaut.

Merde.

Je débloquai le frein à main, enclenchai la première et repartis, grillant le feu rouge. Le lapin me collait. Je tournai dans Chambers Street et enfilai les rues à toute vitesse pour finir par m'arrêter devant chez Morelli. Je ne voyais plus la lueur de phares derrière moi, mais cela ne me garantissait pas que le lapin ait renoncé. Il avait pu couper ses phares et se garer. Je bondis hors de la Buick et courus jusqu'au perron de Morelli où je sonnai de toutes mes forces avant de tambouriner à la porte en criant :

— Ouuuuuuvre !

Morelli m'ouvrit et je me précipitai à l'intérieur.

— Le lapin me poursuit !

Morelli regarda à l'extérieur des deux côtés de la rue.

— Je ne vois aucun lapin, dit-il.

— Il est en voiture. Il m'a tamponnée dans Hamilton Avenue et il m'a suivie jusqu'ici.

— Quelle marque, la voiture ?

— Je ne sais pas ! Il fait nuit. Je ne voyais que ses deux longues oreilles qui pointaient au-dessus du volant.

Mon cœur battait à tout rompre, et j'avais toutes les peines du monde à respirer calmement.

— Je craque, dis-je. Ce type va me rendre folle. Un lapin, nom de nom ! Il faut avoir l'esprit tordu pour faire harceler une femme par un lapin, non ?

Évidemment, tout en tempêtant contre le lapin et l'intelligence démoniaque de son créateur, je n'oubliais pas que tout cela était en partie de ma faute. C'était moi qui avais dit à Abruzzi que j'aimais bien les lapins.

— Comme nous n'avons pas rendu publique l'implication d'un lapin dans le meurtre de Soder, il y a relativement peu de chances que nous ayons affaire à un imitateur, dit Morelli. Toujours dans l'hypothèse qu'Abruzzi soit derrière tout ça, alors oui, il a l'esprit tordu mais aussi très vif. Il n'a pas la réputation d'être stupide.

— Tout juste fou ?

— Fou à lier. Il paraît qu'il collectionne les anciens uniformes militaires et qu'il les porte quand il joue à ses jeux de guerre. Il semble qu'il aime particulièrement s'habiller en Napoléon.

La vision d'Abruzzi déguisé en Napoléon m'arracha un sourire. Il devait paraître ridicule, tout juste en deuxième position derrière le type accoutré en lapin.

— Le lapin a dû me suivre depuis la maison de mes parents, dis-je à Morelli.

— Où es-tu allée en partant d'ici ?

— Acheter un Monopoly. J'ai trouvé une des premières versions, je te dis tout de suite que je veux avoir un pion Voiture de course.

Morelli décrocha la laisse de Bob d'une patère de l'entrée et prit son blouson.

— Je te raccompagne, dit-il, mais à condition que tu me laisses la Voiture de course si jamais ta grand-mère veut jouer avec nous. C'est le moins que tu puisses faire pour moi…

À quatre heures du matin, je me réveillai en sursaut, assise sur le canapé avec Morelli. Je m'étais endormie dans ses bras. J'avais perdu deux parties de Monopoly, puis nous nous étions rabattus sur la télévision. Elle était éteinte à présent, et Morelli s'était avachi, son revolver posé sur la table basse à côté de son téléphone portable. Les lumières étaient éteintes à l'exception du plafonnier de la cuisine. Bob, lui, roupillait à nos pieds.

— Il y a quelqu'un dehors, dit Morelli. J'ai appelé une voiture.

— C'est le lapin ?

— Je ne sais pas. Je ne veux pas aller regarder par la fenêtre et faire fuir l'intrus avant l'arrivée de la police. Il a essayé d'ouvrir la porte de devant, puis a contourné la maison et tenté d'ouvrir l'autre porte.

— Je n'entends pas de sirènes.

— Ils ne les mettront pas, chuchota-t-il. J'ai eu Mickey Lauder et je lui ai demandé de venir en voiture banalisée et de s'approcher à pied.

Un bruit étouffé résonna derrière la maison, suivi de beaucoup de cris. Morelli et moi nous levâmes d'un bond et courûmes vers le jardin. J'allumai la lumière de la véranda. Mickey Lauder et deux policiers en uniforme plaquaient deux personnes au sol.

— Pfff, souffla Morelli en souriant. C'est ta sœur et Albert Khloune.

Mickey Lauder se marrait lui aussi. Il était sorti avec Val au lycée.

— Excuse, lui dit-il en l'aidant à se relever. Je ne t'avais pas reconnue. Tu te teins les cheveux maintenant ?

— Tu es marié ? rétorqua Valérie.

— Ouais, et comment ! J'ai quatre enfants.

— Simple curiosité, dit Valérie avec un soupir.

— Je suis pour ainsi dire certain qu'elle n'a rien fait d'illégal, dit Khloune toujours étalé par terre. Elle n'arrivait pas à entrer, les portes étaient fermées à clé et elle ne voulait réveiller personne. Ça n'aurait pas été une effraction, hein ? On a le droit de forcer la porte de chez soi, hein ? On est bien obligé de le faire quand on oublie ses clés, hein ?

— Je t'ai vue monter te coucher avec les petites, dis-je à Valérie. Par où es-tu sortie ?

— Par où tu sortais en cachette quand tu étais au lycée, me dit Morelli dont le sourire s'élargit. Par la fenêtre de la salle de bains, elle a sauté sur le toit de la véranda puis sur la poubelle.

— Vous devez être un super coup, Khloune, dit Lauder bien décidé à continuer à s'amuser. Moi, je n'ai jamais réussi à la persuader de sortir en cachette.

— Sans vouloir me vanter, je m'y connais, dit Khloune.

Mamie Mazur apparut derrière moi, en robe de chambre.

— Qu'est-ce qui se passe ?

— Val vient de se faire pincer par la police.

— C'est vrai ? Bien fait pour elle.

Morelli coinça son revolver dans la ceinture de son jean.

— Je vais chercher mon blouson et Lauder va me déposer chez moi, dit-il. Tu ne risques plus rien maintenant. Ta grand-mère peut veiller avec toi. Désolé pour le Monopoly, mais tu ne sais vraiment pas y jouer.

— Je t'ai *laissé* gagner parce que tu me rendais service.

— Ouais, c'est ça.

— Je m'en veux d'interrompre ton petit déjeuner, me dit Mamie, mais il y a un grand type qui fait peur à la porte, et il veut te parler. Il m'a dit qu'il te livrait une voiture.

Ça devait être Tank.

J'allai à la porte et Tank me tendit un trousseau de clés. Je regardai derrière lui, vers le trottoir. Ranger me prêtait une nouvelle Honda CR-V noire, assez semblable à celle qui avait explosé. Je me doutais par expérience qu'il devait s'agir du tout dernier modèle et qu'un mouchard de localisation était caché dans un endroit où je ne penserais jamais à le chercher. Ranger aimait avoir à l'œil ses voitures et leurs utilisateurs. Une Land Rover noire flambant neuve, avec chauffeur, était garée derrière la Honda.

— Ça aussi, c'est pour toi, me dit Tank en me tendant un téléphone portable. Il est programmé à ton ancien numéro.

Et le voilà parti.

— Il travaille pour la société de location ? demanda Mamie Mazur en le regardant s'éloigner.

— Plus ou moins.

Je regagnai la cuisine et je finis de boire mon café en appelant chez moi pour vérifier si j'avais des messages. Deux de ma compagnie d'assurances. Le premier, pour m'annoncer que je recevrais des formulaires par courrier recommandé. Le deuxième, pour m'informer de ma radiation. Puis, trois sans paroles, uniquement une respiration. Je la mis sur le compte du lapin. Et un dernier de Carol Nadich, la voisine d'Evelyn.

« Bonjour, Stéph, je n'ai pas revu Evelyn ni Annie, mais il se passe quelque chose de bizarre ici. Appelez-moi quand vous aurez un moment. »

— Je sors ! annonçai-je à ma mère et à ma grand-mère. Je prends mes affaires, je vais passer deux ou trois jours ailleurs. Je vous laisse Rex.

Ma mère, qui épluchait des légumes pour faire de la soupe, leva les yeux vers moi.

— Tu ne vas pas de nouveau t'installer chez Morelli, au moins ? Je ne sais plus quoi répondre aux voisins. Qu'est-ce que je vais leur dire ?

— Non, je ne vais pas chez Joe, et tu n'as qu'à rien raconter à personne. En plus, il n'y a rien à dire. Si tu veux me parler, appelle-moi sur mon portable.

Arrivée à la porte, je me retournai et lançai, mine de rien :

— Joe pense que vous devriez faire poser une chaînette de sécurité. Il trouve que le simple verrouillage des portes n'est pas assez sûr.

— Que veux-tu qu'il arrive ? dit ma mère. Il n'y a rien à voler ici. C'est un quartier tranquille. Il ne s'y passe jamais rien.

Je charriai mon sac jusqu'à la voiture, le jetai sur la banquette arrière et me glissai au volant. Mieux valait parler à Carol en personne. Il me fallut moins de deux minutes pour atteindre sa rue. Je me garai et surveillai les alentours. À première vue, rien d'anormal. Je frappai chez elle et elle vint m'ouvrir.

— Tranquille, la rue, lui dis-je. Où sont-ils tous passés ?

— Au football. Tous les pères de famille et tous les enfants vont au foot le samedi.

— Alors, qu'y a-t-il de bizarre ?

— Vous connaissez les Pagarelli ?

Je fis non de la tête.

— Ce sont les voisins de Betty Lando. Ils ont emménagé il y a cinq ou six mois. Le vieux Pagarelli reste assis toute la journée sur la véranda. Il est veuf, il habite chez son fils et sa belle-fille. Elle lui interdit de fumer dans la maison, c'est pour ça qu'il est toujours dehors. Bref, Betty m'a raconté que, l'autre jour, il n'arrêtait pas de se vanter de travailler pour Eddie Abruzzi. Il lui a dit qu'Abruzzi le payait pour surveiller ma maison. Ça fait peur, non ? Je veux dire, qu'est-ce que ça peut lui faire qu'Evelyn soit partie ? Je ne vois pas où est le problème du moment qu'elle paie son loyer.

— Autre chose ?

— La voiture d'Evelyn est garée dans son allée. Elle a réapparu ce matin.

Cette nouvelle me sapa le moral. Stéphanie Plum, détective hors pair : j'étais passée devant chez Evelyn et je n'avais rien remarqué.

— Vous avez entendu quelque chose ? Vous avez vu quelqu'un ?

— Non. Lenny s'en est rendu compte quand il est sorti acheter le journal.

— Vous avez remarqué la présence de quelqu'un à côté ?

— Seulement vous.

Je grimaçai.

— Au début, plein de gens recherchaient Evelyn, reprit Carol. Soder et ses potes. Abruzzi. Soder rentrait dans la maison en faisant comme chez lui. Je suppose qu'il avait une clé. Abruzzi, pareil.

Je tournai la tête vers le perron de chez Evelyn.

— Vous pensez qu'elle pourrait être là en ce moment ?

— J'ai frappé et j'ai regardé par la fenêtre de derrière, mais je n'ai vu personne.

Je me dirigeai vers la maison d'Evelyn, Carol sur mes talons. Je frappai à la porte, très fort. Je collai l'oreille contre la fenêtre côté rue. Je haussai les épaules.

— Il n'y a personne, hein ? dit Carol.

Nous contournâmes la maison pour regarder par la fenêtre de la cuisine. À première vue, on n'avait touché à rien. Je tournai la poignée de la porte. Toujours fermée à clé. Quel dommage que la vitre ait été réparée, j'aurais bien voulu entrer. Je m'accordai un autre haussement d'épaules.

Je m'approchai de la voiture, toujours suivie de Carol. Nous nous arrêtâmes à quelques mètres.

— Je n'ai pas regardé à l'intérieur, dit Carol.

— Vous devriez, lui suggérai-je.

— Vous d'abord.

Je pris une inspiration et fis deux pas de géant vers la voiture. Je regardai à l'intérieur et soupirai, soulagée. Pas de mort. Pas de corps démembrés. Pas de lapins. Cela dit, de près, ça ne sentait pas très bon.

— On ferait peut-être mieux d'appeler la police, dis-je.

Il y a eu des moments, dans ma vie, où la curiosité l'a emporté sur la raison. Là, ce ne serait pas le cas. La voiture trônait dans l'allée, portières non verrouillées, clé pendillant sur le contact. J'aurais pu facilement ouvrir le coffre pour voir ce qu'il contenait, mais je n'en éprouvais pas le désir. J'avais l'intuition d'avoir identifié l'origine de la mauvaise odeur. Découvrir Soder sur mon canapé représentait une expérience suffisamment traumatique. Je n'avais pas spécialement envie d'être celle qui trouverait Evelyn ou Annie dans le coffre de la voiture.

Carol et moi, blotties l'une contre l'autre sur sa véranda, attendîmes l'arrivée de la police. Ni elle ni moi n'éprouvions l'envie d'exprimer le fond de notre pensée. C'était trop affreux pour spéculer à voix haute.

Je me levai à l'arrivée des deux voitures de police, mais sans descendre de la véranda. Costanza sortit de l'un des véhicules.

— Ce que tu es pâle, me dit-il. Ça va ?

Je me contentai de faire oui de la tête. Je craignais trop que ma voix flanche.

Bouledogue s'était approché du coffre. Il l'ouvrit et se figea, mains sur les hanches.

— Viens voir ça, dit-il à Costanza.

Ce dernier le rejoignit.

— Bon Dieu de bon Dieu, s'exclama-t-il.

Carol et moi nous tenions la main pour nous soutenir.

— Dis-moi ! criai-je à Costanza.

— Tu es sûre que tu veux savoir ?

Je le lui confirmai d'un signe de tête.

— C'est un mec mort déguisé en ours.

La terre cessa de tourner un bref instant.

— Ce n'est ni Evelyn ni Annie ?

— Non, je te dis que c'est un mec mort déguisé en ours. Viens constater par toi-même.

— Je te crois sur parole.

— Ta grand-mère sera très déçue si tu ne regardes pas ça. Ce n'est pas tous les jours qu'on voit un mort déguisé en ours.

La camionnette de l'aide médicale d'urgence arriva sur ces entrefaites, suivie de deux voitures banalisées. Costanza tendit un cordon de protection autour de la voiture.

Morelli se gara contre le trottoir d'en face, s'approcha, regarda dans le coffre puis se tourna vers moi.

— C'est un mort déguisé en ours.

— C'est ce qu'on m'a dit.

— Ta grand-mère ne te pardonnera jamais si tu n'y jettes pas un coup d'œil.

— Est-ce vraiment indispensable ?

Morelli considéra le corps.

— Non, sans doute que non, dit-il. À qui appartient cette voiture ?

— À Evelyn, mais personne ne l'a vue. Carol m'a dit que son mari avait remarqué la voiture ce matin. C'est toi qui t'occupes de cette affaire ?

— Non. C'est Benny. Je suis venu en touriste. Bob et moi partions nous promener au parc quand j'ai entendu l'appel radio.

Je vis Bob qui nous regardait depuis sa place dans le coffre, truffe pressée contre la vitre, haletant.

— Je vais bien, dis-je à Morelli. Je t'appelle quand j'en aurai terminé ici.

— Tu as un nouveau téléphone ?

— Il était inclus avec la Honda.

Morelli se tourna vers la voiture.

— Une location ? demanda-t-il.

— Plus ou moins.

— Putain, Stéph, ne me dis pas que c'est encore Ranger qui t'a passé une bagnole ! Non, tais-toi ! Je ne veux rien savoir.

Il me lança un regard de biais.

— Tu lui as déjà demandé d'où il tenait toutes ces voitures ?

— Il m'a répondu que s'il me le disait, il devrait me tuer.

— Jamais tu ne te dis qu'il ne plaisante peut-être pas ?

Il monta dans son pick-up, boucla sa ceinture et démarra.

— Qui est Bob ? demanda Carol.

— Bob, c'est celui qui est à l'arrière, langue pendante.

— J'aurais la langue aussi pendante si j'étais à l'arrière du pick-up de Morelli, fit remarquer Carol.

Benny s'approcha de nous, calepin en main. Âgé d'une quarantaine d'années, il envisageait sans doute de prendre sa retraite d'ici deux ou trois ans. Une affaire comme celle-ci ne devait rendre cette perspective que plus attrayante. Je ne le connaissais pas personnellement, mais Morelli me parlait de lui de temps en temps. D'après lui, c'était un flic bien, réglo.

— J'ai quelques questions à vous poser, dit-il.

Je commençais à les connaître par cœur, ces questions.

Je m'assis sur la véranda, tournant délibérément le dos à la voiture. Je n'avais pas envie de les voir sortir le corps du coffre. Benny s'assit en face de moi. Plus loin, derrière lui, je vis Pagarelli père. Il nous regardait. Je me demandai si Abruzzi nous observait lui aussi.

— Vous savez quoi ? dis-je à Benny. Ça commence à me gonfler.

Il prit un air navré.

— J'ai bientôt fini.

— Pas vous. Tout ça. L'ours, le lapin, le canapé, tout.

— Vous avez déjà envisagé de changer de travail ?

— J'y pense à chaque minute de la journée.

Mais bon, parfois, ce boulot a de bons côtés.

— Je dois partir, dis-je. J'ai à faire.

Benny referma son petit calepin de flic.

— Soyez prudente.

C'était bien mon intention. Je bondis dans la Honda et contournai en souplesse les véhicules des soins d'urgence qui bloquaient la rue. Pas encore midi. Lula serait toujours à l'agence. Il fallait que j'aille parler à Abruzzi, mais j'avais trop la pétoche pour l'affronter toute seule.

Je me garai contre le trottoir et entrai comme une bourrasque.

— J'ai deux mots à dire à Eddie Abruzzi, annonçai-je à Connie. Tu ne saurais pas où je peux le trouver, par hasard ?

— Il a un bureau dans le centre-ville, mais je ne sais pas s'il y sera un samedi.

— Moi, je sais où tu le trouveras ! cria Vinnie de son antre. À l'hippodrome. Il y va tous les samedis, qu'il neige ou qu'il vente, du moment que les courses ont lieu.

— À Monmouth ? demandai-je.

— Ouais. Il sera en bord de piste, contre la balustrade.

Je lançai un coup d'œil à Lula.

— Ça te dit de faire un saut à l'hippodrome ?

— Et comment ! Je sens que c'est un jour de chance pour moi. Je vais peut-être même parier. Mon horoscope dit que je prendrai de bonnes décisions aujourd'hui. Toi, en revanche, faut que tu fasses gaffe, ton horoscope d'aujourd'hui, il craint, je te dis pas.

Ça ne m'étonnait pas.

— Je vois que t'as une nouvelle bagnole, reprit Lula. Tu la loues ?

Je ne desserrai pas les lèvres.

Lula et Connie échangèrent des regards entendus.

— Cousine, dit Lula, va bien falloir que tu la *paies* cette bagnole, et je voudrai connaître tous les détails. T'as intérêt à prendre des notes.

— Moi, je veux les mensurations, ajouta Connie.

C'était une belle journée, et ça roulait bien. Nous avions pris la direction de la plage. Une chance : on n'était pas en juillet, sinon la route aurait ressemblé à un parking.

— Ton horoscope disait pas que t'allais faire de bons choix, dit Lula. Alors, je pense qu'il vaut mieux que ce soit moi qui décide de ce qu'on fait aujourd'hui. Et j'ai décidé qu'on ferait mieux de jouer aux courses et de pas s'approcher d'Abruzzi. De toute façon, de quoi tu veux lui parler ? Qu'est-ce que tu vas lui dire, à ce type ?

— Je n'y ai pas encore réfléchi, mais ce serait dans la lignée de « ne me faites plus chier ».

— Oh, oh. Moi, je dirais que c'est pas une bonne décision, ça.

— Benito Ramirez aimait inspirer la peur. J'ai l'intuition qu'Abruzzi est pareil. Je veux lui montrer que ça ne marche pas avec moi.

Je veux savoir ce qu'il cherche à récupérer et pourquoi Evelyn et Annie sont si importantes à ses yeux.

— Ramirez aimait pas seulement inspirer la peur, dit Lula. Ça, c'était que le commencement. Les préliminaires. Il aimait faire mal. Et il te faisait mal jusqu'à ce que tu en meures… ou que tu souhaites en mourir.

Je réfléchis à cela pendant la quarantaine de minutes qu'il nous fallut pour atteindre l'hippodrome. Le plus horrible, c'est que c'était vrai. J'était bien placée pour le savoir : c'était moi qui avais secouru Lula après qu'elle fut passée entre les mains de Ramirez. Trouver Soder chez moi, c'était une promenade de santé par comparaison à la découverte de Lula.

— Voilà l'idée que je me fais d'un bon job, déclara Lula comme je garais la voiture au parking. Tout le monde a pas un bon job comme le nôtre. Bon, d'accord, de temps en temps, on se fait tirer dessus, mais d'un autre côté, aujourd'hui, on n'est pas coincées dans un bureau minable.

— Aujourd'hui, c'est samedi. La majorité des gens ne travaillent pas.

— Ah, ouais. Mais on pourrait venir ici le mercredi si on voulait.

Mon téléphone portable sonna.

— Joue dix dollars gagnant sur Roger Dodger dans la cinquième, me dit Ranger.

Et il raccrocha.

— Alors ? demanda Lula.

— Ranger. Il veut que je parie dix dollars sur Roger Dodger dans la cinquième.

— Tu l'avais prévenu qu'on allait aux courses ?

— Non.

— Comment il fait ça ? Comment il sait où on est ? C'est pas un humain, je te dis. Il vient de l'espace ou d'ailleurs.

Nous regardâmes autour de nous pour voir s'il nous avait suivies. Je n'avais même pas pensé à vérifier dans le rétroviseur qu'on ne nous filait pas.

— Il a sans doute placé un mouchard dans la voiture, dis-je. Comme le GPS, sauf que les rapports de localisation sont envoyés directement à la grotte de Batman.

Entraînées par la marée humaine, nous franchîmes les grilles et pénétrâmes dans les entrailles des tribunes. La première course venait de commencer. L'odeur de sueur due à la nervosité généralisée gagnait déjà le hall des guichets. L'anxiété et l'espoir collectifs alliés à l'énergie frénétique commune à tous les champs de course électrisaient l'air.

Lula roulait des yeux, ne sachant où aller en entendant les appels contradictoires pour des Nachos, de la bière et les paris à cinq dollars.

— Faut qu'on ait une feuille de paris, dit-elle. Il nous reste combien de temps ? Je veux pas rater cette course. Y a un cheval qui s'appelle Bonne Décision. C'est un signe de Dieu. D'abord, mon horoscope, et maintenant ça. Je devais venir ici aujourd'hui et parier sur ce cheval. Pousse-toi. Tu me bloques le passage !

Je restais plantée au milieu du hall en attendant que Lula ait placé son pari. Tout autour de moi, des gens parlaient de chevaux et de jockeys, profitant pleinement de ce moment de détente. Moi, de mon côté, je ne me sentais pas particulièrement détendue. Je ne pouvais chasser Abruzzi de mes pensées. On me harcelait. On manipulait mes émotions. On menaçait ma sécurité. J'étais furieuse, j'en avais ras le bol. Lula avait absolument raison au sujet de Benito Ramirez, de sa cruauté, de son sadisme. Elle avait sans doute raison aussi quand elle disait que parler à Abruzzi était une mauvaise idée. Pourtant, j'allais le faire. C'était plus fort que moi. Bien entendu, il fallait d'abord que je le trouve, et ça s'annonçait moins facile que je ne m'y attendais. Je ne m'étais pas doutée que le bord de piste était si vaste et que tant de gens s'y rassemblaient.

Le tintement de la cloche annonça la fermeture des guichets, et Lula se précipita sur moi.

— C'est fait ! cria-t-elle. Juste à temps ! Faut se grouiller si on veut s'asseoir. Je veux pas rater ça. Mon cheval va gagner, je le sens. C'est un outsider, en plus. On dîne au restau, ce soir. C'est moi qui t'invite.

Nous trouvâmes des places assises dans les tribunes tandis que les chevaux gagnaient la ligne de départ. Dans ma Honda, je laissais toujours des minijumelles dans la boîte à gants. Malheureusement, à l'heure qu'il était, elles n'étaient sans doute plus qu'un petit tas de verre et de plastique fondus, aussi plat qu'une pièce de monnaie.

Je scrutai méthodiquement la foule agglutinée au bord de la piste, dans l'espoir de repérer Abruzzi. Les chevaux s'élancèrent, et la masse de gens se rua en avant en criant et en agitant des programmes. Impossible de voir autre chose que des taches de couleur. À côté de moi, Lula sautait sur place en hurlant.

— Fonce, espèce d'enfoiré ! braillait-elle. Vas-y, vas-y, mais vas-y putain de meeeeeerde !

Je ne savais trop que souhaiter. J'avais envie qu'elle gagne, mais je craignais, si tel était le cas, qu'elle ne me bassine avec ses horoscopes.

Les chevaux franchirent la ligne d'arrivée, Lula sautait toujours sur place.

— Ouiiiii ! criait-elle. Oui, oui, oui !

Je me tournai vers elle.

— Tu as gagné ?

— Et comment que j'ai gagné. J'ai gagné gros. Vingt contre un. Y doit y avoir que moi dans tout ce foutu endroit qui ai parié sur cette merveille sur pattes. Je vais toucher mon fric. Tu viens ?

— Non. Je t'attends ici. La foule se disperse, je veux essayer de repérer Abruzzi.

13

Une partie du problème venait du fait que je voyais de dos tous les gens au bord de la piste. Il est déjà très difficile de reconnaître ainsi un ami intime, mais cela devient presque impossible lorsqu'on cherche quelqu'un rencontré brièvement à deux occasions.

— Tu vas pas le croire, s'exclama Lula en se laissant tomber sur le siège à côté du mien. Je viens de regarder le diable droit dans les yeux.

Serrant son ticket dans la main, elle se signa.

— Sainte Marie mère de Dieu, voilà que je fais le signe de croix moi, maintenant ! Qu'est-ce qui m'arrive ? Je suis baptiste. On fait pas toutes ces conneries, nous.

— Le diable ?

— Abruzzi ! J'ai failli lui rentrer dedans. Je revenais de toucher mes gains, et je suis tombée sur lui comme si c'était le destin. Il m'a matée, j'ai croisé son regard et j'ai failli faire dans ma culotte. Ça me glace les sangs de voir ces yeux-là.

— Qu'est-ce qu'il t'a dit ?

— Rien. Il m'a juste souri. Un de ces sourires qui balafrent le visage et se reflètent pas dans les yeux. Puis, hypercalme, il s'est tourné et il s'est barré.

— Il était seul ? Comment est-il habillé ?

— Il était encore avec l'autre gars, Darrow. Je crois que ça doit être son garde du corps, celui-là, et non, je peux pas te dire ce qu'il portait. Dès que je me trouve à un mètre de lui, j'ai l'impression que mon cerveau se paralyse et que je suis happée par son regard à faire peur.

Lula frissonna.

— Brrrrrr, fit-elle.

Au moins, je savais qu'Abruzzi était là. Accompagné de Darrow. Je me remis à scruter la foule. Je reconnaissais quelques personnes à présent. Elles se déplaçaient vers les guichets pour parier, puis regagnaient leur place de prédilection, en bord de piste.

Il y avait des gens du New Jersey, de jeunes gars en T-shirts, en treillis et jean, des types plus âgés en pantalon de polyester Sansabelt et polo de golf à col trois boutons. Leurs visages exprimaient une grande agitation – on ne dissimule guère ses sentiments dans le New Jersey –, et leurs corps étaient rembourrés d'une bonne couche protectrice de graisse due à une forte consommation de poissons panés et de hot dogs.

Du coin de l'œil, je vis que Lula se signait une fois encore.

— Ça rassure, dit-elle, ayant surpris mon regard. Je pense que les cathos, ils ont trouvé le bon truc, là.

Le départ de la troisième course fut donné et Lula bondit de son siège.

— Fonce, Milady ! hurla-t-elle. Mi-lady ! Mi-ladyyyyy !

Milady coiffa les autres chevaux au poteau et Lula en resta comme deux ronds de flan.

— J'ai encore gagné, dit-elle. Y a un problème. Je gagne jamais d'habitude.

— Pourquoi as-tu joué Milady ?

— Ça m'a paru évident. Parce que je suis une lady.

— Tu te prends pour une lady ?

— Y a intérêt.

Cette fois, je quittai les tribunes avec elle et la suivis dans le hall des guichets. Elle avançait prudemment en regardant autour d'elle, espérant éviter de recroiser Abruzzi. Moi aussi, je regardais autour de moi, mais pour la raison inverse.

Soudain, elle se figea.

— Il est là-bas, dit-elle. Au guichet des paris à cinquante dollars.

Je le vis. Le troisième dans la file d'attente. Darrow se tenait derrière lui. Je sentis tous mes muscles se contracter à l'unisson. C'était comme si mon plissement de paupières se propageait jusqu'à mon plexus solaire.

J'accélérai le pas et allai me planter devant Abruzzi.

— Salut ! lui dis-je. C'est moi. Vous me reconnaissez ?

— Bien sûr. J'ai ta photo encadrée en bonne place sur mon bureau. Tu sais que tu dors la bouche entrouverte ? Je trouve ça hypersexy.

Je demeurai de glace, espérant ne montrer aucune émotion. En vérité, ça m'avait coupé le souffle et envoyé une décharge de dégoût qui me donnait la nausée. Je m'étais attendue à ce qu'il fasse allusion aux photos, mais pas à ça.

— Je suppose que vous vous amusez à ces blagues de potache pour compenser le fait que vous ne réussissez pas à localiser Evelyn, ironisai-je. Elle a quelque chose qui vous appartient que vous voulez récupérer à tout prix, et vous n'arrivez pas à lui mettre la main dessus, c'est ça ?

Là, ce fut au tour d'Abruzzi d'accuser le coup. Durant une fraction de seconde terrifiante, je crus qu'il allait me frapper. Puis il se ressaisit, et reprit des couleurs.

— Tu es vraiment une sale petite conne, me dit-il.

— Ouais, et aussi votre pire cauchemar.

Je sais, ça fait un peu réplique de film cliché, mais j'avais toujours rêvé de dire un truc comme ça.

— Quant à votre coup du lapin, ça ne m'impressionne pas, continuai-je. C'était ingénieux la première fois, pour transporter Soder chez moi, mais là, ça devient lassant.

— Pourquoi ? Tu n'aimes plus les lapins maintenant ?

— Lâchez-moi les baskets ! Trouvez-vous un nouveau hobby.

Sur ce, je tournai les talons et filai.

Lula m'attendait au bas de l'escalier qui menait aux tribunes.

— Qu'est-ce que tu lui as dit ?

— De tout mettre sur Pêche Melba dans la quatrième.

— Tu parles, j'ai rarement vu un homme devenir aussi blanc.

Quand nous eûmes regagné nos places, mes genoux jouaient des castagnettes et mes mains tremblaient si fort que j'avais toutes les peines du monde à tenir le programme.

— Pfff, soupira Lula, tu vas pas faire une crise cardiaque ou je ne sais quoi, hein ?

— Ça va aller. C'est l'excitation des courses.

— Ouais, c'est bien ce que je me disais.

Un rire hystérique m'échappa.

— Ne va surtout pas t'imaginer qu'Abruzzi me fait peur, dis-je.

— Je sais, je sais, t'as peur de rien, toi. T'es une grande méchante chasseuse de primes, toi.

— Tu l'as dit.

Cela étant posé, je m'évertuai à m'épargner une crise de tachycardie.

— On devrait faire ça plus souvent, dit Lula en descendant de ma Honda et en déverrouillant la portière de sa Firebird.

L'agence était fermée, mais la nouvelle librairie, à côté, était encore ouverte. De la lumière brillait à l'intérieur, et Maggie Mason déballait des cartons de livres en vitrine.

— La chance a tourné dans la dernière course, dit Lula, mais à part ça, j'ai passé une super journée. Je me suis laissée porter. La prochaine fois, on pourrait aller à Freehold, comme ça, on s'inquiétera pas de tomber sur *tu sais qui.*

Lula partit, moi non. J'étais comme Evelyn à présent. En fuite. Aucun endroit sûr où me réfugier. Faute de mieux, j'allai au cinéma. À la moitié du film, je me levai et sortis. Je repris le volant et rentrai chez moi. Je me garai au parking et, sans m'accorder la moindre hésitation, je descendis de voiture, verrouillai les portières d'un coup de télécommande et franchis d'un air assuré la porte de derrière qui donnait dans le hall. Je pris l'ascenseur jusqu'au premier étage, enfilai le couloir et ouvris la porte de mon appartement. Je pris alors une profonde inspiration et entrai. Le calme régnait. L'obscurité aussi.

D'une chiquenaude, j'allumai la lumière… toutes mes lampes sans exception. Je passai d'une pièce à l'autre en me gardant de m'approcher du canapé et de ses microbes de mort. Je retournai à la cuisine, sortis six cookies congelés saupoudrés de pépites de chocolat, les posai dans des moules, les mis au four et attendis que ça se passe. Cinq minutes plus tard, mon appartement sentait bon le cookie fait maison. Enhardie par cette odeur accueillante, je regagnai résolument le salon et considérai mon canapé. Il me paraissait normal. Pas de taches. Pas d'empreinte d'un corps.

Tu vois, Stéph, le canapé est comme d'habitude. Tu n'as aucune raison d'en avoir peur.

Ha ! chuchota à mon oreille une invisible Irma. Tout le monde sait que les microbes de mort, on ne les voit pas. Crois-moi sur parole, ce canapé grouille de microbes de mort, les plus gros, les plus contagieux qu'on n'ait jamais vus ! Ce canapé contient le microbe mère.

Je voulus m'asseoir dessus, mais ne pus m'y résoudre. Dans mon esprit, Soder et le canapé demeureraient liés à jamais. Si je m'y asseyais, j'aurais l'impression de faire sissite sur les genoux de Soder coupé en deux. Mon appartement était trop petit pour mon canapé *et* moi. L'un de nous était de trop et devait quitter les lieux.

— Désolée, murmurai-je au canapé. Je n'ai rien contre toi, mais tu fais partie du passé.

Je posai les deux mains sur un accoudoir, y pris appui de tout mon poids et poussai le canapé à travers le salon jusque dans la petite entrée devant la cuisine et, enfin, dans le couloir de l'étage où je le calai contre le mur entre mon appartement et celui de Mme Karwatt. Puis, je rentrai chez moi en courant et claquai la porte en poussant un gros soupir. Je sais bien que les microbes de mort, ça n'existe pas. Le problème, c'est que je le sais intellectuellement, alors que les microbes de mort sont une réalité émotionnelle.

Je sortis les cookies du four et les disposai sur une assiette que je portai au salon. J'allumai la télévision, zappai jusqu'à plus soif et finis par trouver un film regardable. Irma n'avait pas parlé de microbes de mort sur la télécommande, me semblait-il. Je plaçai une chaise de salle à manger devant la télévision et mangeai deux cookies en regardant le film.

À la moitié du film, on sonna à ma porte. C'était Ranger. Tout de noir vêtu, comme à son habitude. Ceinturon multiusages, faux air de Rambo, cheveux noués en catogan. Il me regarda sans dire un mot une fois que j'eus ouvert la porte. L'esquisse d'un sourire fit trembloter les commissures de ses lèvres.

— Ton canapé est dans le couloir, *baby*.

— Il est plein de microbes de mort.

— Je me disais bien que tu aurais une bonne explication.

Je le regardai dans les yeux en secouant la tête.

— Arrête ta frime, tu veux ?

Non seulement il m'avait localisée à l'hippodrome, mais en plus il avait fait gagner à Lula cinq fois sa mise.

— Les superhéros ont bien le droit de rigoler de temps en temps, dit-il en me frôlant pour entrer dans le salon. À l'odeur, je dirais que tu marques ton territoire avec des cookies aux pépites de chocolat.

— Il fallait que je chasse les démons.

— Des problèmes ?

— Non, non.

Plus depuis que j'ai poussé le canapé dans le couloir.

— Alors, quoi de neuf ? demandai-je. Je vois que tu portes ta tenue de travail.

— J'ai dû sécuriser un immeuble en début de soirée.

Je m'étais jointe une fois à son équipe pour sécuriser un immeuble. Ça avait impliqué de jeter un dealer par la fenêtre.

Il prit un cookie dans l'assiette posée par terre.

— Congelé ?

— Plus maintenant.

— Comment ça s'est passé à l'hippodrome ?

— J'ai rencontré Eddie Abruzzi.

— Et ?

— Nous avons eu des mots. Je n'en ai pas appris autant que je l'avais espéré, mais je suis convaincue qu'Evelyn a quelque chose à lui.

— Je sais ce que c'est, dit Ranger en mangeant son cookie.

Je le regardai, bouche bée.

— Et c'est quoi ?

Il me sourit.

— Tu es prête à aller jusqu'où pour le savoir ?

— On joue, là ?

Il fit lentement non de la tête.

— On ne joue pas.

Il me plaqua contre le mur et se colla à moi, glissant sa jambe entre les miennes, sa bouche m'effleurant les lèvres.

— Tu es prête à aller jusqu'où pour le savoir, Stéph ? redemanda-t-il.

— *Dis-le-moi !*

— Ça va rallonger ton ardoise.

C'était le cadet de mes soucis. J'avais déjà dépassé ma limite de crédit depuis des semaines !

— Tu vas me le dire ou pas ?

— Comme tu sais, Abruzzi participe à des jeux de guerre. Eh bien, ce n'est pas tout. Il collectionne aussi les objets militaires : armes, uniformes, médailles. Il ne se contente pas de les collectionner, il les porte aussi. Le plus souvent quand il joue, mais aussi avec les femmes, paraît-il. Et parfois, pour discuter des modalités de règlement d'une grosse dette. Le bruit court qu'il lui manquerait une médaille ayant soi-disant appartenu à l'empereur Napoléon. On raconte que, lorsque Abruzzi a voulu l'acheter, son propriétaire a refusé de la lui vendre. Abruzzi l'aurait fait tuer pour se l'approprier. Il la gardait sur son bureau chez lui. Il la portait pour les jeux de guerre. Il pensait qu'elle le rendait invincible.

— Et c'est ce qu'Evelyn lui aurait pris ? Cette médaille ?

— D'après ce que j'ai entendu dire.

— Comment a-t-elle fait ?

— Je ne sais pas.

Il bougea contre moi et le désir physique ricocha dans mon ventre et me brûla jusqu'au cœur de moi-même. Ranger était dur *de partout*. Sa cuisse, son revolver… *tout* était dur, très dur.

— Le moment est venu de régler ta dette, dit-il.

Je faillis m'écrouler par terre.

Il me prit par la main et m'entraîna vers la chambre.

— Et le film ? dis-je. La meilleure partie va commencer.

En toute franchise, je ne me souvenais pas du tout du film, ni de ce que ça racontait, ni du titre, ni des acteurs.

Ranger se pencha vers moi, tout près, son visage à quelques centimètres du mien, sa main sur ma nuque.

— On va le faire, *baby*. Et ça va être bon.

Alors, il m'embrassa. Son baiser se fit plus profond, plus insistant, plus exigeant, plus lascif.

J'appuyais mes mains contre ses pectoraux, je sentais ses muscles se contracter sous mes doigts, son cœur battre.

Ah, il a donc un cœur. C'est bon signe. Alors, il est forcément humain au moins en partie.

Il brisa notre étreinte et me poussa dans la chambre. Là, il ôta ses boots, fit tomber son ceinturon sur le sol et se dévêtit. Malgré la pénombre, je vis que Ranger nu tenait les promesses de Ranger en tenue SWAT. Musculature ferme et peau mate, veloutée, corps parfaitement proportionné. L'intensité de son regard me transperça.

Il me déshabilla puis me renversa sur le lit, puis… puis… puis… et enfin il me pénétra. Un jour, il m'avait dit que faire l'amour avec lui me dégoûterait des autres hommes. J'avais pris cette menace pour de la vantardise outrancière. Il venait de me faire changer d'avis.

Bien plus tard, nous demeurâmes immobiles, côte à côte, un moment. Puis, il fit courir ses doigts sur mon corps et me dit :

— Il est temps.

— Temps de quoi ? murmurai-je.

— Tu ne t'imaginais quand même pas t'acquitter de ta dette aussi facilement ?

— Han ! C'est maintenant que tu te sers des menottes ?

— Je n'ai pas besoin de menottes pour enchaîner une femme, répondit-il en m'embrassant l'épaule.

Ses lèvres se posèrent sur les miennes, et sa langue glissa sur mon menton, sur mon cou, sur ma clavicule, puis plus bas, sur la naissance de mes seins, sur le bout de mes seins, sur mon nombril, sur mon ventre, sur mon… *dieuomondieu* !

Le lendemain matin, Ranger était toujours dans mon lit, tout contre moi, un bras passé autour de mon buste. L'alarme de sa montre me réveilla. Il la coupa et roula sur lui-même pour regarder son pager posé à côté de son revolver sur la table de chevet.

— Je dois partir, *baby*.

Il s'habilla.

Et il partit.

Merde ! Qu'est-ce qui m'a pris ? Je l'ai fait avec le Magicien. Oh, la vache ! OK, Stéph, calme-toi. Prends du recul. Que s'est-il passé exactement ? On l'a fait. On l'a fait, et il est parti. Son départ m'a paru un brin précipité, mais bon, c'est Ranger. À quoi m'étais-je attendue de sa part ? Et... il ne s'était pas précipité du tout la veille au soir. Il m'avait... stupéfiée.

Je soupirai et me tirai du lit. Je me douchai, m'habillai puis allai à la cuisine dire bonjour à Rex. Sauf qu'il n'était pas là. J'avais oublié que mes parents le gardaient.

Mon appartement me paraissait vide sans Rex, du coup, je pris mes cliques et mes claques et filai chez mes parents. C'était dimanche, il y avait l'attrait supplémentaire des beignets. Ma mère et ma grand-mère en achetaient toujours en revenant de l'église.

Ma nièce cheval galopait dans toute la maison en habit du dimanche. En me voyant, elle passa au petit trot puis s'arrêta et prit un air pensif.

— Tu as retrouvé Annie ?

— Pas encore, répondis-je. Mais j'ai eu sa mère au téléphone.

— La prochaine fois que tu lui parles, dis-lui qu'Annie rate plein de trucs à l'école et qu'on m'a mise dans le groupe de lecture de l'Étalon Noir.

— Encore un bobard, la morigéna ma grand-mère. Tu es dans le groupe du Geai Bleu.

— Je ne veux pas être un geai bleu ! Les oiseaux, c'est nul. Je veux être un étalon noir.

Elle s'éloigna au triple galop.

— Je l'aime bien cette gamine, dis-je à Mamie.

— Ouais. Elle me fait beaucoup penser à toi à son âge. Beaucoup d'imagination. Ça vient de mon côté, mais ça a sauté une génération avec ta mère. Ta mère, Valérie et Angie sont des geais bleus et elles passeront le relais.

Je pris un beignet et me servis une tasse de café.

— Tu as quelque chose de changé, me dit Mamie. Je ne saurais pas dire quoi… et tu n'arrêtes pas de sourire depuis ton arrivée.

Aaargh, ce Ranger ! J'avais bien remarqué mon petit sourire en me brossant les dents. Impossible de le faire disparaître !

— C'est étonnant le bien que peut faire une bonne nuit de sommeil, soupirai-je.

— Mmm. Retrouver ce sourire-là, je ne dirais pas non, rétorqua Mamie.

Valérie nous rejoignit à la table, l'air morose.

— Je ne sais pas quoi faire avec Albert, dit-elle.

— Il n'a pas deux salles de bains ?

— Il habite avec sa mère, et il est moins riche que moi.

Pas de surprise de ce côté-là.

— Les hommes bien ne courent plus les rues, dis-je. Et quand on en trouve un, il a toujours quelque chose qui cloche.

Valérie regarda dans le sachet posé sur la table.

— Il est vide. Où est passé mon beignet ?

— C'est Stéphanie qui l'a mangé, répondit Mamie.

— Je n'en ai pris qu'un ! me récriai-je.

— Oh, alors c'est peut-être moi, dit Mamie. J'en ai mangé trois.

— Il nous faut d'autres beignets, décréta Valérie. Il faut que j'en mange un.

J'attrapai ma besace et l'accrochai à mon épaule.

— Je vais en acheter, dis-je. Moi aussi, j'en mangerais bien un autre.

— Je t'accompagne, s'écria ma grand-mère. J'ai envie de faire un tour dans ta belle voiture noire. Je suppose que tu ne voudras pas me laisser la conduire ?

— Ne t'en avise surtout pas ! cria ma mère qui était aux fourneaux. Tu en assumerais l'entière responsabilité ! Si jamais elle conduit et si elle a un accident, c'est toi qui iras lui rendre visite à l'hôpital.

Nous nous rendîmes chez Tasty Pastry, dans Hamilton Avenue. J'avais travaillé dans cette boulangerie quand j'étais lycéenne. J'y avais également perdu ma virginité. Au pied du présentoir des gâteaux, après la fermeture, avec Morelli. Je ne sais plus trop comment c'était arrivé. Je me revois lui vendre un pain au lait et, l'instant d'après, je suis allongée par terre, ma Petit Bateau aux chevilles. Morelli a toujours su persuader les filles de tomber la culotte.

Je me garai au petit parking qui jouxtait la boulangerie. L'heure de pointe postmesse était passée, le parking était désert. Il comptait sept places alignées contre le mur de la boutique. Je choisis celle du milieu.

Mamie et moi achetâmes une autre douzaine de beignets. Sans doute une surestimation, mais il valait mieux en avoir trop qu'être en manque.

En sortant de la boulangerie, tandis que nous nous dirigions vers la Honda CR-V noire de Ranger, une Ford Explorer verte fonça sur le parking et pila, pneus crissant, à notre hauteur. Le conducteur portait un masque en latex à l'effigie de Clinton, et le siège passager était occupé par le lapin.

Mon cœur battit la chamade et j'eus une poussée d'adrénaline.

— Cours, dis-je à Mamie Mazur tout en plongeant la main dans ma besace, essayant d'y trouver mon revolver. Retourne à la boulangerie.

Le type au masque et son acolyte déguisé en lapin sautèrent de leur voiture avant même qu'elle soit à l'arrêt. Ils se ruèrent sur nous, revolvers au poing, et nous guidèrent entre les deux véhicules. Le type masqué, de taille et de carrure moyennes, portait un jean, des tennis et un blouson Nike. Le lapin, lui, portait une grosse tête de lapin au-dessus de vêtements de ville.

— Contre la voiture, mains où je peux les voir, dit le gars masqué.

— Vous êtes qui ? lui demanda Mamie Mazur. Vous me faites penser à Bill Clinton.

— Ouais, c'est ça, je suis Bill Clinton. Contre la voiture.

— Je n'ai jamais très bien compris l'histoire du cigare, dit Mamie.

— *Contre la voiture !*

Je m'adossai au véhicule, les pensées tournoyaient dans ma tête. Des voitures circulaient dans la rue devant nous, mais on ne pouvait nous voir. Si je criais, je doutais qu'on m'entende, à moins que quelqu'un passe sur le trottoir.

Le lapin s'approcha de moi.

— *Thaaa id ya raa raa da haaar id ra raa.*

— Pardon ?

— *Haaar id ra raa.*

— On ne comprend rien à ce que vous dites à cause de votre grosse tête de lapin à la gomme, dit Mamie Mazur.

— *Raa raa. Raa raa !*

Mamie et moi nous tournâmes vers Clinton.

— Je ne sais pas ce qu'il raconte. *Raa raa*, ça veut dire quoi, bordel ? lui demanda-t-il.

— *Haaar id ra raa.*

— Pfff, soupira Clinton. Personne ne te comprend. Tu n'avais pas essayé de parler sous ce truc avant de sortir avec ?

Le lapin flanqua une bonne bourrade à Clinton.

— *Ra raa,* s'pèce d'enfaaaré !

Clinton lui rendit la pareille.

— *Jaaaark*, fit le lapin.

Là-dessus, il ouvrit sa braguette et sortit sa zigounette qu'il agita sous le nez de Clinton. Puis, sous celui de Mamie et moi.

— Dans mon souvenir, je les voyais bien plus grandes, dit Mamie.

Le lapin commença à se palucher.

— *Rogga. Ga Rogga.*

— Je crois qu'il essaie de vous dire que ce n'est qu'un début, précisa Clinton. Que vous n'allez pas être déçues.

Le lapin continuait sur sa lancée, il avait trouvé son rythme.

— Tu devrais peut-être lui donner un coup de main, me dit Clinton. Vas-y. Touche.

Je ne pus réprimer une moue de dégoût.

— Vous êtes fou ou quoi ? Hors de question !

— Oh, s'il n'y a que ça pour vous faire plaisir, dit Mamie, se portant volontaire.

— *Kraaaaaaa !* cria le lapin en remballant son matériel.

À cet instant, une voiture s'engagea dans le parking. Clinton donna un coup de coude au lapin.

— Barrons-nous, dit-il.

Ils reculèrent, nous menaçant toujours de leur arme, remontèrent dans leur Ford Explorer et partirent.

— On aurait peut-être dû acheter des éclairs, dit ma grand-mère. J'ai envie d'un éclair, tout à coup.

Je l'aidai à monter dans la Honda et la ramenai chez mes parents.

— On a revu le lapin ! annonça Mamie à ma mère. Celui qui m'avait donné les photos. Je pense qu'il doit vivre pas loin de la boulangerie. Cette fois, il m'a montré son zizi.

Ma mère prit, à juste titre, une expression horrifiée.

— Il portait une alliance ? demanda Valérie.

— Je ne sais pas, répondit Mamie, je ne regardais pas ses mains.

— On t'a menacée d'un revolver et agressée sexuellement, lui dis-je. Tu n'as pas eu peur ? Ça ne te perturbe pas ?

— Ce n'étaient pas de vrais revolvers, répondit-elle. Qui ferait sérieusement une chose pareille sur le parking d'une boulangerie ?

— C'étaient de vrais revolvers, Mamie.

— Ah bon ?

— *Oui.*

— Je crois que je vais m'asseoir, dit-elle. Je pensais que le lapin n'était qu'un exhibitionniste de plus, comme Sammy l'Écureuil, tu te souviens de lui ? Il entrait sans arrêt dans le jardin des maisons et baissait son pantalon. Des fois, on lui donnait un sandwich, après.

Le Bourg a son content d'exhibitionnistes, des hommes mentalement dérangés pour certains, des ivrognes patentés pour d'autres, et, parfois, de simples plaisantins. Le plus souvent, la réaction se limite à lever les yeux au ciel avec tolérance. Une fois de temps en temps, il y en a un qui baisse son pantalon dans le mauvais jardin et qui finit avec les fesses criblées de chevrotine.

Je téléphonai à Morelli pour l'informer des derniers agissements du lapin.

— Il était avec Bill Clinton, dis-je. Et ils ne s'entendaient pas très bien.

— Tu devrais porter plainte.

— Il n'y a qu'une partie du corps de ce type que je serais susceptible de reconnaître, et je ne pense pas qu'elle soit fichée.

— Tu prends ton revolver quand tu sors ?

— Oui. Mais je n'ai pas eu le temps de l'atteindre.

— Accroche-le à ta ceinture. Le port d'une arme cachée est illégal, de toute façon. Et ce ne serait pas une mauvaise idée que tu mettes deux ou trois balles dans le barillet.

— J'en avais mis !

Ou plutôt Ranger.

— A-t-on identifié le cadavre trouvé dans le coffre ? demandai-je.

— Thomas Turkello, alias Thomas la Dinde. Un homme de main embauché à Philadelphie. À mon avis, on pouvait se passer de lui, alors on a préféré s'en débarrasser plutôt que de courir le risque qu'il parle. Le lapin fait sans doute partie de la garde rapprochée.

— Autre chose ?

— De quoi aurais-tu envie ?

— Des empreintes d'Abruzzi sur l'arme du crime.

— Navré.

J'aurais voulu ne pas raccrocher, mais je n'avais rien d'autre à ajouter. À vrai dire, j'éprouvais une sensation en creux que je répugnais à nommer. J'avais atrocement peur que ce soit un sentiment de solitude. Ranger, c'est le feu, la magie, mais il n'est pas réel. Morelli, c'est l'homme de mes rêves, mais il attend de moi que je devienne quelqu'un que je ne suis pas.

Je mis un terme à notre conversation et me réfugiai au salon. Chez mes parents, quand on regarde la télévision, on n'est pas censé parler. Même si on pose une question, le spectateur a l'élégance de feindre une surdité momentanée. Telles sont les règles.

Mamie et moi, assises côte à côte sur le canapé, regardions la chaîne Météo. Difficile de dire laquelle de nous deux était la plus traumatisée.

— Finalement, je pense qu'il a mieux valu que je ne la touche pas, dit Mamie. Remarque, je dois reconnaître que ma curiosité a failli l'emporter. Elle n'était pas très jolie, mais elle avait une belle taille sur la fin. Tu en as déjà vu d'aussi grosses, toi ?

Le moment idéal pour un accès de surdité passagère.

Au bout de quelques minutes de météo, je retournai à la cuisine, mangeai un autre beignet et pris mes affaires.

— Je m'en vais, annonçai-je à Mamie. Tout est bien qui finit bien, hein ?

Elle ne me répondit pas. Elle restait scotchée à la chaîne Météo. Une dépression plombait les Grands Lacs.

Je retournai chez moi. Cette fois, j'avais mon revolver au poing avant de descendre de voiture. Je traversai le parking et pénétrai dans mon immeuble. Arrivée devant ma porte, je me figeai. Là, c'est toujours l'instant de vérité. Une fois dans mon appartement, grâce à ma chaînette et à mes verrous haute sécurité, je ne me sens pas vraiment en danger. Seul Ranger peut entrer à mon insu. Soit il passe à travers le battant à la manière d'un fantôme, soit il se dématérialise comme un vampire et se glisse sous la porte. Je suppose qu'il existe une alternative relevant de sa nature de simple mortel, mais je ne vois pas laquelle.

J'entrai et explorai tout mon appartement à la manière d'une version cinématographique d'un agent de la CIA, passant d'une pièce à l'autre, revolver au poing, en position de tir accroupie, prête à faire feu. J'ouvris les portes d'une poussée, bondis dans les pièces en effectuant de brusques volte-face. Une chance que personne ne me voie, songeai-je, je passerais pour une idiote. La bonne nouvelle, c'est que je ne découvris aucun lapin exhibant son costume trois-pièces. En comparaison d'un viol par un lapin, les araignées et les serpents, c'étaient de la gnognote.

Dix minutes plus tard, je reçus un coup de fil de Ranger.

— Tu restes chez toi un moment ? Je veux t'envoyer quelqu'un pour t'installer un système de sécurité.

Donc, l'Homme Mystère lit aussi dans les pensées.

— Le gars s'appelle Hector, dit-il. Il arrive.

Hector, Hispano, mince, vêtu de noir, portait le slogan d'un gang tatoué sur son cou et une larme unique tatouée sous son œil. Âgé d'une vingtaine d'années, il ne parlait que l'espagnol.

Hector maintenait la porte ouverte pour faire un dernier réglage quand Ranger arriva, le salua en murmurant en espagnol d'une voix à peine audible et leva les yeux vers le capteur nouvellement installé au-dessus du chambranle.

Puis Ranger me scruta d'un air indéchiffrable. Il me regarda dans les yeux un long moment, puis se retourna vers Hector. Mon espagnol se limite à burrito et taco, aussi ne compris-je pas un traître mot de l'échange qui eut lieu entre les deux hommes. Hector parlait à grand renfort de gestes, Ranger l'écoutait puis lui posait des questions. Hector lui donna un petit objet, puis ramassa sa trousse à outils et partit.

Ranger, de flexions de l'index, me fit signe d'approcher.

— Tiens, ton boîtier. Il est assez petit pour l'accrocher avec ta clé de voiture. Tu as un code à quatre chiffres pour ouvrir et fermer ta porte. Si jamais on la force, ce boîtier te l'indiquera. Tu n'es pas reliée à un service de surveillance, il n'y a pas d'alarme. Ce système est conçu pour te permettre d'accéder facilement à ton appart et te signaler s'il y a eu effraction, donc fini pour toi les mauvaises surprises. Tu as une plaque de blindage et Hector a installé des points de fermeture au sol. Une fois enfermée chez toi, tu ne risques plus rien. Pour la fenêtre, je ne peux rien faire, l'escalier de secours demeure un problème. Un problème moins aigu, si tu laisses ton revolver sur ta table de chevet.

Je regardai le bidule en question, puis levai les yeux vers Ranger.

— Ça rallonge mon ardoise ?

— Il n'y a pas d'ardoise. Il n'y a rien à payer pour ce que nous nous donnons. Jamais. Ni sur le plan financier, ni sur le plan sentimental. Je dois reprendre le boulot.

Il s'éloigna, prêt à partir, mais je le retins par le pan de son T-shirt.

— Pas si vite. On n'est pas dans une série télé. On est dans ma vie. Je veux que tu m'en dises plus sur cette gratuité affective.

— Ça ne peut pas être autrement.

— Et c'est quoi ce boulot que tu dois reprendre ?

— Je fais une opération de surveillance pour une agence gouvernementale. En free-lance. Tu ne comptes pas me cuisiner pour obtenir tous les détails, si ?

Je lâchai son T-shirt en soupirant.

— Je ne peux pas continuer comme ça, dis-je. Ça ne marchera pas.

— Je sais. Tu dois recadrer ta relation avec Morelli.

— On avait besoin de faire une pause.

— Je suis cool pour le moment parce que ça m'arrange, mais je suis un opportuniste, et je suis très attiré par toi. Je reviendrai dans ton lit si ta pause Morelli devait s'éterniser. Je pourrais très facilement te faire oublier Morelli si je voulais, mais ça ne serait bien ni pour toi ni pour moi.

— Ah, d'accooooord.

Il m'adressa un sourire.

— Verrouille bien ta porte.

Et le voilà parti.

Je tournai la clé dans la serrure, enclenchant les points de fermeture au sol. Ranger avait réussi à chasser le lapin exhibitionniste de mes pensées. Si seulement je réussissais à en chasser Ranger. Tout ce qu'il avait dit était vrai, je le savais, à l'exception éventuelle d'éclipser Morelli. Je m'étais donné beaucoup de mal pour l'oublier, mais sans jamais y parvenir tout à fait.

Mon téléphone sonna, et j'entendis des bruits de baisers mouillés dans l'appareil. Je raccrochai aussitôt. Il sonna de nouveau. Autres bruits de baisers mouillés. Quand il sonna pour la troisième fois, je débranchai l'appareil.

Une demi-heure plus tard, on vint à ma porte.

— Je sais que tu es là ! cria Vinnie. J'ai vu ta voiture au parking.

Je débloquai les points de fermeture au sol, tournai le verrou et défis la chaînette haute sécurité.

— Pfff, souffla Vinnie quand je finis par lui ouvrir. C'est à croire qu'il y a quelque chose qui a de la valeur dans ce trou à rat !

— C'est *moi* qui ai de la valeur.

— Pas comme chasseuse de primes, en tout cas. Où est Bender ? Il me reste deux jours pour le remettre à la justice, sinon le tribunal va garder mon fric.

— C'est pour me dire ça que tu es venu ?

— Ouais. Apparemment, tu as besoin qu'on te le rappelle. Ma belle-mère est chez moi aujourd'hui, elle me gave. Alors, j'ai pensé que le moment serait bien choisi pour capturer Bender. Je t'ai téléphoné, mais ta ligne semble être en dérangement.

Oh, et puis zut, je n'avais rien d'autre à faire. J'étais coincée dans mon appartement, téléphone débranché.

Vinnie m'attendit dans l'entrée pendant que j'allai chercher mon ceinturon. Je revins avec le holster en nylon noir sanglé à ma cuisse et mon calibre .38 chargé à portée de main.

— Wouah, s'exclama Vinnie, impressionné. Enfin, tu tiens le bon bout.

Ouais, c'est ça. Je tiens surtout à ne pas me faire violer par un chaud lapin.

Nous sortîmes du parking, moi au volant, Vinnie réglant la radio. Je pris la direction du centre-ville, un œil sur la route, l'autre sur le rétroviseur. Un SUV vert apparut derrière nous. Dès qu'il le put, il déboîta et nous doubla. Le type au masque Clinton conduisait, le grand méchant lapin était sur le siège passager. Le lapin se retourna vers moi et se leva, émergeant par le toit ouvrant pour continuer à me regarder. Ses oreilles battaient au vent et il tenait sa tête à deux mains.

— C'est le lapin ! hurlai-je. Tue-le ! Prends mon revolver et tue-le !

— Tu es cinglée, ou quoi ? rétorqua Vinnie. Je ne peux pas tirer sur un lapin non armé.

Je bataillai avec mon revolver que j'essayai de dégainer du holster tout en continuant de conduire.

— Moi, je vais le descendre, alors ! Et si on m'envoie en prison, je m'en fiche ! Ça aura valu le coup ! Je vais viser sa grosse tête, à ce rongeur à la noix !

D'un geste brusque, je finis de dégager le revolver, mais je n'avais pas envie d'abîmer le pare-brise de la Honda de Ranger.

— Prends le volant ! criai-je à Vinnie.

Je baissai la vitre, me penchai à l'extérieur et fis feu.

Le lapin se baissa aussitôt, disparaissant de nouveau dans la voiture qui accéléra, puis s'engagea dans une rue latérale sur la gauche. J'attendis une brèche dans le flot de la circulation et empruntai la même rue. Je vis le SUV loin devant moi. Il tourna, tourna encore et encore au point de resurgir dans State Avenue. Le SUV s'arrêta devant une épicerie, les deux hommes en descendirent à toute vitesse et contournèrent l'immeuble en brique. Je me garai derrière l'Explorer. Vinnie et moi bondîmes hors de la Honda, et nous lançâmes à la poursuite des fuyards mais, deux pâtés de maisons plus loin, ils coupèrent par une cour et disparurent.

Vinnie était plié en deux, à bout de souffle.

— Tu peux me dire pourquoi on poursuit un lapin ?

— C'est lui qui a fait sauter ma voiture.

— Ah ouais, j'avais oublié. J'aurais dû te le demander plus tôt, je serais resté dans la bagnole. Pfff, je n'arrive pas à croire que tu aies tiré par la portière. Tu te prends pour qui, Miss Terminator ? Putain, ta mère va me les couper si jamais elle apprend ce que tu as fait ! Quelle mouche t'a piquée ?

— Je me suis un peu énervée.

— « Un peu énervée » ? Tu as pété les plombs, oui !

14 Nous nous trouvions dans un vieux quartier de grandes villas. Certaines étaient rénovées, d'autres attendaient de l'être, d'autres encore étaient divisées en appartements. La plupart se dressaient sur de vastes terrains, en retrait par rapport à la route. Le lapin et son compère avaient disparu derrière une résidence. Vinnie et moi contournâmes la bâtisse sur la pointe des pieds, nous arrêtant de temps à autre, aux aguets, espérant que le lapin trahirait sa présence. Nous regardâmes entre les voitures garées dans l'allée, ainsi que derrière les buissons.

— Je ne les vois pas, dit Vinnie. Ils ont dû filer. Soit ils ont fait le tour et ont regagné leur voiture, soit ils se terrent dans cette maison.

Nous regardâmes l'habitation.

— Tu veux qu'on la fouille ? demanda Vinnie.

C'était une grande bâtisse de la fin du dix-neuvième siècle. J'étais déjà entrée dans de telles maisons, il y avait toujours plein de placards, de couloirs, de portes closes. Idéal pour se cacher. Pas idéal à fouiller. Surtout pour une pétocharde comme moi. Maintenant que j'avais pris l'air, je retrouvais toute ma lucidité, et plus je traînais dans les parages, moins j'avais envie de tomber nez à nez avec le lapin.

— Je pense que ce serait inutile, dis-je.

— Sage décision ! On se prend facilement une balle dans la tête dans une maison comme ça. Évidemment, toi, tu n'en tiendrais pas compte étant donné que tu es carrément barje. Il vaudrait mieux que tu arrêtes de voir les vieux films sur Al Capone.

— Tu peux parler ! Et la fois où tu as tiré sur tout ce qui bougeait chez Pinwheel Soba ? Tu as failli tout détruire.

Nous regagnâmes la voiture, revolvers toujours au poing, sur le qui-vive. En nous approchant de l'épicerie, nous vîmes des nuages de fumée s'élever de l'autre côté de l'immeuble en brique. Une fumée noire et âcre, qui sentait le caoutchouc brûlé… qui faisait penser à une voiture détruite par les flammes.

Des sirènes mugissaient au loin, et j'eus de nouveau la sensation que mon perroquet s'envolait. Un sentiment de terreur me noua l'estomac, suivi d'une onde de calme annonciatrice de déni. Non, ça ne pouvait pas arriver. Pas une autre voiture. Surtout pas celle de *Ranger*. Sûrement celle de quelqu'un d'autre. Mon Dieu, faites que ce soit l'Explorer, implorai-je, et je deviendrai meilleure. J'irai à la messe tous les dimanches. Je mangerai plus souvent des légumes verts. Je n'abuserai plus du jet de massage de la douche !

Nous tournâmes à l'angle de la rue et, là, pas de doute, c'était bien la voiture de Ranger qui brûlait. OK, c'est bon, dis-je à Dieu. Mes promesses ne tiennent plus.

— Oh, la vache ! s'écria Vinnie. C'est ta voiture. Ça fait deux Honda qu'on te crame en une semaine. Tu as battu ton record.

L'épicier était sorti dans la rue pour mieux profiter du spectacle.

— J'ai tout vu, déclara-t-il. C'est un gros lapin qui a fait le coup. Il s'est précipité dans la boutique, il a pris un bidon d'alcool à brûler pour barbecue, il l'a versé dans la voiture noire et il a craqué une allumette. Puis il est parti dans le SUV vert.

Je rengainai mon revolver et m'assis au bord du trottoir en ciment. Non seulement la voiture était foutue, mais mon sac, mes cartes de crédit, mon permis de conduire, mon Gloss lèvres, ma bombe lacrymogène et mon nouveau téléphone portable étaient aussi partis en fumée. Oh, et en plus, j'avais laissé la clé sur le contact… ainsi que le boîtier de mon système de sécurité accroché au porte-clés.

— Génial, je m'éclate toujours quand je sors avec toi, dit Vinnie en s'asseyant à côté de moi. On devrait le faire plus souvent.

— Tu as ton portable sur toi ?

Le numéro de Morelli fut le premier que je composai, mais il n'était pas chez lui. Je laissai pendre ma tête entre mes genoux. Ranger était le suivant sur ma liste.

— Yo, dit-il en décrochant.

— Petit problème.

— Sans blague. Ta voiture a disparu de l'écran.

— Elle a plus ou moins brûlé.

Silence.

— Et tu sais, le boîtier que tu m'as donné ? Il était resté dedans.

— *Baby…*

À l'arrivée de Ranger, Vinnie et moi étions toujours assis au bord du trottoir, devant l'épicerie. Ranger portait un jean, un T-shirt noir et des boots. Il avait presque l'air ordinaire. Il lança un coup d'œil à la voiture encore fumante, puis se tourna vers moi et hocha la tête. Du moins, un mouvement imperceptible de sa part le suggéra-t-il. Je ne tentai même pas de deviner sa pensée. Je supposai qu'elle ne devait pas être positive. Il s'adressa à l'un des policiers présent sur les lieux et lui donna sa carte. Puis, il nous fit monter dans sa voiture, Vinnie et moi, et nous ramena chez moi. Là, Vinnie reprit sa Cadillac et partit.

Ranger sourit et désigna le revolver à ma ceinture.

— Joli look, *baby*. Tu as tiré sur quelqu'un aujourd'hui ?

— J'ai essayé.

Un petit rire lui échappa, il passa le bras autour de mes épaules et m'embrassa juste au-dessus de l'oreille.

Hector nous attendait dans l'entrée de mon immeuble. Je lui trouvais une tête à porter une combinaison orange et des fers aux pieds, mais bon, qu'est-ce que j'en savais, après tout ? Hector est sûrement très sympa. Hector ignore sûrement qu'une larme tatouée sous l'œil signifie un meurtre commis pour un gang. Et à supposer qu'il le sache, il s'en est fait tatouer *une seule*, alors rien à voir avec un serial killer, hein ?

Hector tendit un nouveau boîtier à Ranger en lui disant je ne sais quoi en espagnol. Ranger lui répondit dans la même langue, ils se tapèrent dans les mains en échangeant un salut rituel très tarabiscoté, puis Hector partit.

Ranger ouvrit ma porte avec le boîtier et entra avec moi.

— Hector a fouillé ton appart, et tout est clean, dit-il en posant le boîtier sur le comptoir de la cuisine. Ce boîtier est programmé exactement comme le précédent.

— Je suis désolée pour ta voiture.

— Ce n'était qu'une question de temps, *baby*. Je la ferai passer dans les divertissements.

Il lut un message sur l'écran de son pager.

— Je dois partir. N'oublie pas de bien verrouiller la porte derrière moi.

J'enclenchai les points de fermeture au sol, puis arpentai ma cuisine. Faire les cent pas, c'est censé calmer, mais plus j'allais et venais, et plus je me sentais à cran. Il me fallait une voiture pour le lendemain, et je ne comptais pas en demander une autre à Ranger. Je ne voulais pas être un simple divertissement. Ni automobile. Ni sexuel.

Ah, ah ! me souffla ma voix intérieure. *Enfin, nous y voilà. Ces allées et venues, ce n'est pas seulement à cause de la voiture. C'est à cause du sexe. Tu es encore toute retournée parce que tu t'es envoyée en l'air avec un homme qui ne recherche que le plaisir physique. Tu sais ce que tu es ? Une hypocrite.*

Et alors ? répondis-je à ma voix. *Et alors ? Où veux-tu en venir ?*

J'écumai les placards et le réfrigérateur en quête d'un TastyKake. J'empoignai le boîtier, sortis à toute berzingue, claquai la porte, composai le code et me rendis compte alors que je n'avais pas mes clés de voiture… qui n'auraient servi à rien de toute façon puisque je n'avais plus de voiture… plus d'argent, plus de cartes de crédit. Long soupir. Il ne me restait plus qu'à retourner dans ma cuisine et à reconsidérer la situation.

Je tapai le code sur le boîtier. Je ne pus ouvrir la porte. Je tapai de nouveau le code. Même topo. Je n'avais pas de clé. Seulement ce fichu boîtier. *Pas de panique, Stéph.* J'avais dû me tromper. Je recommençai l'opération. Ce n'était pas bien compliqué. Il suffisait de composer le code pour que la porte s'ouvre. Peut-être n'avais-je pas bien mémorisé les chiffres ? Je tentai plusieurs combinaisons. Pas de chance.

Technologie de merde. Je hais la technologie. La technologie, ça craint.

OK, calme-toi. Tu ne voudrais pas recommencer une prestation comme la fusillade par la portière de la voiture, dis ? Tu ne vas pas péter un câble à cause d'un boîtier à la noix, hein ?

J'inspirai profondément, une fois, deux fois, et, à nouveau, je tapai calmement les chiffres sur le boîtier. Je posai la main sur la poignée de la porte, la tournai, une fois, deux fois… rien.

— *Oh, ça fait chier !*

Je jetai le boîtier par terre et sautai dessus à pieds joints.

— *Fait chier, fait chier, fait chiiiiiier !*

Je flanquai un coup de pied dedans, et le boîtier alla s'écraser contre le mur à l'autre bout du couloir. Je m'élançai à sa poursuite, dégainai mon revolver et tirai sur ce boîtier électronique de merde. *Bang !* Le boîtier eut un soubresaut, je le canardai une fois encore.

Une Asiatique ouvrit sa porte. Elle me vit, se retint de crier, recula, referma sa porte et tourna tous les verrous.

— Excusez-moi, lui criai-je à travers la porte. Je me suis laissé emporter.

Je ramassai le boîtier en bouillie et battis en retraite dans ma partie du couloir.

Ma voisine d'à côté, Mme Karwatt, était sortie sur le seuil de chez elle.

— Vous avez un problème, ma chère ?

— Je suis enfermée dehors.

Une chance que Mme Karwatt ait un double de ma clé.

Elle me le donna, je l'insérai dans la serrure, tournai la poignée. La porte refusa de s'ouvrir. Je suivis Mme Karwatt chez elle et appelai Ranger.

— Cette foutue porte ne veut pas s'ouvrir, lui dis-je.

— Je t'envoie Hector.

— Non ! Je ne comprends rien à ce qu'il raconte. On ne peut pas communiquer.

Et il me fiche une trouille bleue !

Vingt minutes plus tard, Ranger et Hector arrivèrent et me trouvèrent assise dans le couloir, adossée au mur.

— Qu'est-ce qui se passe encore ? demanda Ranger.

— Impossible d'ouvrir la porte.

— Sans doute un bug de programmation. Tu as le boîtier ?

Je le laissai tomber dans la paume de sa main.

Ranger et Hector le contemplèrent, se regardèrent, sourcils haussés, et échangèrent un sourire.

— Je crois que je comprends ton problème, dit Ranger. Quelqu'un a bousillé ton boîtier à coups de revolver.

Il le retourna dans sa main.

— Au moins, tu ne l'as pas raté. Ravi de constater que l'entraînement sur cible a payé.

— Je suis très douée pour le tir à bout portant.

Il fallut vingt secondes à Hector pour ouvrir ma porte et dix minutes pour retirer les capteurs.

— Préviens-moi si tu veux qu'on te réinstalle le système, me dit Ranger.

— J'apprécie ta sollicitude, mais c'est non. L'expert de mon assurance doit passer demain. Après son estimation, je demanderai à Lula de m'emmener chez un concessionnaire auto.

Ranger et Hector partirent, et je m'enfermai chez moi. J'avais évacué pas mal de mon agressivité en tirant sur le boîtier, je me sentais beaucoup plus calme. Mon cœur ne battait toujours qu'un coup sur deux et ma paupière tressautait à peine. Je mangeai le dernier morceau de pâte à cookies crue. C'était loin de valoir un TastyKake, mais c'était bon tout de même. J'allumai la télévision, zappai et finis par opter pour un match de hockey.

— Oh, oh, dit Lula le lendemain matin à mon entrée dans l'agence. Tu viens bosser en taxi ? Qu'est-ce qui est arrivé à la bagnole de Ranger ?

— Brûlée.

— Tu dis ?

— Et mon sac était dedans. Il faut que j'aille faire du shopping, j'ai besoin d'un nouveau sac.

— Je suis la nana qu'il te faut pour ça. Quelle heure il est ? Les magasins sont ouverts ?

Il était dix heures, un lundi matin. Les magasins étaient ouverts. J'avais signalé la perte de mes cartes de crédit fondues. J'étais prête à repartir dans la danse.

— Minute, dit Connie à Lula. Et le classement ?

— J'ai presque fini, répondit Lula, prenant une pile de papier et la fourrant dans un tiroir. De toute façon, y en a pas pour longtemps. Stéphanie achète toujours le même sac, c'est pas marrant. Elle fonce tout droit au comptoir Cach, en choisit un noir à bandoulière et terminé.

— Il se trouve que mon permis de conduire a brûlé, dis-je. J'espérais que tu pourrais peut-être aussi m'accompagner chez un vendeur auto.

Connie leva les yeux au ciel grave.

— Barrez-vous, dit-elle.

À midi, nous décidâmes de partir du centre commercial de Quaker Bridge. Je m'étais acheté une nouvelle besace, puis Lula et moi avions testé plusieurs parfums. Nous nous trouvions au niveau supérieur, marchions en direction des escalators pour prendre la sortie côté parking, quand une silhouette familière se dressa devant moi.

— Encore vous ! s'écria Paulson. C'est quoi, votre problème ? Toujours à me coller !

— Ne me cherchez pas. J'ai une dent contre vous.

— Wouah, ça, c'est trop dommage. Un peu plus, ça me ferait de la peine. Qu'est-ce que vous faites ici aujourd'hui ? Vous cherchez d'autres citoyens à brutaliser ?

— Je ne vous ai pas brutalisé.

— Vous m'avez mis au tapis.

— Vous êtes tombé. Deux fois.

— Je vous avais dit que j'avais un problème d'équilibre.

— Écoutez, poussez-vous de mon chemin. Je ne compte pas rester là et discutailler avec vous.

— Ouais, intervint Lula. T'as entendu ? Tu te pousses de son chemin.

Paulson se tourna vers elle pour lui rabattre son caquet mais, visiblement éberlué par ce qu'il vit, il fit un bond en arrière, perdit l'équilibre et, *badaboum*, tomba à la renverse dans l'escalator. Il y avait deux couples devant lui qu'il renversa comme des quilles de bowling, et tous finirent en tas au bas des marches.

Lula et moi dévalâmes l'escalator jusqu'à l'amas de corps.

Paulson, semblait-il, était le seul à être blessé.

— J'ai la jambe cassée, gémit-il. Je vous fiche mon billet qu'elle est cassée. Je n'arrête pas de vous dire que j'ai un problème d'équilibre. Personne ne me croit.

— Il doit y avoir une bonne raison si personne te croit, dit Lula. Si tu veux mon avis, tu as l'air d'un gros menteur.

— Tout ça, c'est de votre faute, dit Paulson. Vous m'avez flanqué une de ces frousses. La police devrait vous arrêter ! Ça rime à quoi, ces cheveux jaunes ? Vous vous prenez pour Harpo Marx ?

— Han ! fit Lula. Je me barre. Je reste pas ici à me faire insulter. En plus, j'ai du classement à finir.

Nous étions en voiture, à la sortie du parking, quand Lula pila.

— Minute, dit-elle. Mes achats, ils sont sur la banquette arrière ?

Je me retournai.

— Non.

— Merde ! J'ai dû poser les sacs quand l'autre gros tas m'a pris la tête.

— Pas de problème. Retourne te garer devant la porte, je vais courir les chercher.

Lula roula jusqu'à l'entrée, et je revins sur nos pas jusqu'au centre de la galerie marchande. Je dus passer à côté de Paulson pour accéder à l'escalator. Les ambulanciers qui l'avaient étendu sur un brancard s'apprêtaient à le mener à l'extérieur. J'accédai au niveau supérieur et trouvai les sacs de Lula par terre à côté du banc, là où elle les avait posés.

Une demi-heure plus tard, nous étions de retour à l'agence, et Lula avait étalé ses emplettes sur le canapé.

— Oh, oh, fit-elle. Y a un sac en trop. Le gros sac marron, là, il est pas à moi.

— Il était par terre avec les autres.

— Oh merde, tu penses à la même chose que moi ? J'ai vraiment pas envie de regarder ce qu'il y a dedans. J'ai un mauvais pressentiment.

— Tu as bien raison, dis-je en risquant un coup d'œil à l'intérieur du sac. Il contient un pantalon qui ne peut appartenir qu'à Paulson, plus deux chemises. Oh, zut, il y a une boîte emballée de papier cadeau de « bon anniversaire » pour enfants.

— Je te suggère de tout jeter dans la benne et de te désinfecter les mains, dit Lula.

— Je ne peux pas faire ça. Ce type vient de se casser une jambe. Et c'est un cadeau d'anniversaire pour un gamin.

— La belle affaire ! Il pourra toujours se connecter à Internet, détourner d'autres trucs et acheter un autre cadeau.

— C'est de ma faute, dis-je. J'ai pris le sac de Paulson, je dois le lui rendre.

Il y a plusieurs hôpitaux dans Trenton et ses environs. Si Paulson se trouvait au St. François, je pouvais remonter la rue à pied et lui rendre son sac avant qu'il ne sorte. Il y avait de fortes chances qu'il y soit étant donné que c'était l'hôpital le plus proche de chez lui.

Je téléphonai à l'accueil et demandai qu'on vérifie son admission aux urgences. On me répondit que Paulson s'y trouvait, en effet, et qu'il y resterait un bon moment.

Je ne mourais pas d'impatience à la perspective de revoir Paulson, mais c'était une belle journée de printemps qui donnait envie d'être dehors. Je décidai d'aller à l'hôpital à pied, puis de marcher jusque chez mes parents et d'en profiter pour me faire inviter à dîner et dire un petit bonjour à Rex. Je partis, ma nouvelle besace en bandoulière, sûre de moi car elle contenait, entre autres, mon revolver. Plus mon Gloss lèvres ultrabrillant. *Qui a dit que je n'étais pas pro ?*

J'avançai, le cœur léger, dans Hamilton Avenue, puis, juste avant la porte principale de l'hôpital, tournai dans la rue transversale et me dirigeai vers l'entrée des urgences. Je m'adressai à l'infirmière de garde en la priant de remettre le sac à Paulson.

Ouf, un poids de moins : ce sac n'était plus sous ma responsabilité. Je n'avais pas hésité à faire un kilomètre à pied pour le restituer à son propriétaire, et maintenant je repartais de l'hôpital, l'esprit tranquille, ravie d'avoir fait une bonne action.

Mes parents habitent derrière l'hôpital, en plein cœur du Bourg. Je dépassai le parking souterrain et m'arrêtai au carrefour. C'était le milieu de l'après-midi, il y avait peu de voitures dans les rues. Ce n'était pas encore l'heure de la sortie des écoles. Les restaurants étaient vides.

Une voiture solitaire s'engagea dans la rue puis s'arrêta au stop. Un autre véhicule était garé contre le trottoir, sur ma gauche. J'entendis le gravier crisser sous des pieds. Je tournai la tête. Et soudain, le lapin bondit de derrière la voiture en stationnement. Il portait le déguisement complet, cette fois.

— *Hou !* dit-il.

Je ne pus retenir un cri. Il m'avait eue par surprise. Je plongeai la main dans ma besace pour y prendre mon revolver, mais un deuxième larron se dressa soudain devant moi et m'arracha mon sac. C'était le type au masque Clinton. Si j'avais pu atteindre mon revolver, je me serais fait un plaisir de les tirer... comme des lapins ! Si j'avais eu affaire à un seul homme, sans doute aurais-je pu attraper mon arme. En l'occurrence, je me laissais déborder.

Je tombai par terre en hurlant et en donnant des coups de pied et des coups d'ongles aux deux hommes qui s'étaient abattus sur moi. Les rues étaient désertes, mais je criais très fort et il y avait des maisons toutes proches. Si je hurlais assez fort et suffisamment longtemps, on m'entendrait sûrement. La voiture au carrefour fit demi-tour et s'arrêta à moins d'un mètre de nous.

Le lapin essaya de me faire monter de force sur la banquette arrière. J'écartai les bras et les jambes dans l'ouverture de la portière pour empêcher qu'on me hisse à bord. Le pseudo-Clinton voulut m'attraper par les jambes mais, quand il s'approcha, je lui décochai un coup de pied et ma prise de karaté improvisée l'atteignit au menton. Il tituba vers l'arrière et tomba comme une quille. *Boum !* Étalé de tout son long sur le trottoir.

Entre-temps, le conducteur était descendu de voiture. Il arborait, lui, un masque Nixon, mais à sa silhouette, j'étais quasi certaine qu'il s'agissait de Darrow. Je me débattis et réussis à me dégager de la poigne du lapin. Difficile de ne pas lâcher prise quand on est déguisé en rongeur jusqu'au bout des pattes. Je trébuchai contre le bord du trottoir et tombai à genoux. Je me relevai tant bien que mal et pris mes jambes à mon cou. Le lapin se lança à ma poursuite.

Une voiture arrivait au carrefour, je filai comme une flèche, passant devant en hurlant. Ma voix me paraissait éraillée, mes cris semblaient rester coincés dans ma gorge. Mon jean était déchiré au genou, mon bras égratigné et en sang, mes cheveux, en bataille à force de me rouler par terre avec le lapin, retombaient sur mon visage. Je regardai à peine la voiture, remarquant seulement qu'elle était gris métallisé. J'entendais le lapin à mes trousses. Mes poumons me brûlaient, je me rendis compte que je ne réussirais pas à le semer. J'avais trop peur pour penser à ce qui m'attendait. Je courais aveuglément dans la rue.

J'entendis des crissements de pneus et une voiture mettre les gaz. *Darrow ! Qui allait me rattraper !* Je tournai la tête et vis que ce n'était pas Darrow, mais la voiture grise, une Buick LeSabre, et aperçus ma mère au volant. Elle emboutit le lapin de plein fouet. Le faux rongeur fut projeté par-dessus le capot en une pirouette de fourrure synthétique puis retomba sur le côté de la rue en un tas tout plissé. La voiture conduite par Darrow s'arrêta à sa hauteur. Darrow et son autre compère masqué en descendirent, soulevèrent le lapin, le chargèrent sur la banquette arrière et repartirent.

Ma mère s'était arrêtée à quelques mètres de moi. Je boitillai jusqu'à elle, elle déverrouilla la portière, je montai en voiture.

— Sainte Marie mère de Dieu, s'écria-t-elle. Tu étais poursuivie par Richard Nixon, Bill Clinton et un lapin.

— Ouais. Quelle chance que tu sois passée à ce moment-là !

— J'ai écrasé le lapin, gémit-elle. Je l'ai sans doute tué.

— C'était un méchant lapin, c'est bien fait pour lui.

— On aurait dit le Lapin de Pâques. J'ai tué le Lapin de Pâques !

Ma mère éclata en sanglots.

Je pris un mouchoir en papier dans le sac maternel et le lui tendis. Puis, je regardai attentivement le contenu du sac.

— Tu as des Valium ? Ou un autre anxiolytique, n'importe lequel ?

Ma mère se moucha et passa une vitesse.

— Tu as une idée de ce qu'une mère ressent quand, en sortant en voiture, elle tombe sur sa fille poursuivie par un lapin. Tu ne pourrais pas avoir un travail normal ? Comme ta sœur…

Je levai les yeux au ciel. Ma sœur, encore ! Sainte Valérie.

— Et elle sort avec un gentil garçon, elle, poursuivit ma mère. Je crois que les intentions de ce monsieur sont tout à fait honorables. Il est avocat, ce qui ne gâche rien. Il gagnera bien sa vie, un jour.

Ma mère fit demi-tour et repassa par le carrefour afin que je récupère ma besace.

— Et toi ? insista-t-elle. Tu as un petit ami ?

— Tu tiens vraiment à le savoir ?

Je n'ai pas de « petit ami », je m'envoie en l'air avec Batman.

— Que fois-je faire ? dit ma mère. Tu crois que je devrais me dénoncer à la police ? De quoi aurais-je l'air ? Qu'est-ce que je leur dirais ? J'allais acheter de la viande chez Giovichinni quand, tout à coup, j'ai vu un lapin géant poursuivre ma fille, alors je l'ai embouti, mais il s'est volatilisé.

— Tu te souviens, quand j'étais petite, le jour où on est tous allés au cinéma et où papa a heurté un chien dans Roebing Street ? On est descendus de voiture et on a cherché le chien partout, mais impossible de le trouver. Il avait filé.

— Oh, ce que je m'en étais voulu !

— Ouais, mais on était quand même allés au ciné. On devrait peut-être aller acheter la viande, qu'en dis-tu ?

— Cette fois, c'est un *lapin*, dit ma mère. Il n'avait rien à faire sur la route.

— Exactement.

Nous roulâmes en silence jusque chez Giovichinni, et ma mère se gara devant la boutique. En descendant, nous examinâmes l'avant de la Buick. Quelques faux poils de lapin s'étaient coincés dans la calandre mais, à part ça, rien à signaler.

Laissant ma mère papoter avec le boucher, je ressortis furtivement de la boutique et appelai Morelli d'une cabine publique.

— Ça va peut-être te paraître un peu bizarre, lui dis-je, mais ma mère a renversé un lapin.

— Elle a « renversé » un lapin ?

— Oui, renversé, comme dans accident de la route. On ne sait pas si on doit le signaler à la police.

— Où êtes-vous ?

— Chez le boucher.

— Avec le lapin ?

— Non ! Lui, il est parti. Il était avec deux autres types. Ils l'ont récupéré et l'ont emporté.

Long silence à l'autre bout de la ligne.

— Là, j'en reste sans voix, putain, finit par dire Morelli.

Une heure plus tard, j'entendis son pick-up se garer devant chez mes parents. Joe débarqua en jean, boots et sweat-shirt assez ample pour dissimuler le revolver qu'il portait toujours à la ceinture.

Je m'étais douchée, coiffée, mais, comme je n'avais pas de vêtements de rechange, je portais toujours mon jean déchiré et taché de sang ainsi que mon T-shirt couvert de saletés. J'avais une entaille au genou, une égratignure au bras et une autre sur la joue. Je sortis sur le perron pour accueillir Joe et refermai la porte derrière moi. Je n'avais pas envie que Mamie Mazur nous rejoigne.

Morelli me détailla longuement, lentement, de la tête aux pieds.

— Si tu veux, je peux te cicatriser cette plaie rien qu'en l'embrassant.

Un talent acquis à force d'années passées à jouer au docteur.

Nous nous assîmes côte à côte sur les marches, et je lui racontai l'attaque du lapin à la boulangerie et la tentative d'enlèvement au carrefour.

— Je suis sûre que c'était Darrow qui conduisait, dis-je.

— Tu veux que je le fasse interpeller ?

— Non. Je n'ai pas pu l'identifier formellement.

Morelli se fendit d'un sourire.

— Ta mère a vraiment renversé le lapin ?

— Elle a vu qu'il me poursuivait, elle lui a foncé dessus, il a fait un vol plané.

— Tu vois qu'elle t'aime bien.

Je fis oui de la tête, et mes yeux s'embuèrent de larmes.

Une voiture passa devant nous. Deux hommes.

— Ça pourrait être eux, dis-je. Deux gros bras d'Abruzzi. J'essaie de rester sur mes gardes, mais ils ne sont jamais dans la même voiture. Et je ne connais qu'Abruzzi et Darrow. Les autres sont toujours masqués. Je n'ai pas le moyen de savoir quand et où ils vont me tomber dessus. La nuit, c'est encore pire quand tout ce que je vois, ce sont des phares qui vont et viennent.

— On fait des heures sup pour essayer de localiser Evelyn, on entend tous les témoins, mais jusque-là, ça n'a rien donné. Abruzzi s'est entouré de précautions.

— Tu veux interroger ma mère pour le lapin ?

— Il y avait des témoins ?

— Non, à part les deux gars dans la voiture.

— On n'a pas l'habitude de consigner les accidents où des lapins sont impliqués. C'était *bien* un lapin, au moins ?

Morelli déclina l'invitation à dîner. Je ne pouvais lui en vouloir. Valérie avait imposé Khloune, du coup, on manquait de chaises.

— N'est-il pas mignon, chuchota Mamie à mon oreille. Le portrait craché du petit bonhomme Pillsbury.

Après le dîner, je demandai à mon père de me raccompagner chez moi.

— Que penses-tu de ce clown ? me demanda-t-il en chemin. J'ai l'impression qu'il en pince pour Valérie. Tu crois qu'il y a des chances que ça donne quelque chose ?

— Il n'a pas quitté la table quand Mamie lui a demandé s'il était encore puceau. Je trouve que c'est plutôt bon signe.

— Ouais, il n'a pas pris ses jambes à son cou. Il doit vraiment être en manque pour vouloir faire partie de notre famille.

Quelqu'un l'a prévenu que la petite fille qui se prend pour un cheval est celle de Valérie ?

Je me disais que Mary Alice ne devait sans doute pas être un problème pour Khloune. Il éprouvait sûrement de l'empathie pour une gamine différente des autres. Ce que Khloune comprendrait peut-être moins bien, c'étaient les chaussons en fausse fourrure de Valérie. Il vaudrait sans doute mieux les faire disparaître.

Il n'était pas loin de neuf heures quand mon père me déposa au pied de mon immeuble. Le parking était comble, et de la lumière brillait à toutes les fenêtres. Les retraités se préparaient pour la nuit, victimes, à la tombée du soir, de leur mauvaise vue et de leur télé-dépendance.

En m'approchant de ma porte, je me dis que j'avais eu tort de renoncer au système de sécurité de Ranger. Ce serait sympa de savoir si quelqu'un m'attendait à l'intérieur. Mon revolver était coincé dans la ceinture de mon jean. J'avais dans la tête un plan tout tracé. À savoir : ouvrir la porte, brandir mon revolver, allumer toutes les lumières et refaire une imitation gênante d'un flic de sitcom.

La cuisine fut facile à vérifier: Rien à signaler. Je passai à la salle à manger, puis au coin salon. Là encore, facile à inspecter. La salle de bains, ça devenait plus problématique. Je devais affronter le rideau de douche. Je devais absolument me souvenir de ne PAS le fermer. Je le tirai d'un geste brusque… et poussai un gros soupir de soulagement. Pas de cadavre dans ma baignoire.

À première vue, ma chambre semblait être comme à l'ordinaire. Malheureusement, je savais d'expérience qu'elle regorgeait de cachettes pour toutes sortes d'abominations, comme les serpents. Je regardai sous le lit, puis dans tous mes tiroirs. J'ouvris la porte de la penderie… et poussai un autre soupir de soulagement. Rien ! J'avais fouillé tout l'appartement sans trouver personne, mort ou vif. Je pouvais m'enfermer à double tour en me sentant parfaitement en sécurité.

Au moment où je sortais de la chambre, ça me revint. Le souvenir visuel d'une chose bizarre. D'une chose pas à sa place. J'allai rouvrir la porte de la penderie. Et là, accrochée avec mes vêtements, écrasée entre ma veste en daim et une chemise en jean, je la vis : la combinaison de lapin.

J'enfilai des gants en latex, pris la fausse peau de lapin et allai la déposer dans l'ascenseur. Je n'avais pas envie que mon appartement subisse un autre assaut policier à grande échelle. De la cabine publique du hall, je passai un coup de fil anonyme au poste de police pour les prévenir de la présence d'un paquet suspect dans l'ascenseur. Puis je regagnai mon appartement et glissai *Ghostbusters* dans mon lecteur DVD.

À la moitié du film, je reçus un coup de fil de Morelli.

— Tu n'aurais pas plus d'infos au sujet du déguisement abandonné dans ton ascenseur, par hasard ?

— Qui, moi ?

— *Off the record*, et simple curiosité malsaine de ma part, où l'as-tu trouvé ?

— Dans ma penderie.

— Pfff.

— Tu crois que ça signifie que le lapin n'aura plus jamais besoin de son costume ?

Le lendemain matin, mon premier réflexe fut d'appeler Ranger.

— C'est pour le système de sécurité, lui dis-je.

— Tu reçois toujours des visites ?

— J'ai trouvé un déguisement de lapin dans ma penderie.

— Quelqu'un à l'intérieur ?

— Non ! Juste la panoplie.

— Je t'envoie Hector.

— Il me fait peur.

— Ouais, à moi aussi. Mais ça fait plus d'un an qu'il n'a tué personne. À part ça, il est gay, alors tu ne risques pas grand-chose.

15

Morelli me téléphona dans la foulée.

— J'arrive au boulot, il y a du nouveau, me dit-il. Tu connais Léo Klug ?

— Non.

— Il est boucher au marché Sal Carto. C'est sûrement chez lui que ta mère se fournit en saucisses Kielbasa. Il est aussi grand que moi, mais encore plus baraqué. Il a une cicatrice en travers du visage. Brun.

— Ah ! Oui, je vois qui tu veux dire. J'y suis allée faire des courses l'autre jour, c'est lui qui m'a servie.

— Ici, on sait que, parfois, Klug exerce aussi ses talents de boucher en free-lance.

— Tu ne parles plus de bovins, là ?

— Les bovins, c'est son travail de jour.

— Je ne sais pas pourquoi, mais j'ai l'intuition que je ne vais pas apprécier le tour que va prendre notre conversation.

— Dernièrement, on a vu Klug traîner avec deux ou trois types qui travaillent pour Abruzzi. Ce matin, on l'a retrouvé mort, écrasé par une voiture à une trentaine de mètres du marché.

— Omondieucépavré !

— Une idée sur l'identité de la personne au volant ?

— Non, sûrement un chauffard en état d'ivresse.

Ce qui nous plongea, lui et moi, dans un abîme de réflexion.

— Ta mère ferait peut-être mieux de porter la LeSabre au lavage automatique.

— Oh, non ! Ne me dis pas que ma mère a tué Léo Klug !

— Je n'ai pas entendu ce que tu viens de dire.

Après avoir raccroché, je me fis du café, un œuf brouillé et je glissai une tranche de pain de mie dans le toaster. Stéphanie Plum, la fée du logis ! Je sortis en douce dans le couloir de l'étage, chipai le journal de M. Wolesky et le lus en petit-déjeunant.

Au moment où je le reposais sur le paillasson de mon voisin, Ranger et Hector émergèrent de l'ascenseur.

— Je sais où elle est, annonça Ranger. On vient de me donner le tuyau par téléphone. Viens, on fonce !

Je coulai un regard en direction d'Hector.

— Ne t'en fais pas pour lui, me dit Ranger.

Je pris ma besace, une veste et courus pour rattraper Ranger. Il avait repris le pick-up aux phares globuleux. Je me hissai sur le siège et bouclai la ceinture.

— Où est-elle ?

— À l'aéroport de Newark. Jeanne Ellen revenait avec son DDC, elle a vu Dotty, Evelyn et les enfants à la porte d'embarquement à côté de la sienne. J'ai demandé à Tank de trouver leur vol, leur avion devait décoller à dix heures, mais il partira avec une heure de retard.

— Où vont-elles ?

— À Miami.

Le trafic, dense dans Trenton, devint plus fluide puis de nouveau plus compact sur l'autoroute. Heureusement, ça ne bouchonnait pas. La bonne circulation du New Jersey. Une conduite qui vous booste l'adrénaline. Pare-chocs contre pare-chocs à cent trente à l'heure.

Au moment où Ranger s'engagea sur la bretelle de sortie pour l'aéroport, je lançai un coup d'œil à ma montre. Presque dix heures. Quelques minutes plus tard, Ranger arrivait sur les chapeaux de roue au niveau Départ et pilai au bord du trottoir.

— Le temps presse, dit-il. Vas-y pendant que je cherche une place. Si tu as ton revolver sur toi, laisse-le dans le pick-up.

Je le lui donnai et filai au pas de course. En entrant dans le terminal, je lus l'écran d'affichage des départs. L'heure du décollage était confirmée. Embarquement à la même porte. En rongeant mon frein, je fis la queue au contrôle de sécurité. J'étais si proche d'Evelyn et d'Annie. Quelle plaie si je les ratais ici !

J'accédai au salon d'attente et m'orientai jusqu'à la porte d'embarquement, marchant dans le hall en observant tout le monde. Je scrutai la foule devant moi, et je vis Evelyn, Dotty et les enfants deux portes plus loin. Elles étaient assises. Elles attendaient. Deux mères de famille et leurs gamins partant pour la Floride.

Je m'approchai d'elles calmement et m'assis sur le siège inoccupé à côté d'Evelyn.

— Il faut que nous parlions, dis-je.

Elles parurent à peine étonnées. Comme si rien ne pouvait plus les surprendre. Toutes deux paraissaient très fatiguées. On aurait dit qu'elles avaient dormi tout habillées. Les enfants s'amusaient bruyamment et sans complexe. Le genre de gamins qu'on voit tout le temps dans les aéroports. Horripilants.

— Je comptais vous téléphoner, me dit Evelyn. Je l'aurais fait de Miami. Dites à Grand-maman que je vais bien.

— Je veux savoir pourquoi vous fuyez. Si vous ne me le dites pas, je vais vous causer des problèmes, vous empêcher de partir.

— Non ! s'écria Evelyn. S'il vous plaît, non. Il est important que nous prenions cet avion.

On entendit la première annonce pour l'embarquement.

— La police de Trenton vous recherche, dis-je. On veut vous interroger sur deux meurtres. Je peux appeler la sécurité et vous faire reconduire à Trenton.

Evelyn pâlit.

— Il me tuera.

— Abruzzi ?

Elle confirma d'un signe de tête.

— Tu ferais peut-être mieux de tout lui dire, intervint Dotty. Nous n'avons pas beaucoup de temps.

— Quand Steven a perdu le bar, Abruzzi et des hommes à lui sont venus chez nous, et… il s'est « occupé » de moi.

Je sentis ma respiration se bloquer par réflexe.

— Je suis désolée, dis-je.

— C'était sa façon de nous faire peur. Il joue, comme un chat avec une souris. Il aime jouer avant de tuer. Et il aime dominer les femmes.

— Vous auriez dû porter plainte.

— Il m'aurait tuée avant que je témoigne à son procès. Ou, pire que tout, il aurait peut-être fait du mal à Annie. La machine judiciaire avance trop lentement pour rattraper un homme comme Abruzzi.

— Pourquoi vous poursuit-il maintenant ?

Ranger me l'avait déjà expliqué, mais je voulais l'entendre de la bouche d'Evelyn.

— Abruzzi est un fana de jeux de guerre, il collectionne les médailles et tout le toutim. Il gardait une médaille bien en évidence sur son bureau. Je suppose que c'était sa préférée puisque, soi-disant, elle aurait appartenu à Napoléon. Bref, quand Steven et moi avons divorcé, le tribunal lui a accordé un droit de visite. Il prenait notre fille avec lui tous les samedis. Il y a quinze jours, Abruzzi a fêté l'anniversaire de la sienne chez lui, et a demandé à Steven d'amener Annie.

— Annie et la fille d'Abruzzi sont amies ?

— Non. C'était juste une façon pour Abruzzi d'affirmer son autorité. Il fait toujours des choses comme ça. Il appelle ceux qui l'entourent ses « soldats ». Ils doivent le traiter comme s'il était Dieu le père ou l'empereur Napoléon ou un grand général. Alors, pour l'anniversaire de sa fille, ses bons petits soldats devaient tous venir avec leurs enfants. Steven faisait partie des troupes. Abruzzi avait gagné le bar, c'était comme si Steven lui appartenait aussi. Steven n'a pas apprécié de perdre son bar, mais il aimait faire partie de la famille Abruzzi. S'être acoquiné avec quelqu'un dont il avait peur devait lui donner l'impression d'être un petit caïd.

Jusqu'à ce qu'on le scie en deux...

— Bref, poursuivait Evelyn, pendant la fête, Annie est entrée dans le bureau d'Abruzzi, a vu la médaille et l'a prise pour la montrer aux autres enfants. Aucun d'eux ne s'y est vraiment intéressé, la médaille a fini dans la poche d'Annie, et Annie l'a rapportée à la maison.

L'embarquement fut annoncé pour la deuxième fois, et, du coin de l'œil, je vis Ranger qui, à bonne distance, nous observait.

— Continuez, dis-je. Vous avez le temps.

— Dès que j'ai vu la médaille, j'ai su ce que ça représentait.

— Votre billet de sortie ?

— Exactement. Tant que je restais à Trenton, Annie et moi étions sous le joug d'Abruzzi. Je n'avais pas d'argent pour partir. Pas de qualifications professionnelles. Sans parler de l'accord de divorce. Mais cette médaille valait beaucoup d'argent. Abruzzi n'arrêtait pas de s'en vanter. Alors, j'ai fait mes valises et je suis partie. J'ai quitté la maison dans l'heure qui a suivi l'arrivée de la médaille. Je suis allée demander de l'aide à Dotty car je ne savais pas où aller. Tant que je n'avais pas vendu la médaille, je n'avais pas du tout d'argent.

— Malheureusement, intervint Dotty, ça prend du temps de vendre une médaille comme celle-là. Il ne faut pas se précipiter.

Une larme roula sur la joue d'Evelyn.

— J'ai entraîné Dotty dans cette galère, et maintenant, elle est coincée elle aussi.

— Tout finira par s'arranger, dit Dotty qui surveillait les enfants.

Mais elle ne semblait pas trop y croire.

— Qu'en est-il des dessins d'Annie ? demandai-je. Ceux qui représentent des hommes tués par balle. Ils font penser qu'elle a peut-être assisté à un meurtre.

— Si vous les regardez de plus près, vous verrez que tous les personnages portent des médailles. Elle les a dessinés pendant que je faisais nos valises. Tous ceux qui côtoient Abruzzi, même les enfants, entendent parler de guerre, de tueries et de médailles. C'est son obsession.

Soudain, je me sentis abattue. Je ne pouvais rien tirer de tout cela. Ni témoin de meurtre. Ni personne pour m'aider à chasser Abruzzi de ma vie.

— Un acquéreur nous attend à Miami, dit Dotty. J'ai vendu ma voiture pour acheter nos billets d'avion.

— Digne de confiance, cet acquéreur ?

— Il nous paraît intègre, me répondit Dotty. De toute façon, un ami nous attend à l'aéroport. C'est un garçon très avisé, il supervisera la transaction. Elle devrait être assez simple. On montre la médaille, un expert l'examine, et Evelyn reçoit une valise pleine de billets.

— Et ensuite ?

— Ensuite, nous devrons sans doute continuer à nous cacher. Commencer une nouvelle vie ailleurs. Si Abruzzi se faisait arrêter ou tuer, nous rentrerions chez nous.

Je n'avais aucune raison de les empêcher de partir. Je pensais qu'elles n'avaient pas pris la bonne décision, mais de quel droit les jugerais-je ?

— Bonne chance, dis-je. Donnez-moi de vos nouvelles. Et appelez Mabel. Elle s'inquiète vraiment pour vous.

Evelyn se leva d'un bond et me serra contre elle. Dotty rassembla les enfants et le petit groupe s'en alla vers Miami.

Ranger me rejoignit et m'enlaça la taille.

— Elles t'ont raconté une histoire à faire pleurer dans les chaumières, c'est ça ?

— Ouais.

Il sourit et m'embrassa sur le haut du crâne.

— Tu devrais sérieusement envisager de te recycler. Dans le toilettage pour chats, peut-être. Ou l'agencement floral.

— Leur histoire était très convaincante.

— La gamine a-t-elle assisté à un meurtre ?

— Non. Elle a volé une médaille qui vaut son pesant d'or.

Ranger haussa les sourcils d'un air admiratif.

— Bravo. J'aime bien les enfants qui ont l'esprit d'entreprise.

— Je n'ai pas de témoin oculaire d'un meurtre, et l'ours et le lapin sont morts. Je crois que je suis baisée.

— On déjeune d'abord. C'est moi qui régale.

— Tu veux dire que tu m'invites *à déjeuner*, c'est ça ?

— Aussi. Je connais un restau à Newark qui fait passer Chez Shorty pour un bar de lavettes.

Aïe, aïe, aïe.

— Au fait, j'ai vérifié ton calibre .38 dans le pick-up. Il n'y a que deux balles. J'ai le mauvais pressentiment qu'il retournera dans la boîte à biscuits quand tu auras vidé le barillet.

Je lui adressai un petit sourire pour toute réponse.

Moi aussi, je sais être mystérieuse quand je veux.

En route vers chez moi, Ranger envoya un message sur le pager d'Hector, et, en sortant de l'ascenseur, nous trouvâmes ce dernier qui nous attendait devant ma porte. Il tendit le nouveau boîtier à Ranger et me sourit en mimant la forme d'un revolver avec ses doigts.

— *Bang !* chuchota-t-il.

— Super, commenta Ranger. Hector fait des progrès en anglais.

Ranger me lança le boîtier et partit avec Hector.

J'entrai dans mon appartement, et me plantai dans ma cuisine. Bon, et maintenant ? Maintenant, c'en était fini de ma tranquillité d'esprit. Dès que je mettrais le nez dehors, je me demanderais à quel moment Abruzzi me tomberait dessus, quel moyen il choisirait pour m'agresser, à quel point ce serait affreux. Encore plus affreux que je ne saurais l'imaginer, sans doute.

À ma place, ma mère ferait du repassage. Elle repasse toujours quand elle est stressée. Ne jamais s'approcher de ma mère quand elle a le fer à la main ! À ma place, Mabel ferait un gâteau. Mamie Mazur ? Oh, elle, c'est tout simple : elle regarderait la chaîne Météo. Et moi ? Moi, je mange des TastyKakes.

OK, là, j'avais un gros problème. Il ne me restait plus de TastyKakes. J'avais mangé un hamburger avec Ranger, mais je n'avais pas pris de dessert. Maintenant, il me fallait un TastyKake. Sans TastyKake, je resterais là à broyer du noir en pensant à Abruzzi. Malheureusement, je n'avais aucun moyen d'accès à des TastyKakes, étant donné que je n'avais plus de voiture. J'attendais toujours le fichu chèque de mon assurance.

Hé, suis-je bête ! Je peux *marcher* jusqu'à l'épicerie. Elle se trouve à quatre pâtés de maisons. Parcourir une telle distance à pied, une fille ne fait jamais ça dans le New Jersey, mais au diable les préjugés ! J'avais remis mon revolver dans ma besace, il contenait deux balles qui ne demandaient qu'à partir. De quoi me donner de l'assurance. Je l'aurais bien glissé à ma ceinture comme Ranger et Joe, mais je n'avais pas la place. Je ferais sans doute mieux de me limiter à *un* TastyKake.

Je verrouillai ma porte et descendis par l'escalier. Mon immeuble n'avait rien de luxueux. Le ménage était bien fait, l'entretien assuré. Il avait été bâti en toute simplicité et toute solidité. Il disposait d'une porte de service et d'une entrée principale qui, toutes deux, donnaient sur le petit hall, de même que l'escalier et l'ascenseur. Les boîtes aux lettres tapissaient un mur, le sol était carrelé. La société immobilière avait eu l'idée d'ajouter une plante en pot ainsi que deux fauteuils en osier, tentative louable de compenser l'absence de piscine.

Abruzzi trônait dans l'un des fauteuils. Costume impeccable. Chemise d'un blanc éclatant. Visage inexpressif. Il désigna l'autre fauteuil.

— Assieds-toi, dit-il. J'ai pensé qu'il serait bon que nous ayons une petite conversation.

Darrow restait planté devant la porte.

Je m'assis dans le fauteuil, sortis le revolver de ma besace et le pointai sur Abruzzi.

— Avec plaisir, dis-je. De quoi voulez-vous qu'on parle ?

— Ce revolver est censé m'impressionner ?

— Simple précaution.

— Mauvaise stratégie militaire pour une reddition.

— La vôtre ou la mienne ?

— La tienne, évidemment. Tu vas bientôt devenir une prisonnière de guerre.

— Flash info ? Vous avez vraiment besoin d'un bon suivi psychiatrique.

— Par ta faute, j'ai perdu des soldats.

— Le lapin ?

— Il était une valeur sûre de ma garde impériale.

— L'ours ?

— Lui, c'était un tueur à gages, dit Abruzzi avec un vague geste de la main. Sacrifié pour ton malheur et pour mon bien.

— OK, et Soder ? C'était un de vos soldats, lui aussi ?

— Soder m'a déçu. Il n'avait aucun caractère. C'était une chiffe molle, pas même capable de contrôler sa femme et sa fille. Quel boulet ! Comme son bar. L'assurance valait beaucoup plus que le bar en lui-même.

— Je ne vois pas trop ce que j'ai à voir avec tout ça.

— Toi, tu es l'ennemie. Tu as choisi d'être dans le camp d'Evelyn dans cette partie. Comme tu le sais, elle a quelque chose qui m'appartient et que je veux récupérer. Je te laisse une dernière chance de survie… si tu m'aides à récupérer ce qui me revient de plein droit.

— Je ne sais pas de quoi vous parlez.

Abruzzi baissa le regard sur mon arme.

— Deux balles ? dit-il.

— Je n'aurai pas besoin de plus.

Oh là là, je n'en croyais pas mes oreilles. Moi, j'avais dit ça ? Pourvu qu'Abruzzi parte le premier, j'étais sûre que j'avais mouillé le fauteuil.

— C'est la guerre, alors ? demanda Abruzzi. Je te conseille de revoir ta défense. Sinon, tu risques fort de ne pas aimer ce que je te réserve. Fini de jouer, fini la rigolade.

Je gardai le silence.

Abruzzi se leva et sortit. Darrow lui emboîta le pas.

Je restai assise un long moment, revolver en main, attendant que mon rythme cardiaque revienne à la normale. Je me levai et vérifiai illico l'état du fauteuil, puis *mon* état. Miracle : nous étions intacts.

Marcher jusqu'à l'épicerie ne me disait plus rien. Peut-être valait-il mieux mettre en ordre toutes mes affaires. À part désigner un tuteur légal pour Rex, la seule chose en suspens dans ma vie, c'était Andy Bender. Je remontai chez moi et appelai l'agence.

— Je pars arrêter Bender, dis-je à Lula. Ça te dit de venir ?

— Pas question, cousine. Faudra d'abord me mettre une combinaison anticontamination avant que je m'approche de cet endroit. Et même, j'irais pas. Je te dis qu'y a Dieu là-dessous. Il a des plans.

Je raccrochai et appelai Khloune.

— Je pars arrêter Bender, lui dis-je. Ça vous dit de m'accompagner ?

— Oh, mince. Je ne peux pas. J'aurais adoré. Vous savez que j'adore ça. Mais là, vraiment, je ne peux pas. Il vient de me tomber une grosse affaire. Un accident de la route, juste en face de la laverie. Bon, d'accord, pas exactement en face. J'ai dû courir sur plus de cinq cents mètres pour arriver à temps. Mais il devrait y avoir une belle indemnisation à la clé.

Oh, ça vaut peut-être mieux, me dis-je. Au stade où j'en suis, autant faire le boulot toute seule. Peut-être même m'en serais-je mieux sortie si je l'avais fait seule dès le début ? Par malheur, je n'ai toujours pas de menottes. Pire que ça : pas de voiture. Ce que j'ai, en revanche, c'est un revolver chargé de deux balles.

Alors, je choisis la seule solution qu'il me restait. J'appelai un taxi.

— Attendez-moi ici, dis-je au chauffeur. Je n'en ai pas pour longtemps.

Il me décocha un regard, puis considéra la cité de logements sociaux.

— Heureusement pour vous que je connais votre père, sinon je ne resterais pas là en laissant tourner le moteur. On ne peut pas dire que ce soit un quartier chic.

Mon revolver était contre ma cuisse, coincé dans le holster en nylon noir. Je laissai ma besace dans le taxi, marchai jusqu'à la porte de chez Bender et frappai.

La femme de Bender m'ouvrit.

— Je viens chercher Andy, lui dis-je.

— Vous plaisantez, c'est ça ?

— Au contraire, je suis très sérieuse.

— Il est mort. Je pensais que vous le saviez.

Mes idées se brouillèrent un bref instant, puis laissèrent la place à de l'incrédulité. Elle mentait. Je regardai derrière elle et vis alors que l'appartement était très propre et qu'il n'y avait aucun signe de Bender.

— Je l'ignorais, dis-je. Qu'est-il arrivé ?

— Vous vous souvenez qu'il avait la grippe ?

J'opinai de la tête.

— Ben, ça l'a tué. En fait, il avait chopé un microbe super-résistant aux antibiotiques. Après votre départ, il a demandé à un voisin de l'emmener à l'hôpital. L'infection a gagné ses poumons et ça a été fini. C'est le destin.

J'en eus la chair de poule.

— Je suis désolée…

— Ouais, comme vous dites.

Sur ce, elle referma la porte.

Je retournai au taxi et m'effondrai sur la banquette arrière.

— Ce que vous êtes pâle, me dit le chauffeur. Ça va ?

— Il vient de se passer une chose très bizarre, mais ça va. Les choses bizarres, je commence à m'y habituer.

— Et maintenant ?

— Chez Vinnie.

J'entrai comme une bourrasque dans l'agence.

— Lula, tu ne le croiras jamais ! m'écriai-je. Andy Bender est mort.

— Arrête ! Tu me fais marcher ?

La porte du bureau de Vinnie s'ouvrit brusquement.

— Où sont les témoins ? Vingt dieux, tu ne lui as pas tiré dans le dos, au moins ? Ma compagnie d'assurances n'aime carrément pas ça.

— Je ne lui ai pas tiré dessus du tout. Il est mort d'une mauvaise grippe. Je reviens de chez lui, sa femme m'a appris son décès. La grippe.

Lula se signa.

— Je suis contente d'avoir appris ce truc de croix, dit-elle.

Ranger, près du bureau de Connie, un dossier en main, souriait.

— Tu viens de descendre de ce taxi ? me demanda-t-il.

— Ça se peut.

Son sourire s'élargit.

— Tu es allée arrêter un DDC en taxi.

Je posai la main sur mon revolver et poussai un gros soupir.

— Ne me cherche pas, dis-je. Ce n'est pas une superbonne journée pour moi et, comme tu le sais, il me reste deux balles là-dedans. Je pourrais bien finir par les utiliser sur l'un d'entre nous.

— Tu as besoin qu'on te raccompagne chez toi ?

— Oui.

— Je suis ton homme, dit Ranger.

Derrière lui, Connie et Lula s'éventaient à qui mieux mieux.

Je grimpai dans le pick-up et regardai alentour.

— Tu cherches quelqu'un ? demanda Ranger.

— Abruzzi. Il m'a encore menacée.

— Tu le vois ?

— Non.

Le trajet n'est pas long de l'agence à chez moi. Trois ou quatre kilomètres. La progression est ralentie par les feux et le trafic occasionnel selon l'heure de la journée. Aujourd'hui, j'aurais préféré que le trajet s'éternise. Avec Ranger à mes côtés, je ne me sentais plus menacée par Abruzzi.

Ranger s'engagea dans le parking de mon immeuble et se gara.

— Il y a un type dans le SUV près de la benne, dit-il. Tu le connais ?

— Non. Il n'habite pas ici.

— Allons lui parler.

Nous descendîmes du pick-up, nous approchâmes du SUV et Ranger cogna à la portière.

L'homme baissa la vitre.

— Ouais ?

— Vous attendez quelqu'un ?

— Ça vous regarde ?

Ranger l'empoigna par le col de sa veste et le fit à moitié passer par la portière.

— J'aimerais que tu transmettes un message à Eddie Abruzzi, dit-il. Tu veux bien faire ça pour moi ?

L'homme fit oui de la tête.

Ranger le lâcha et recula.

— Dis-lui qu'il a perdu la guerre et qu'il ferait mieux de passer à autre chose.

Nous avions tous deux dégainé notre revolver que nous gardâmes pointé sur le SUV jusqu'à ce qu'il soit hors de vue.

Ranger leva la tête vers ma fenêtre.

— On va attendre ici un petit moment pour laisser le temps au reste de la bande de sortir de ton appart, dit-il. J'aimerais autant ne devoir tuer personne aujourd'hui. J'ai un planning hyperchargé. Je préférerais ne pas devoir remplir des formulaires de police.

Cinq minutes plus tard, nous entrions dans l'immeuble et montions par l'escalier. Le couloir du premier étage était désert. Mon petit boîtier signalait la fracture du système de sécurité de mon appartement. Ranger entra le premier et fit le tour du propriétaire. Personne.

Le téléphona sonna juste au moment où Ranger partait. C'était Eddie Abruzzi et il ne perdit pas de temps avec moi. Il demanda à parler à Ranger.

Ranger prit l'appareil en branchant le haut-parleur.

— Restez en dehors de tout ça, dit Abruzzi. C'est une affaire personnelle entre mademoiselle et moi.

— Erreur. À partir de maintenant, vous la laissez tranquille.

— Donc, vous avez choisi votre camp.

— Ouais, c'est ça, j'ai choisi mon camp.

— Très bien. Vous ne me laissez pas le choix. Je vous suggère de regarder par la fenêtre, côté parking.

Il raccrocha.

Je suivis Ranger jusqu'à la fenêtre, et nous regardâmes en bas. Le SUV revenait. Il se gara derrière le pick-up aux phares globuleux de Ranger et le passager lança un objet sur le plateau du pick-up qui, dans la seconde, fut dévoré par les flammes.

Nous demeurâmes immobiles quelques secondes, aux premières loges pour assister à ce spectacle au son des sirènes de plus en plus proches.

— J'aimais bien ce pick-up, commenta Ranger.

Lorsque Morelli arriva, peu après six heures, les restes du pick-up étaient chargés sur un camion à plateau. Ranger finissait de remplir la paperasse policière. Il lança un coup d'œil à Joe et le salua d'un signe de tête.

Morelli vint se coller à moi.

— Tu veux m'en parler ? demanda-t-il.

— *Off the record ?*

— *Off the record.*

— On a su qu'Evelyn se trouvait à l'aéroport de Newark. On y est allés et je l'ai coincée avant qu'elle n'embarque. Après avoir entendu sa version des faits, j'ai décidé qu'il valait mieux qu'elle prenne l'avion, et je l'ai laissée partir. De toute façon, je n'avais aucune raison de l'arrêter. Je voulais juste savoir de quoi il retournait. À notre arrivée ici, les hommes d'Abruzzi m'attendaient. On a eu des mots, et ils ont foutu le feu au pick-up.

— Il faut que je parle à Ranger, dit Morelli. Tu ne bouges pas, hein ?

— Si tu voulais bien me prêter ton pick-up, j'irais bien m'acheter une pizza. Je meurs de faim.

Morelli me tendit ses clés et un billet de vingt.

— Prends-en deux. J'appelle Chez Pino pour les commander.

Je sortis du parking en prenant la direction du Bourg. En tournant à l'hôpital, je regardai dans le rétroviseur. J'étais prudente à présent. Je m'efforçais de ne pas laisser ma peur monter à la surface, mais elle mijotait en moi. Je n'arrêtais pas de me répéter que ce n'était qu'une question de temps avant que la police arrête Abruzzi. Il allait trop loin. Il s'était embourbé dans sa folie, il ne faisait plus de différence entre ses jeux et la vie. Trop de gens étaient impliqués. Il avait tué l'ours et Soder pour qu'ils ne parlent pas, mais il y en avait d'autres. Il ne pouvait quand même pas nous tuer tous, si ?

Je ne vis aucune voiture tourner derrière moi, mais ça ne garantissait rien. S'il y a plusieurs véhicules, il est parfois très difficile de se rendre compte qu'on est filé. Par sécurité, je sortis mon revolver en arrivant au parking. Je n'avais qu'une courte distance à parcourir. Une fois dans la pizzeria, je ne risquerais plus rien. Il y avait toujours deux ou trois policiers attablés Chez Pino.

Je sautai au bas du pick-up et me dirigeai vers la porte du bar. À peine avais-je fait deux pas, qu'une camionnette verte surgit de nulle part. Elle s'arrêta en douceur, la vitre descendit, et Valérie tourna la tête vers moi. Sa bouche était bâillonnée par du gros Scotch et ses yeux écarquillés étaient noyés de terreur. Il y avait trois hommes à bord, en comptant le chauffeur. Deux d'entre eux portaient des masques en latex : Nixon et Clinton, le retour. Leur compère avait le visage dissimulé sous un sac en papier troué à hauteur des yeux. J'en conclus que leur budget ne permettait pas l'achat d'un troisième masque. Sac Troué appuyait le canon de son revolver sur la tempe de Val.

Je ne savais pas quoi faire. J'étais pétrifiée. Paralysée, au mental comme au physique.

— Lâche ton revolver, me dit Sac Troué. Et avance lentement vers la camionnette, ou je bute ta frangine, parole d'honneur.

Mon revolver glissa d'entre mes doigts.

— Relâchez-la.

— Une fois que tu seras montée.

J'avançai à contrecœur jusqu'à eux et Nixon me tira sur la banquette arrière. Il colla du gros Scotch en travers de ma bouche et en enroula en menottes autour de mes poignets. Le conducteur mit les gaz, nous conduisit hors du Bourg et jusqu'en Pennsylvanie, de l'autre côté de la rivière.

Dix minutes plus tard, nous roulions sur un chemin de terre. Les maisons s'étaient faites petites et rares, nichées au cœur de bouquets d'arbres. La camionnette ralentit et s'arrêta sur le côté. Sac Troué ouvrit la portière et éjecta Valérie. Je la vis s'écrouler par terre et rouler sur elle-même jusque dans les buissons en contrebas. Sac Troué referma la portière et le conducteur redémarra.

Quelques minutes plus tard, la camionnette tournait dans une allée et pilait. Nous descendîmes et entrâmes dans un petit bungalow en bardeaux décoré avec goût. Un mobilier pas luxueux, mais confortable et design. On me dirigea jusqu'à une chaise de cuisine et on m'ordonna de m'asseoir. J'obtempérai, et, peu après, le gravier de l'allée crissa sous les pneus d'une voiture. La porte du bungalow s'ouvrit et Abruzzi entra. Il était le seul de la bande à ne pas porter de masque.

Il prit une chaise et s'assit face à moi. Nous étions si près que nos genoux se touchaient, je sentais la chaleur de son corps. Il tendit le bras et arracha le Scotch de ma bouche.

— Où est-elle ? me demanda-t-il. Où est Evelyn ?

— Je ne sais pas.

Il me gifla du plat de la main, si fort que je décollai de ma chaise. Ce fut en état de choc que je m'étalai par terre, trop stupéfiée pour pleurer, trop effrayée pour protester. Je sentis le goût de mon sang et clignai des yeux pour refouler mes larmes.

Le type au masque Clinton me souleva par les aisselles et me rassit sur la chaise.

— Je vais de nouveau te poser la question, dit Abruzzi. Je vais continuer à te la poser jusqu'à ce que tu me le dises. Chaque fois que tu ne répondras pas, je te ferai bobo. Tu aimes avoir bobo ?

— Je ne sais pas où elle est. Vous me surestimez. Je ne suis pas très douée pour retrouver la trace des gens.

— Ah, mais tu es copine avec Evelyn, non ? Sa grand-mère et tes parents sont voisins. Tu connais Evelyn depuis toujours. Moi, je pense que tu sais où elle est. Et que tu sais pourquoi je veux la retrouver.

Abruzzi se leva et s'approcha du poêle. Il alluma le gaz, prit un tisonnier à côté de la cheminée et le maintint dans la flamme. Puis, il le testa en jetant un peu d'eau dessus. Le tisonnier grésilla et l'eau s'évapora.

— On commence par quoi ? demanda-t-il. On te crève un œil ? Ou tu préfères un truc plus sexuel tout de suite ?

Si je lui disais qu'Evelyn était partie pour Miami, il l'y pourchasserait. La tuerait, sans doute, ainsi qu'Annie. Et me tuerait probablement aussi, même si je parlais.

— Evelyn est partie en voiture et traverse le pays, dis-je.

— Mauvaise réponse. Je sais qu'elle a pris l'avion pour Miami. Malheureusement, Miami est une grande ville. J'ai besoin de savoir où elle réside là-bas.

Sac Troué plaqua ma main sur le plateau de la table, Masque Nixon découpa ma manche puis renversa ma tête en arrière tandis qu'Abruzzi approchait le tisonnier de mon bras nu. Quelqu'un cria. Moi, sans doute. Puis, je perdis connaissance. Quand je revins à moi, j'étais par terre. Mon bras était brûlant, la pièce sentait le cochon grillé.

Sac Troué me força à me relever et me rassit une fois encore sur la chaise. Le plus horrible dans tout ça, c'était que je ne savais sincèrement pas où Evelyn se trouvait. Ils pouvaient me torturer autant qu'ils voulaient, je ne risquais pas de le leur dire. Ils allaient me torturer à mort.

— OK, reprit Abruzzi. On reprend. Où est Evelyn ?

Un bruit de moteur nous parvint de l'extérieur. Abruzzi tendit l'oreille. Masque Nixon alla se poster à la fenêtre et, soudain, une lumière aveuglante de pleins phares transperça les rideaux, et la camionnette verte pulvérisa la baie vitrée. Beaucoup de poussière et de confusion s'ensuivirent. Je bondis sur mes pieds, ne sachant trop où aller, quand, tout à coup, je me rendis compte que c'était Valérie qui conduisait la camionnette. Je me précipitai pour ouvrir la portière coulissante, grimpai à l'intérieur et criai à Valérie de foncer. Elle enclencha la marche arrière, recula en mettant le pied au plancher et braqua au bas de l'allée.

Valérie était toujours bâillonnée et menottée avec du gros Scotch, mais ça ne la ralentissait pas pour autant. Elle fonça sur le chemin, atteignit l'autoroute et aborda la bretelle d'accès au pont en dérapant sur les chapeaux de roue. Ma peur, à présent, était qu'elle nous foute à la baille dans la rivière si elle ne ralentissait pas. Des morceaux de bardeaux étaient coincés sous les essuie-glaces, le pare-brise était fendillé et l'avant de la camionnette cabossé.

J'arrachai le Scotch de la bouche de Valérie et elle poussa un long hurlement. Ses yeux étaient toujours emplis de terreur, son nez coulait, ses vêtements étaient déchirés et crottés de terre.

— Mon Dieu, sanglota-t-elle. Mais quel genre de vie mènes-tu donc ? Tout ça n'est pas réel. Putain, c'est un téléfilm, ce n'est pas possible !

— Wouah, Val, c'est toi qui as dit « putain » ?

— Oh que oui, putain ! Je suis morte de trouille, putain ! Je n'arrive pas à croire que je t'aie trouvée. Je marchais, je pensais avoir pris la direction de Trenton, mais j'ai dû faire demi-tour à un moment. Alors, j'ai vu la camionnette. J'ai regardé par la fenêtre, et je les ai vus te brûler. Ils avaient laissé la clé sur le contact, et... et... et je crois que je vais vomir.

Elle braqua, s'arrêta sur le bord de la route en un crissement de pneus, ouvrit la portière et fut secouée de hoquets.

À partir de là, je pris le volant. Je ne pouvais pas ramener Valérie chez mes parents dans cet état-là. Ma mère deviendrait folle. J'avais peur de retourner chez moi. Je n'avais pas de téléphone, impossible de contacter Ranger. Ce qui laissait Morelli. Je tournai dans le Bourg en direction de chez lui et, à tout hasard, fit un crochet pour passer devant Chez Pino.

Le pick-up de Morelli était toujours là, plus la Mercedes de Ranger et le Range Rover noir. Morelli, Ranger, Tank et Hector se trouvaient sur le parking. Je garai la camionnette à côté du pick-up de Morelli, et Valérie et moi descendîmes en titubant.

— Il est en Pennsylvanie, dis-je. Dans une maison au bord d'un chemin. Il m'aurait tuée si Valérie n'avait pas foncé dans la fenêtre avec la camionnette, je ne sais pas comment on a réussi à s'échapper.

— Oh, putain, c'était l'horreur ! dit Valérie qui claquait des dents. Oh, putain, ce que j'ai eu peur !

Elle baissa le regard sur ses poignets, toujours liés par du Scotch.

— J'ai les poignets scotchés, dit-elle comme si elle venait de s'en apercevoir.

Hector sortit un couteau à cran d'arrêt et trancha ce lien.

— Comment veux-tu qu'on fasse ? demanda Morelli à Ranger.

— Raccompagne Stéph et Valérie, répondit Ranger.

Ranger me regarda dans les yeux un long moment, puis Morelli passa le bras autour de ma taille et m'aida à monter dans son pick-up. Tank pressa ma sœur de s'asseoir à côté de moi.

Morelli nous conduisit chez lui. Il passa un coup de fil et des vêtements de rechange apparurent. Ils appartenaient à sa sœur, sans doute. J'étais trop fatiguée pour lui poser la question. J'aidai Val à faire un brin de toilette, puis nous la raccompagnâmes chez mes parents. Ensuite, nous fîmes un saut aux urgences pour faire bander ma brûlure, et nous retournâmes chez Morelli.

— Cette fois, j'ai ma dose, dis-je à Joe.

Morelli referma la porte derrière nous et éteignit la lumière.

— Tu devrais peut-être envisager de faire un métier moins dangereux, comme boulet de canon humain ou mannequin pour simulations d'accidents de la route.

— Tu étais inquiet.

— Ouais, dit-il en me prenant dans ses bras. J'étais très inquiet.

Il me serra contre lui et posa sa joue contre ma tête.

— Je n'ai pas mon pyjama, lui dis-je.

Ses lèvres effleurèrent mon oreille.

— Tu n'en auras pas besoin, ma jolie.

Je m'éveillai dans le lit de Morelli, mon bras me brûlait atrocement et ma lèvre supérieure avait enflé pendant la nuit. Morelli m'avait nichée à côté de lui, et Bob dormait du côté opposé au mien. Le réveil sonnait sur la table de chevet. Morelli tendit le bras et coupa la sonnerie.

— Il y a des jours comme ça, dit-il.

Il roula hors du lit et, une demi-heure plus tard, il était dans la cuisine, en jean, T-shirt et tennis, prenant son petit déjeuner sur le comptoir.

— Costanza a appelé pendant que tu prenais ta douche, dit-il en buvant une gorgée de café et en me regardant par-dessus le rebord de sa tasse. Une patrouille de police a trouvé Abruzzi il y a une heure. Il était dans sa voiture, sur le parking du marché fermier. Apparemment, il s'est suicidé.

Je fixai Morelli d'un air stupéfait. N'en croyant pas mes oreilles.

— Il a laissé un mot, ajouta Morelli. Il explique qu'il était déprimé à cause de problèmes en affaires.

Un long silence s'étira entre nous.

— Ce n'est pas un suicide, n'est-ce pas ?

J'avais pris soin de poser la question, alors que, pour moi, c'était une évidence.

— Je suis flic, répondit Joe. Si je pensais qu'il s'agissait d'autre chose que d'un suicide, je devrais enquêter.

Ranger avait tué Abruzzi. Je le savais, aussi sûr que j'étais là. Morelli aussi le savait.

— Wouah, murmurai-je.

Morelli me regarda.

— Ça va ?

Je fis oui de la tête.

Il finit de boire son café et posa la tasse dans l'évier. Il m'attira contre lui et m'embrassa.

— Wouah, redis-je dans un souffle, mais avec plus de conviction, cette fois.

Morelli embrassait bien.

Il prit son revolver sur le comptoir de la cuisine et le glissa dans son holster ceinture.

— Je vais prendre la Ducati aujourd'hui, dit-il, je te laisse le pick-up. À mon retour du boulot, il faudra qu'on parle tous les deux.

— Aïe, aïe, aïe. Parler, encore ? Ça ne nous mène jamais nulle part.

— OK, parler, peut-être pas. Peut-être juste faire l'amour comme des bêtes.

Enfin un sport dans mes cordes !

Dans la même collection

Keith Ablow
L'Amour à mort

Edna Buchanan
Double vie, double mort

Elizabeth Dewberry
Une couronne de mensonges

Janet Evanovich
À la une, à la deux, à la mort
Quatre ou double
Cinq à Sexe
Six Appeal
Septième ciel

Clare Francis
Serre-moi fort

Pat Frieder
Mauvaise Pioche
Confidences dangereuses

Leslie Glass
L'Heure du feu
L'Heure du cœur battant

Leonard S. Goldberg
Soins mortels
Moisson mortelle
Menace mortelle
Folie meurtrière
Mortelle thérapie
Crime de mémoire

Erin Hart
Le Chant des corbeaux

Charles Higson
Le Secret du bonheur

Jeannine Kadow
Obsessions

Judith Kelman
Un dernier baiser
Plus que vous n'en savez...

Entre les mailles du filet
Comme un voile d'ombre
L'Été des orages
La Vipère de velours

T.J. MacGregor
Vengeance fatale
Le Septième Sens

David Morrel
Totem

Margaret Murphy
Adieu mon ange
Le Désir du papillon
État de choc
Le Tueur des ténèbres

Jonathan Nasaw
Les Blondes qu'il adorait

Darian North
Violation
Vapeur de Lune

Barbara Parker
Justice cruelle
Une sale affaire
Procès d'intention
La Voix du mensonge
Traîtrises et trahisons
Un soupçon de malveillance

Claire Rainwater Jacobs
L'Ange meurtrier

Danuta Reah
Le Triomphe de la mort

Judith Summers
Crime et ravissement

Ken Wood
La Peau de Sharon

Kim Wozencraft
Entre deux feux

Achevé d'imprimer par Corlet, Imprimeur, S.A. - 14110 Condé-sur-Noireau
N° d'Imprimeur : 84824 - Dépôt légal : mai 2005 - *Imprimé en France*